古本山海經圖說

馬昌儀 ——— 下卷

第五卷 中山經

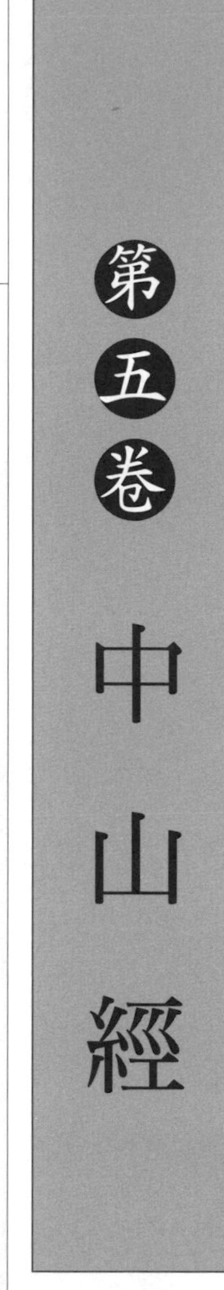

【卷5-1】

⿰𦰩能

【經文】

《中山經》：甘棗之山，有獸焉，其狀如䖃鼠而文題，其名曰⿰𦰩能，食之已癭。

【解說】

⿰𦰩能（音耐，nài）屬鼠狀獸，樣子像䖃（音灰，huī）鼠，色紫紺，淺毛，額上有斑紋，食之明目，其皮可裘。

〔圖1－蔣應鎬繪圖本〕、〔圖2－汪紱圖本〕、〔圖3－《禽蟲典》〕。

〔圖1〕⿰𦰩能　明·蔣應鎬繪圖本

〔圖2〕⿰𦰩能　清·汪紱圖本

〔圖3〕難　清《禽蟲典》

【卷5-2】

豪魚

【經文】

《中山經》：渠豬之山，渠豬之水出焉，而南流注于河。其中是多豪魚，狀如鮪，而赤喙赤尾赤羽，食之可以已白癬。

【解說】

豪魚是一種怪魚，樣子像鮪魚，嘴喙、尾巴、羽毛都是紅色的。據說豪魚可治白癬。郭璞《圖讚》說，豪魚的除癬功能在於它的鱗。

〔圖1－蔣應鎬繪圖本〕、〔圖2－成或因繪圖本〕、〔圖3－汪紱圖本〕、〔圖4－《禽蟲典》〕。

郭璞《圖讚》：「豪鱗除癬，天嬰已痤。」

〔圖1〕豪魚　明·蔣應鎬繪圖本

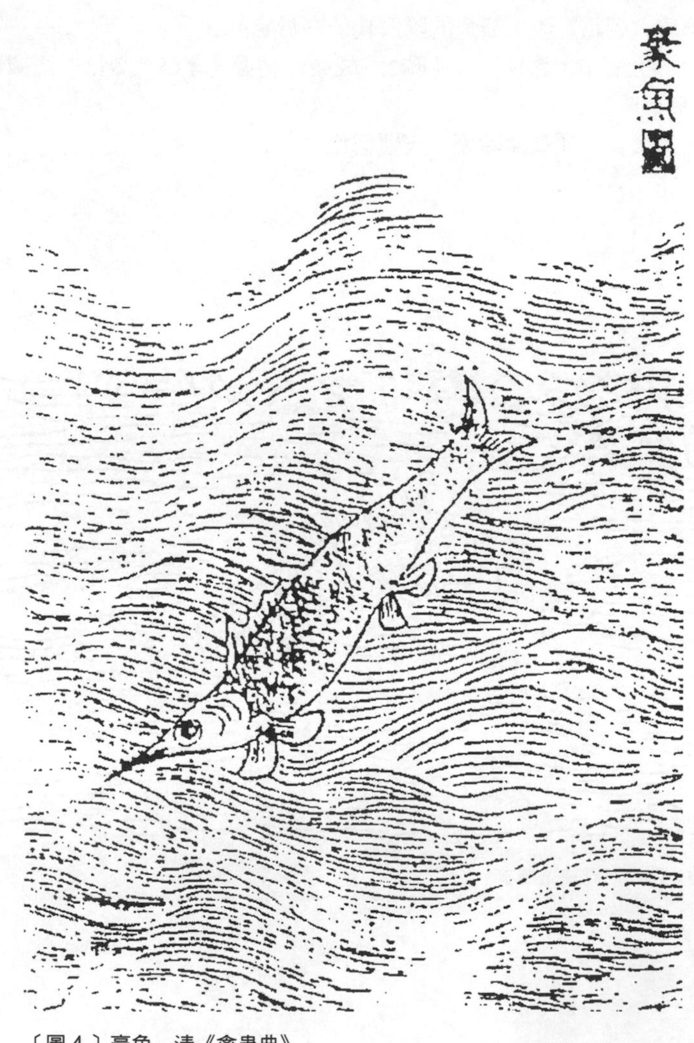

〔圖4〕豪魚　清《禽蟲典》

〔圖3〕豪魚　清・汪紱圖本

〔圖2〕豪魚　清・四川成或因繪圖本

【卷5-3】

飛魚

【經文】

《中山經》：牛首之山，勞水出焉，而西流注于潏水。是多飛魚，其狀如鮒魚，食之已痔衕。

【解說】

《中山經》的飛魚有二，形狀和性能都不同：一是《中山經》牛首山勞水中像鮒魚的飛魚，食了可治痔瘡、止腹泄；二是《中次三經》騩山正回水像豚的飛魚，狀如豚，服之不畏雷。

〔圖1－蔣應鎬繪圖本〕、〔圖2－成或因繪圖本〕、〔圖3－汪紱圖本〕。

郭璞《圖讚》：「飛魚如鮒，登雲遊波。」

〔圖1〕飛魚　明·蔣應鎬繪圖本

〔圖2〕飛魚　清・四川成或因繪圖本

〔圖3〕飛魚　清・汪紱圖本

【卷5-4】

胐胐

【經文】

《中山經》：霍山，有獸焉，其狀如狸，而白尾有鬣，名曰胐胐，養之可以已憂。

【解說】

胐胐（音匪，fěi）是狸狀獸，樣子像狸，身披鬣毛，有一條白色的長尾巴；畜養之可以使人解憂。陳藏器《本草拾遺》說，風狸似兔而短，人取籠養之，即此也。吳任臣引《麟書》說，安得胐胐與之遊，而釋我之憂。可知古人也有養寵物解憂之俗。

〔圖1－蔣應鎬繪圖本〕、〔圖2－成或因繪圖本〕、〔圖3－汪紱圖本〕、〔圖4－《禽蟲典》〕。

郭璞《圖讚》：「胐胐之皮，終年行歌。」

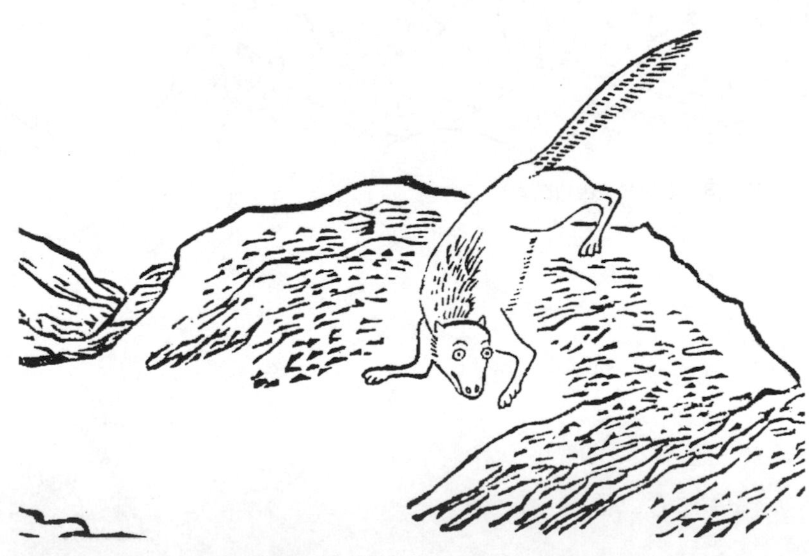

〔圖1〕胐胐　明・蔣應鎬繪圖本

〔圖2〕朏朏　清・四川成或因繪圖本

〔圖3〕朏朏　清・汪紱圖本

〔圖4〕朏朏　清《禽蟲典》

鶡

【經文】

《中次二經》：煇諸之山，其鳥多鶡。

【解說】

鶡（音合，hé）是一種勇猛之鳥。《玉篇》說，鶡鳥似雉而大，青色，有毛角，鬥死而止。《爾雅翼》記：鶡似黑雉，尤相黨其同類，有被侵者，輒往赴救之，其鬥大抵一死乃止。曹植〈騈賦〉云：「鶡之為禽，猛氣共鬥，終無勝負，期於必死，遂賦之焉。」相傳黃帝與炎帝戰於阪泉之野，以雕鶡鷹鳶為旗幟，其後有鶡冠之說，楚人有名鶡冠子者，都是勇猛的象徵。

〔圖1－汪紱圖本〕、〔圖2－《禽蟲典》〕。

郭璞《圖讚》：「鶡之為鳥，同群相為。畸類被侵，雖死不避。毛飾武士，兼厲以義。」

〔圖1〕鶡　清・汪紱圖本

〔圖2〕鶡　清《禽蟲典》

【卷5-6】

鳴蛇

【經文】

《中次二經》：鮮山，多金、玉，無草木。鮮水出焉，而北流注于伊水。其中多鳴蛇，其狀如蛇而四翼，其音如磬，見則其邑大旱。

【解說】

鳴蛇是災蛇，是大旱的徵兆。它的樣子像蛇，卻長著兩對翅膀，其鳴聲有如鐘磬般響亮。張衡〈南都賦〉有記載：其水蟲則有蠳龜鳴蛇。

〔圖1－蔣應鎬繪圖本〕、〔圖2－吳任臣康熙圖本〕、〔圖3－成或因繪圖本〕、〔圖4－汪紱圖本〕、〔圖5－《禽蟲典》〕。

郭璞《圖讚》：「鳴化二蛇，同類異狀。拂翼俱遊，騰波漂浪。見則並災，或淫或亢。」

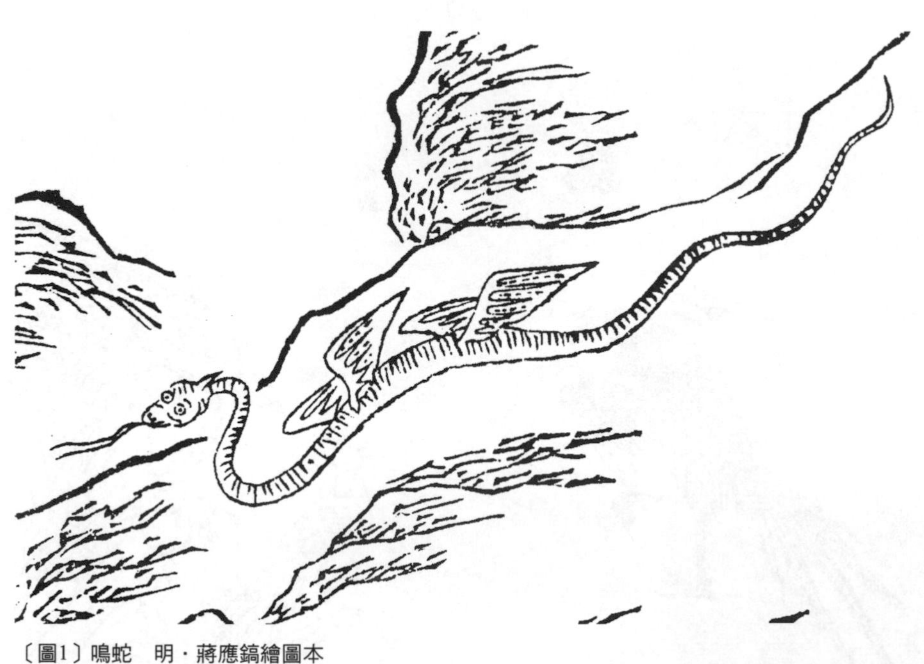

〔圖1〕鳴蛇　明・蔣應鎬繪圖本

〔圖2〕鳴蛇　清・吳任臣康熙圖本

〔圖3〕鳴蛇　清・四川成或因繪圖本

〔圖4〕鳴蛇　清・汪紱圖本

〔圖5〕鳴蛇　清《禽蟲典》

【卷5-7】

化蛇

【經文】

《中次二經》：陽山，多石，無草木。陽水出焉，而北流注于伊水。其中多化蛇，其狀如人面而豺身，鳥翼而蛇行，其音如叱呼，見則其邑大水。

【解說】

化蛇是人面蛇、災蛇；集人、豺、鳥、蛇四形特徵於一身，是大水的徵兆。化蛇上身如豺狼，下身是蛇，長著人的腦袋，鳥的翅膀，行走如蛇，叫起來有如人叱呼的聲音。《廣雅》記：中央有蛇焉，人面豺身，鳥翼蛇行，名曰化蛇。

郭璞《圖讚》：「鳴化二蛇，同類異狀。拂翼俱遊，騰波漂浪。見則並災，或淫或亢。」

化蛇圖有二形：

其一，獸狀，人面豺身四足、蛇尾鳥翼，如〔圖1－蔣應鎬繪圖本〕、〔圖2－成或因繪圖本〕、〔圖3－汪紱圖本〕；

其二，蛇狀，人面蛇身、鳥翼無足，作蛇飛行狀，如〔圖4－畢沅圖本〕、〔圖5－《禽蟲典》〕、〔圖6－上海錦章圖本〕。

〔圖1〕化蛇　明·蔣應鎬繪圖本

〔圖2〕化蛇　清・四川成或因繪圖本

〔圖3〕化蛇　清・汪紱圖本

〔圖4〕化蛇　清·畢沅圖本

〔圖5〕化蛇　清《禽蟲典》

〔圖6〕化蛇　上海錦章圖本

【卷5-8】

蠪蚳

【經文】

《中次二經》：昆吾之山，有獸焉，其狀如彘而有角，其音如號，名曰蠪蚳，食之不眯。

【解說】

蠪蚳（音遲，chí）是豬狀獸，又名角彘，樣子像豬而有角，其聲音有如人在號哭。據說吃了它的肉，可不做惡夢。

〔圖1－蔣應鎬繪圖本〕、〔圖2－成或因繪圖本〕、〔圖3－汪紱圖本〕、〔圖4－《禽蟲典》〕。

〔圖1〕蠪蚳　明・蔣應鎬繪圖本

〔圖2〕蠪蚳　清・四川成或因繪圖本

〔圖4〕蠪蚳　清《禽蟲典》

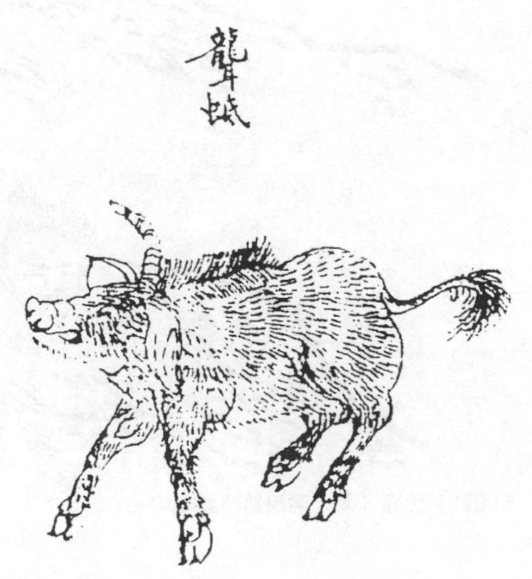

〔圖3〕蠪蚳　清・汪紱圖本

【卷5-9】

馬腹

【經文】

《中次二經》：蔓渠之山，有獸焉，其名曰馬腹，其狀人面虎身，其音如嬰兒，是食人。

【解說】

馬腹是人面虎，又是食人畏獸，其聲音如嬰兒啼哭。民間稱馬腹爲馬虎，汪紱說，此即俗所謂馬虎也，其面略似人面，其毛長，足高如馬，實虎類也。馬腹又作馬腸。胡文煥圖作馬腸。《事物紺珠》記：馬腸，人面虎身，音如嬰兒。郭璞《圖讚》亦作馬腸。筆記小說中有關這類人面虎的傳說很不少。《水經注·沔水》中稱之爲水虎，說水中有物，如三、四歲嬰兒，鱗甲如鯪鯉，膝頭似虎，掌爪常沒水中，若有人戲之，便殺人。古書中還有稱之爲水唐、水盧、人馬、人膝之怪的。

郭璞《圖讚》：「馬腹（一作腸）之物，人面似虎。」

〔圖1－蔣應鎬繪圖本〕、〔圖2－胡文煥圖本〕、〔圖3－成或因繪圖本〕、〔圖4－畢沅圖本〕、〔圖5－汪紱圖本〕、〔圖6－上海錦章圖本〕。

〔圖1〕馬腹　明·蔣應鎬繪圖本

〔圖2〕馬腹（馬腸）　明・胡文煥圖本

〔圖3〕馬腹　清・四川成或因繪圖本

馬腹人面虎身音如嬰兒是食人出伊水

馬腹之物
人面似虎
食之辟兵
不畏雷鼓

〔圖4〕馬腹　清・畢沅圖本

馬腹

〔圖5〕馬腹　清・汪紱圖本

馬腹人面虎身音如嬰兒是食人出伊水

馬腹之物人面似虎食之辟兵不畏雷鼓

〔圖6〕馬腹　上海錦章圖本

【卷5-10】

人面鳥身神

【經文】

《中次二經》：濟山之首，自煇諸之山至于蔓渠之山，凡九山，一千六百七十里。其神皆人面而鳥身。

【解說】

自煇諸山至蔓渠山共九座山，其山神都是人面鳥身神。與《北山經》的山神多為人面蛇身神，《東山經》的山神為人身龍首神、人面獸身神或人身羊角神不同；山神的形貌可能與各山系族群的信仰有關。汪紱的注釋很值得注意，他說：「大抵南山神多象鳥，西山神象羊牛，北山神象蛇豕，東山神多象龍，中山則或雜取，亦各以其類也。」

〔圖1－汪紱圖本，名中山神〕。

〔圖1〕人面鳥身神（中山神）　清・汪紱圖本

【卷5-11】

熏池

【經文】

《中次三經》：敖岸之山，其陽多㻬琈之玉，其陰多赭、黃金。神熏池居之。是常出美玉。北望河林，其狀如蒨如舉。

【解說】

熏池是敖岸山的山神，居於常出美玉、赭石、黃金的蒼蔥之敖岸山。汪紱在注中說，熏池之神未言其狀。

郭璞《圖讚》：「泰逢虎尾，武羅人面。熏池之神，厥狀不見。爰有美玉，河林如蒨。」

〔圖1－汪紱圖本〕。

〔圖1〕熏池　清・汪紱圖本

【卷5-12】

夫諸

【經文】

《中次三經》：敖岸之山，有獸焉，其狀如白鹿而四角，名曰夫諸，見則其邑大水。

【解說】

夫諸是鹿狀災獸，樣子像白鹿，四角，是兆水之獸。《麟書》說，夫諸橫流，天戒罔憂。

〔圖1－蔣應鎬繪圖本〕、〔圖2－成或因繪圖本〕、〔圖3－汪紱圖本〕、〔圖4－《禽蟲典》〕。

〔圖1〕夫諸　明·蔣應鎬繪圖本

〔圖2〕夫諸　清・四川成或因繪圖本

〔圖3〕夫諸　清・汪紱圖本

〔圖4〕夫諸　清《禽蟲典》

【卷5-13】

䰠武羅

【經文】

《中次三經》：青要之山，實惟帝之密都。䰠武羅司之，其狀人面而豹文，小要（腰）而白齒，而穿耳以鐻（音渠，qú），其鳴如鳴玉。是山也，宜女子。有鳥焉，名曰鴢，食之宜子；有草焉，名曰荀草，服之美人色。

【解說】

䰠（即神）武羅是青要山的山神，是帝之密都的管理者。此神樣子很怪，長著人的腦袋，卻身披豹紋，腰小而齒白，雙耳掛著金環；他的聲音有如人搖動玉佩發出的聲音。袁珂認爲，䰠武羅是《楚辭・九歌・山鬼》所寫的山鬼式的女神。傳說青要山很適合女子居住，那裡有一種鴢鳥，吃了可子孫興旺。還有一種荀草，吃了它的果實，可使女子增加美色。武羅是鬼中的神者，據《說文》：「䰠，神也。」段玉裁注：「當作神，鬼也，神鬼者，鬼之神者也。」指的是具有神的品格的鬼。《玉篇》的解釋似乎更切合䰠武羅的神格：「䰠，山神也。」

郭璞《圖讚》：「有神武羅，細腰白齒。聲如鳴珮，以鐻貫耳。司帝密都，是宜女子。」

〔圖1－蔣應鎬繪圖本〕、〔圖2－《神異典》〕、〔圖3－成或因繪圖本〕、〔圖4－汪紱圖本〕。

〔圖1〕䰠武羅　明・蔣應鎬繪圖本

〔圖2〕武羅神　清《神異典》

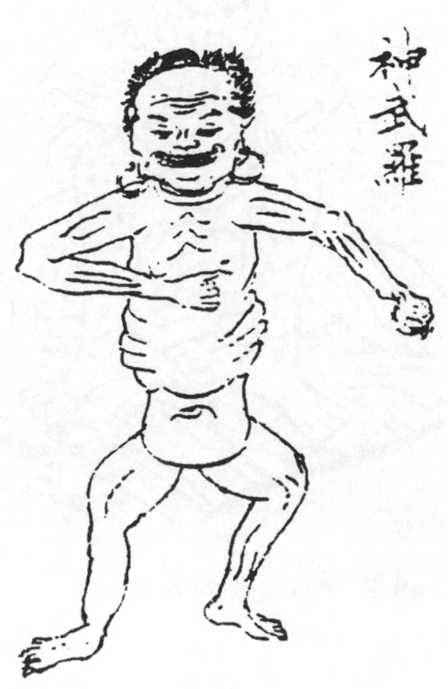

〔圖4〕神武羅　清・汪紱圖本

〔圖3〕魋武羅　清・四川成或因繪圖本

【卷5-14】

鴢

【經文】

《中次三經》：青要之山，畛水出焉，而北流注于河。其中有鳥焉，名曰鴢，其狀如鳧，青身而朱目赤尾，食之宜子。

【解說】

鴢（音咬，yǎo）鳥又稱鵁頭鴢、魚鴢，樣子像鳧鳥，青身赤尾，雙目淺赤色，據說吃了它的肉可子孫興旺。胡文煥圖說：「青要山有鳥，名曰鴢，狀如鳧，青身赤尾，食之宜子孫。」《爾雅》：鵁頭鴢，似鳧，腳近尾，略不能行。江東謂之魚鴢。《匯雅》記，鴢鳥，類鴨而有文彩，不能行，多溷野鴨群中浮游。據《文獻通考》記載，建炎二十七年，鄱陽有妖鳥，鳧身雉尾，長喙方足赤目，止於民屋，疑是此鳥，不知者以爲妖也。

郭璞《圖讚》：「鴢鳥似鳧，翠羽朱目。既麗其形，亦奇其肉。婦女是食，子孫繁育。」

〔圖1－蔣應鎬繪圖本〕、〔圖2－胡文煥圖本〕、〔圖3－《禽蟲典》〕。

〔圖1〕鴢　明·蔣應鎬繪圖本

䲃

〔圖2〕䲃　明・胡文煥圖本

䲃鳥圖

〔圖3〕䲃　清《禽蟲典》

【卷5-15】

飛魚

【經文】

《中次三經》：騩山，正回之水出焉，而北流注于河。其中多飛魚，其狀如豚而赤文，服之不畏雷，可以禦兵。

【解說】

《中山經》之飛魚有二，形狀與性能均有不同：一是《中山經》牛首山勞水像鮒魚的飛魚，食之可以療痔止瀉。二是《中次三經》騩山正回水似豚之飛魚，狀如豚而赤文，服之不畏雷，又可禦兵。飛魚可「登雲遊波」，《林邑國記》說：飛魚，身圓，長丈餘，羽重沓，翼如胡蟬，出入群飛，游翔翳會，而沉則泳海底。

正回水的飛魚圖有三形：

其一，豬頭魚、有魚翼，如〔圖1－蔣應鎬繪圖本〕、〔圖2－成或因繪圖本〕、〔圖3－汪紱圖本，豬頭不明顯〕；

其二，魚形，鳥翼有角，如〔圖4－胡文煥圖本〕、〔圖5－畢沅圖本〕、〔圖6－《禽蟲典》〕。胡氏圖說：「騩山，河中多魚，狀如豚，赤文有角，佩之不畏雷霆，亦可禦兵」；

其三，魚形，鳥翼無角，如〔圖7－上海錦章圖本〕。

郭璞《圖讚》：「飛魚如豚，赤文無羽。食之辟兵，不畏雷也。」《初學記》卷一《雷第七》引郭璞〈飛魚贊〉有小異：「飛魚如豚，赤文無鱗。食之辟兵，不畏雷音。」

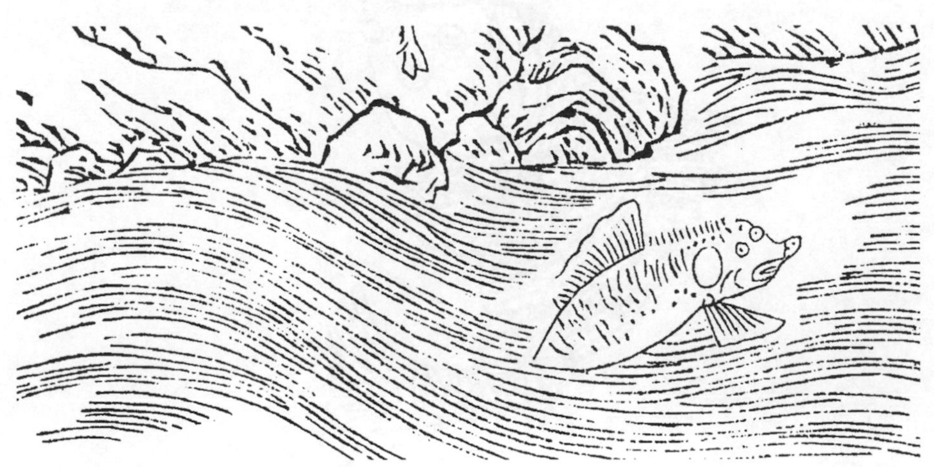

〔圖1〕飛魚　明・蔣應鎬繪圖本

〔圖2〕飛魚　清・四川成或因繪圖本

〔圖3〕飛魚　清・汪紱圖本

飛魚

〔圖4〕飛魚　明・胡文煥圖本

飛魚狀如啄而赤文服之不畏出可禦兵出正回水

飛魚而啄赤文無羽食之辟兵不畏雷鼓

〔圖5〕飛魚　清・畢沅圖本

飛魚羽

〔圖6〕飛魚　清《禽蟲典》

飛魚狀如豚而赤文服之不畏雷可禦兵出正回水

飛魚如豚赤文無羽食之辟兵不畏雷鼓

〔圖7〕飛魚　上海錦章圖本

【卷5-16】

泰逢

【經文】

《中次三經》：和山，其上無草木，而多瑤、碧，實惟河之九都。吉神泰逢司之，其狀如人而虎尾，是好居于萯山之陽，出入有光。泰逢神動天地氣也。

【解說】

吉神泰逢是和山山神，樣子像人，卻長著虎的尾巴（一說雀尾），經常住在萯山之陽。傳說他出入有光，他的神力能感天動地，興風布雨。《呂氏春秋·音初篇》講過一個故事，說有一次，泰逢刮起一陣狂風，天地晦冥，使夏朝的一個昏君孔甲在打獵時迷了路。還有傳說，晉平公在澮水曾遇一怪物，師曠說，狸身而狐尾，名首陽之神（見《太平廣記》卷二九一引《汲塚瑣語》）。這位首陽神便是吉神泰逢。胡文煥圖作馩泰，其圖說云：「和山多蒼玉，有吉神，曰馩泰。謂司其吉善者也。狀如人，虎尾，好居萯山之陽，出入有光。此神動天地氣，其靈爽能興雲雨。」

郭璞《圖讚》：「神號泰逢，好遊山陽。濯足九州，出入有光。天氣是動，孔甲迷惶。」

〔圖1－蔣應鎬繪圖本〕、〔圖2－胡文煥圖本〕、〔圖3－《神異典》〕、〔圖4－吳任臣近文堂圖本〕、〔圖5－成或因繪圖本〕、〔圖6－汪紱圖本〕、〔圖7－上海錦章圖本〕。

〔圖1〕泰逢　明·蔣應鎬繪圖本

〔圖2〕泰逢（𧝎泰）　明・胡文煥圖本

〔圖3〕泰逢神　清《神異典》

〔圖4〕泰逢　清・吳任臣近文堂圖本

〔圖5〕泰逢　清・四川成或因繪圖本

〔圖6〕泰逢　清・汪紱圖本

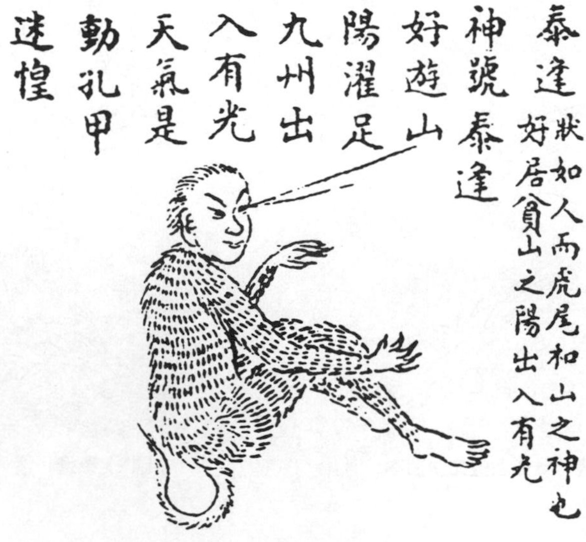

泰逢狀如人而虎尾和山之神也
好居貧山之陽出入有光
神號泰逢
好遊山
陽濯足
九州出
入有光
天氣是
動孔甲
迷惶

〔圖7〕泰逢　上海錦章圖本

𩐕

【經文】

《中次四經》：扶豬之山，有獸焉，其狀如貉而人目，其名曰𩐕。

【解說】

𩐕（音銀，yín）是麋鹿類怪獸，樣子像貉，卻長著人的眼睛。《玉篇》、《廣韻》引此經，「人目」作「八目」，郝注認為有誤；而郭璞《圖讚》正作「八目」，可見神話在流傳中經常會產生變異。

郭璞《圖讚》：「有獸八目，厥號曰𩐕。」

〔圖1－蔣應鎬繪圖本〕、〔圖2－成或因繪圖本〕、〔圖3－汪紱圖本〕、〔圖4－《禽蟲典》〕。

〔圖1〕𩐕　明·蔣應鎬繪圖本

〔圖2〕麐　清・四川成或因繪圖本

〔圖3〕麐　清・汪紱圖本

〔圖4〕譽　清《禽蟲典》

【卷5-18】

犀渠

【經文】

《中次四經》：釐山，有獸焉，其狀如牛，蒼身，其音如嬰兒，是食人，其名曰犀渠。

【解說】

犀渠屬犀牛類，是一種食人畏獸；樣子像牛，色蒼，其叫聲有如嬰兒啼哭。〈吳都賦〉說「戶有犀渠」，想是古人用此獸皮蒙楯，故名楯爲犀渠。

郭璞《圖讚》：「犀渠如牛，亦是啖人。」

〔圖1－蔣應鎬繪圖本〕、〔圖2－成或因繪圖本〕、〔圖3－汪紱圖本〕、〔圖4－《禽蟲典》〕。

〔圖1〕犀渠　明・蔣應鎬繪圖本

〔圖2〕犀渠　清・四川成或因繪圖本

〔圖3〕犀渠　清・汪紱圖本

〔圖4〕犀渠　清《禽蟲典》

【卷5-19】

獬

【經文】

《中次四經》：鳌山，滽滽之水出焉，而南流注于伊水。有獸焉，名曰獬，其狀如獳犬而有鱗，其毛如彘鬣。

【解說】

獬（音結，jié）是一種奇獸，樣子像多毛的獳犬，卻身披鱗甲，鱗間有毛如豬鬣。汪紱注：獬，犬之多毛者。此獸其體有鱗，而毛鱗間如彘鬣也。

獬圖有二形：

其一，披鱗之犬，如〔圖1－蔣應鎬繪圖本〕、〔圖2－吳任臣近文堂圖本，鱗甲只在蹄足上部〕、〔圖3－汪紱圖本〕、〔圖4－《禽蟲典》〕、〔圖5－上海錦章圖本〕；

其二，不披鱗之犬，如〔圖6－成或因繪圖本〕。

郭璞《圖讚》：「獬若青狗，有鬣被鮮。」

〔圖1〕獬　明・蔣應鎬繪圖本

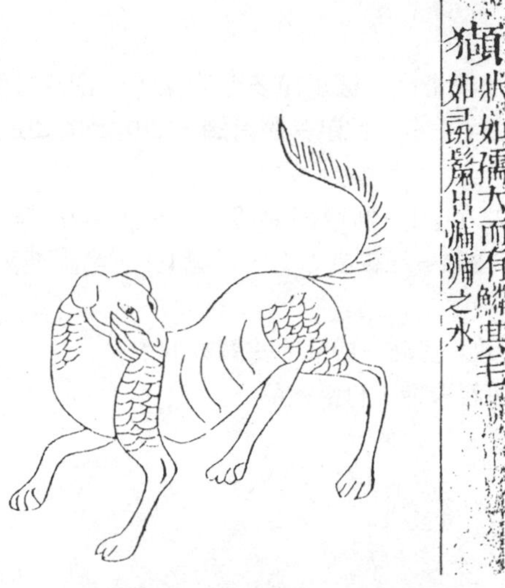

〔圖2〕獺　清・吳任臣近文堂圖本

〔圖3〕獺　清・汪紱圖本

獺圖

〔圖4〕獺　清《禽蟲典》

〔圖5〕獺　上海錦章圖本

〔圖6〕獺　清・四川成或因繪圖本

【卷5-20】

獸身人面神

【經文】

《中次四經》：釐山之首，自鹿蹄之山至于元扈之山，凡九山，千六百七十里。其神狀皆人面獸身。

【解說】

鹿蹄山至元扈山共九座山，其山神都是人面獸身神。

〔圖1－蔣應鎬繪圖本〕、〔圖2－《神異典》〕、〔圖3－成或因繪圖本〕、〔圖4－汪紱圖本，名中山神〕。

〔圖1〕獸身人面神　明・蔣應鎬繪圖本

〔圖3〕獸身人面神　清・四川成或因繪圖本

〔圖2〕獸身人面神　清《神異典》

〔圖4〕獸身人面神（中山神）　清・汪紱圖本

【卷5-21】

䖳鳥

【經文】

《中次五經》：首山，其陰有谷，曰机谷，多䖳鳥，其狀如梟而三目，有耳，其音如錄，食之已墊。

【解說】

䖳（音地，dì）鳥是三目奇鳥，樣子像梟（一說像鳧，又說像烏，今見諸本各圖大都像猛禽梟），三目有耳，其鳴聲有如豬叫，據說吃了它的肉可治濕氣病。

郭璞《圖讚》：「三眼有耳，厥狀如梟。」

䖳鳥圖有二形：

其一，三目梟，如〔圖1－蔣應鎬繪圖本〕、〔圖2－吳任臣康熙圖本〕、〔圖3－吳任臣近文堂圖本〕、〔圖4－上海錦章圖本〕；

其二，似二目梟，如〔圖5－成或因繪圖本〕、〔圖6－汪紱圖本〕。

〔圖1〕䖳鳥　明·蔣應鎬繪圖本

〔圖2〕䲃鳥　清・吳任臣康熙圖本

〔圖3〕䲃鳥　清・吳任臣近文堂圖本

吠鳥
狀如梟
而三目
有耳出
首山之
機谷

〔圖4〕䲃鳥　上海錦章圖本

〔圖5〕䲃鳥　清・四川成或因繪圖本

〔圖6〕䲦鳥　清・汪紱圖本

【卷5-22】驕蟲

【經文】

《中次六經》：平逢之山，有神焉，其狀如人而二首，名曰驕蟲，是為螫蟲，實為蜂蜜之廬。

【解說】

雙頭怪神驕蟲是平逢山山神，又是螫蟲之神；樣子很怪，長得像人，卻有兩個腦袋。由於他是螫蟲的首領，他所管轄的平逢山便成了蜜蜂釀蜜的地方。汪紱在注中說：言此神爲螫人之蟲之主，而此山爲蜂蜜所聚之舍也。

〔圖1－蔣應鎬繪圖本〕、〔圖2－胡文煥圖本〕、〔圖3－《神異典》〕、〔圖4－成或因繪圖本〕、〔圖5－畢沅圖本〕、〔圖6－汪紱圖本，其驕蟲圖包括兩個圖像：驕蟲與蠭（蜂），表示驕蟲是蜂蟲的首領〕、〔圖7－上海錦章圖本〕。

〔圖1〕驕蟲　明·蔣應鎬繪圖本

〔圖2〕驕蟲　明・胡文煥圖本

〔圖3〕驕蟲神　清《神異典》

〔圖4〕驕蟲　清・四川成或因繪圖本

〔圖5〕驕蟲　清・畢沅圖本

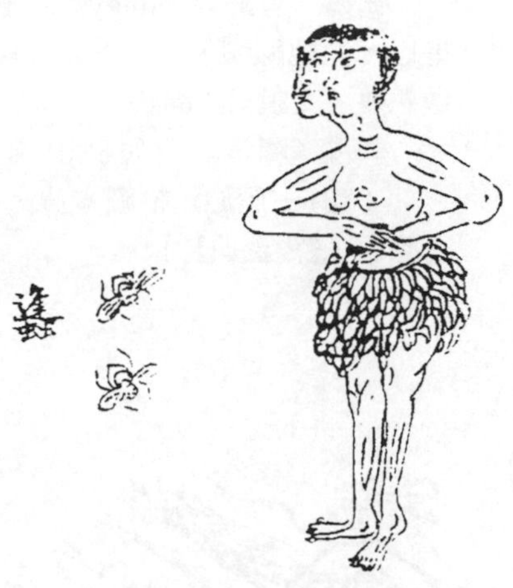

〔圖6〕驕蟲　清・汪紱圖本

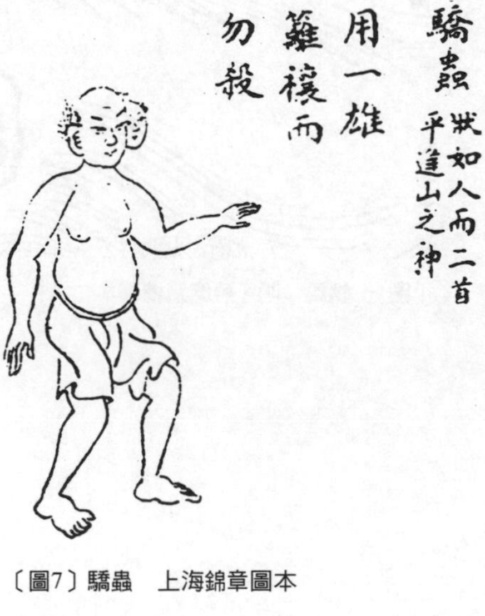

驕蟲
狀如人而二首
平逢山之神
用一雄
雞禳而
勿殺

〔圖7〕驕蟲　上海錦章圖本

【卷5-23】

鴒鸚

【經文】

《中次六經》：瘣山，其陰多㻬琈之玉。其西有谷焉，名曰雚谷，其木多柳楮。其中有鳥焉，狀如山雞而長尾，赤如丹火而青喙，名曰鴒鸚，其鳴自呼，服之不眯。

【解說】

鴒鸚（音鈴要，língyāo）是一種奇鳥，樣子像山雞，青嘴喙，卻長著長長的尾巴，顏色鮮豔，赤如丹火，其叫聲有如呼喚自己的名字。據說吃了它的肉可不做惡夢，又說可以辟妖。

郭璞《圖讚》：「鳥似山雞，名曰鴒鸚。赤若丹火，所以辟妖。」

〔圖1－蔣應鎬繪圖本〕、〔圖2－成或因繪圖本〕、〔圖3－汪紱圖本〕、〔圖4－《禽蟲典》〕。

〔圖1〕鴒鸚　明・蔣應鎬繪圖本

〔圖2〕鴒䴋　清・四川成或因繪圖本

〔圖3〕鴒䴋　清・汪紱圖本

〔圖4〕鴒䴋　清《禽蟲典》

【卷5-24】

旋龜

【經文】

《中次六經》：密山，其陽多玉，其陰多鐵。豪水出焉，而南流注于洛，其中多旋龜，其狀鳥首而鼈尾，其音如判木。

【解說】

《山海經》中的旋龜有二。其一已見《南山經》，杻陽山的旋龜鳥首虺尾，音如判木；其二爲密山之旋龜，其狀鳥首鼈尾，叫起來就像敲擊破木的聲音，其形狀與上述旋龜略有不同。

郭璞《圖讚》：「聲如破木，號曰旋龜。」

〔圖1－蔣應鎬繪圖本〕、〔圖2－成或因繪圖本〕、〔圖3－汪紱圖本〕。

〔圖1〕旋龜　明·蔣應鎬繪圖本

〔圖2〕旋龜　清・四川成或因繪圖本

〔圖3〕旋龜　清・汪紱圖本

【卷5-25】

脩辟魚

【經文】

《中次六經》：橐山，橐水出焉，而北流注于河。其中多脩辟之魚，狀如黽而白喙，其音如鴟，食之已白癬。

【解說】

脩（音修，xiū）辟魚是一種奇魚，樣子像蛙，白嘴喙，叫起來像鴟，據說吃了它的肉可治白癬。

郭璞《圖讚》：「脩辟似黽，厥鳴如鴟。」

〔圖1－汪紱圖本〕、〔圖2－《禽蟲典》〕。

〔圖1〕脩辟魚　清・汪紱圖本

〔圖2〕脩辟魚　清《禽蟲典》

【卷5-26】

山膏

【經文】

《中次七經》：苦山，有獸焉，名曰山膏，其狀如逐（郭注：即豚字），赤若丹火，善詈。

【解說】

山膏即山都，是一種怪獸，樣子像豬，紅色，豔若丹火；此獸的特徵是好罵人。《事物紺珠》說，山膏若豚，赤若火。

郭璞《圖讚》：「山膏如豚，厥性好罵。」

〔圖1－汪紱圖本〕、〔圖2－《禽蟲典》〕。

〔圖1〕山膏　清・汪紱圖本

〔圖2〕山膏　清《禽蟲典》

【卷5-27】天愚

【經文】

《中次七經》：堵山，神天愚居之，是多怪風雨。

【解說】

天愚是堵山的山神，其職能專司怪風怪雨。

〔圖1－汪紱圖本〕。

〔圖1〕天愚　清・汪紱圖本

【卷5-28】

文文

【經文】

《中次七經》：放皐之山，有獸焉，其狀如蜂，枝尾而反舌，善呼，其名曰文文。

【解說】

文文是一種怪獸，樣子像蜂，尾巴兩岐，舌頭如百舌鳥般善翻弄，好呼喚。汪紱注：枝尾，尾兩岐也；反舌，舌善翻弄如百舌鳥也。《駢雅》記，蟲雕如雕而戴角，文文如蜂而反舌。

文文是獸，形象似蜂，由於經文的不確定性，其圖像有二形：

其一，蜂形，如〔圖1－汪紱圖本〕；

其二，獸狀，細腰似蜂、尾岐，如〔圖2－《禽蟲典》〕。

郭璞《圖讚》：「文獸如蜂，枝尾反舌。」

〔圖1〕文文　清·汪紱圖本

〔圖2〕文文　清《禽蟲典》

【卷5-29】

三足龜

【經文】

《中次七經》：大苦之山，其陽狂水出焉，西南流注于伊水，其中多三足龜，食者無大疾，可以已腫。

【解說】

三足龜又名賁龜，是一種吉祥的動物。《爾雅．釋魚》說，龜三足，名賁。據郭璞記載，今吳興陽羨縣有君山，山上有池，水中有三足六眼龜。李時珍《本草綱目》特別注意到三足龜的藥用價值，說食之可辟時疾、消腫。

郭璞《圖讚》：「造物維均，靡偏靡頗。少不爲短，長不爲多。賁能三足，何異黿鼉。」

〔圖1－蔣應鎬繪圖本〕、〔圖2－郝懿行圖本〕、〔圖3－上海錦章圖本〕。

〔圖1〕三足龜　明．蔣應鎬繪圖本

〔圖2〕三足龜　清．郝懿行圖本

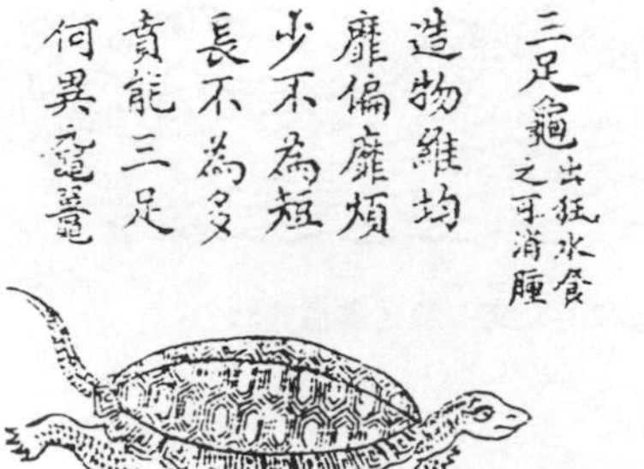

三足龜出狂水食之可消腫
造物維均
靡偏靡頗
少不為短
長不為多
賁能三足
何異黿鼉

〔圖3〕三足龜　上海錦章圖本

【卷5-30】

鯩魚

【經文】

《中次七經》：半石之山，來需之水出于其陽，而西流注于伊水，其中多鯩魚，黑文，其狀如鮒，食者不睡（原經作睡，袁珂據郝懿行校改）。

【解說】

鯩（音倫，lún）魚是一種異魚，樣子像鯽魚，身有黑色斑紋，食之可以消腫。

〔圖1－蔣應鎬繪圖本〕、〔圖2－成或因繪圖本〕、〔圖3－汪紱圖本〕、〔圖4－《禽蟲典》〕。

〔圖1〕鯩魚　明・蔣應鎬繪圖本

〔圖2〕鯩魚　清・四川成或因繪圖本

鯩魚

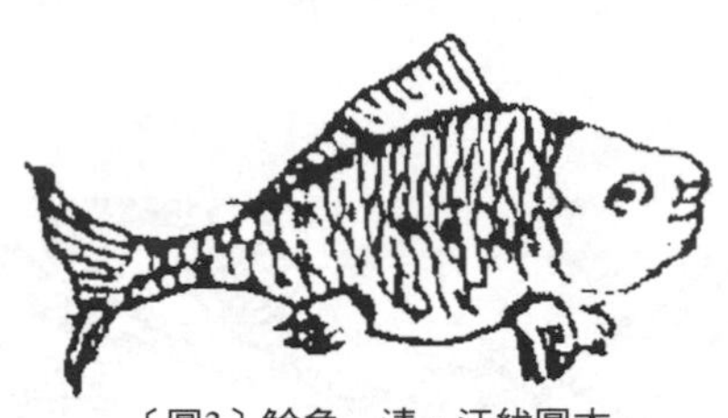

〔圖3〕鯩魚　清·汪紱圖本

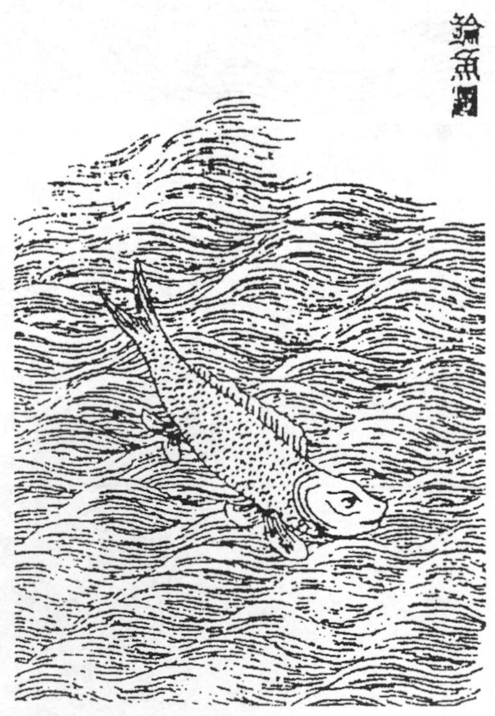

〔圖4〕鯩魚　清《禽蟲典》

【卷5-31】

螣魚

【經文】

《中次七經》：半石之山，合水出于其陰，而北流注于洛，多螣魚，狀如鱖，居逵，蒼文赤尾，食者不癰，可以為瘻。

【解說】

螣（音騰，téng）魚也是一種異魚，樣子像鱖魚，身有蒼色斑紋，尾巴紅赤，喜歡生活在水中穴道的交通處；傳說吃了它的肉可不得化膿性癰腫，也可治瘻病。《玉篇》記，螣魚似鯐，蒼文赤尾。

郭璞《圖讚》：「螣魚青斑，處于逵穴。」

〔圖1－汪紱圖本〕。

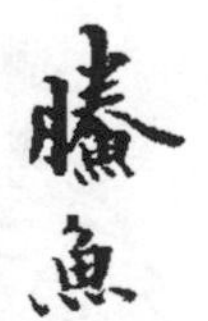

〔圖1〕螣魚　清・汪紱圖本

【卷5-32】

豕身人面十六神

【經文】

《中次七經》：苦山之首，自休與之山至于大騩之山，凡十有九山，千一百八十四里。其十六神者，皆豕身而人面。

【解說】

苦山山脈自休與山至大騩山共十九座山，這十九座山的山神有兩種形貌；其一，十九座山之中，苦山、少室、太室三座山屬於豕，其山神爲人面三首神（見下圖）；其二，其餘十六座山的山神名十六神，其形貌都是人面豬身神。

〔圖1－蔣應鎬繪圖本〕、〔圖2－成或因繪圖本〕、〔圖3－汪紱圖本，名中山十六神〕。

〔圖1〕豕身人面十六神　明・蔣應鎬繪圖本

〔圖2〕豕身人面十六神　清・四川成或因繪圖本

〔圖3〕豕身人面十六神（中山十六神）　清・汪紱圖本

【卷5-33】

人面三首神

【經文】

《中次七經》：苦山、少室、太室皆冢也，其神狀皆人面而三首，其餘屬皆豕身人面也。

【解說】

苦山山脈自休與山至大騩山有十九座山，其中的苦山、少室、太室三山屬於冢。冢位於高山之巔，是祭神的聖地，山神的居所，又是祖先的家園，靈魂回歸之所，是先民嚮往的地方。對冢的祭祀要比一般山神規格高，要用太牢，即牛羊豬三牲大禮。苦山、少室、太室三山的山神，都是人面三首神。

〔圖1－蔣應鎬繪圖本〕、〔圖2－成或因繪圖本〕、〔圖3－汪紱圖本，名苦山石室神〕。

〔圖1〕人面三首神　明・蔣應鎬繪圖本

〔圖2〕人面三首神　清・四川成或因繪圖本

〔圖3〕人面三首神（苦山石室神）　清・汪紱圖本

【卷5-34】

文魚

【經文】

《中次八經》：荊山之首，曰景山，睢水出焉，東南流注于江，其中多文魚。

【解說】

文魚即今石斑魚，其上有斑彩。《楚辭・九歌・河伯》中有「乘白黿兮逐文魚」的詩句，其中的文魚當即此。

〔圖1－汪紱圖本〕。

〔圖1〕文魚　清・汪紱圖本

【卷5-35】

犛牛

【經文】

《中次八經》：荊山，其陰多鐵，其陽多赤金，其中多犛牛。

【解說】

犛（音毛，máo）牛屬旄牛類。《莊子·逍遙遊》：「今夫犛牛，其大若垂天之雲。」

〔圖1－汪紱圖本〕。

〔圖1〕犛牛　清·汪紱圖本

【卷5-36】

豹

【經文】

《中次八經》：

荊山，多豹。

【解說】

豹是一種猛獸，似虎而圈紋。李時珍《本草綱目》說，豹有數種：《山海經》有元豹；《詩》有赤豹，尾赤而文黑也；《爾雅》有白豹，即貘也，毛白而文黑。郭璞注云，貘能吃銅鐵。

〔圖1－汪紱圖本〕。

〔圖1〕豹　清・汪紱圖本

【卷5-37】

鮫魚

【經文】

《中次八經》：荊山，漳水出焉，而東南流注于睢，其中多黃金，多鮫魚。

【解說】

鮫魚即今鯊魚，又稱馬鮫魚。李時珍《本草綱目》說：鮫，皮有沙，其文交錯鵲駁，故有鮫魚、沙魚、鯌魚、鰒魚、溜魚諸名。郭璞說，鮫，皮有珠文而堅，尾長三四尺，末有毒，螫人；皮可飾刀劍，口錯治材角，今臨海郡亦有之。《南越志》所記鮫魚的故事很有趣：環雷魚，鯌魚也，長丈許。腹有兩洞，腹貯水養子，一腹容二子；子朝從口中出，暮還入腹。鱗皮有珠，可飾刀劍。

郭璞《圖讚》：「魚之別屬，厥號曰鮫。珠皮毒尾，匪鱗匪毛。可以錯角，兼飾劍刀。」

〔圖1－蔣應鎬繪圖本〕、〔圖2－成或因繪圖本〕、〔圖3－汪紱圖本〕、〔圖4－《禽蟲典》〕。

〔圖1〕鮫魚　明·蔣應鎬繪圖本

〔圖2〕鮫魚　清・四川成或因繪圖本

〔圖3〕鮫魚　清・汪紱圖本

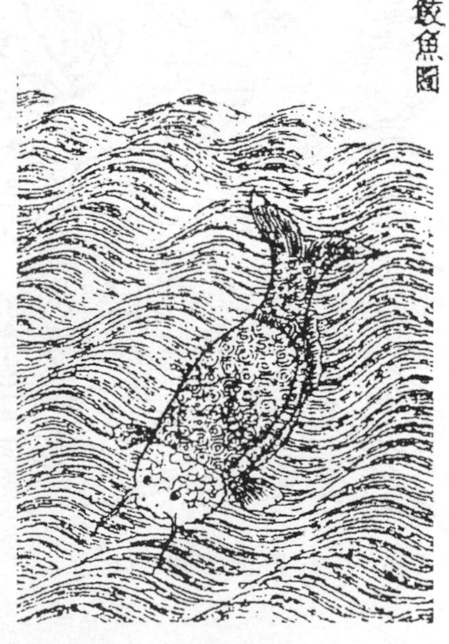

〔圖4〕鮫魚　清《禽蟲典》

【卷5-38】

𧑒圍

【經文】

《中次八經》：驕山，其上多玉，其下多青雘。神𧑒圍處之，其狀如人（「人」下原有「面」字，袁珂從郝懿行校刪），羊角虎爪，恒遊于睢、漳之淵，出入有光。

【解說】

𧑒（音駝，tuó）圍是驕山山神，樣子像人，卻長著羊的角，虎的爪子，常喜歡在睢水和漳水的深淵裡遊玩，出入各處時，身上都會發出亮光。

郭璞《圖讚》：「涉𧑒三腳，𧑒圍虎爪。」

𧑒圍圖有二形：

其一，人面羊角獸身，作人站立狀，如〔圖1－蔣應鎬繪圖本〕、〔圖2－《神異典》〕、〔圖3－成或因繪圖本〕、〔圖4－汪紱圖本〕；

其二，人面羊角獸身，作獸臥狀，如〔圖5－吳任臣近文堂圖本〕、〔圖6－《禽蟲典》〕、〔圖7－上海錦章圖本〕。

〔圖1〕𧑒圍　明・蔣應鎬繪圖本

〔圖2〕𧌒圍神　清《神異典》

〔圖3〕𧌒圍　清・四川成或因繪圖本

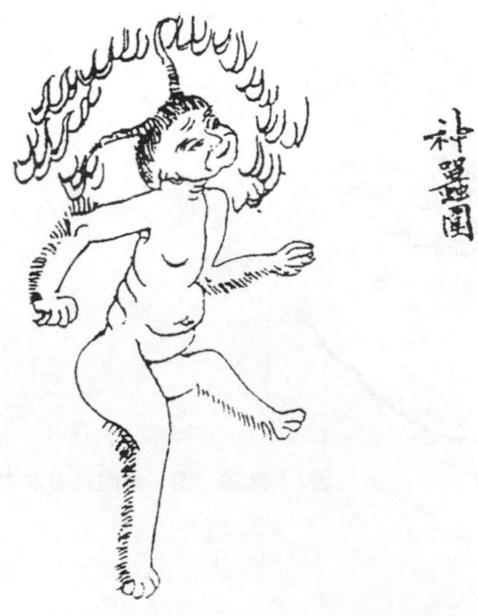

〔圖4〕𧌒圍　清・汪紱圖本

〔圖5〕蟲圍　清・吳任臣近文堂圖本

〔圖6〕蟲圍　清《禽蟲典》

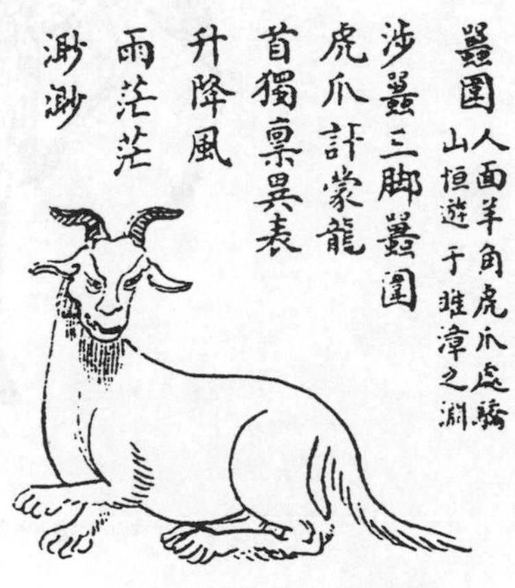

〔圖7〕蟲圍　上海錦章圖本

【卷5-39】

麂

【經文】

《中次八經》：女几之山，其上多玉，其下多黃金，其獸多麂。

【解說】

麂（音幾，jǐ）屬麋鹿類。郭璞注，麂似獐而大。李時珍《本草綱目》說，麂居大山中，似獐而小，雄麂有短角，黧色，豹腳，腳矮而力勁，善跳越，其行草莽，但循一徑。皮極細膩，靴襪珍之。或云亦好食蛇。

〔圖1－汪紱圖本〕。

〔圖1〕麂　清·汪紱圖本

【卷5-40】

鴆

【經文】

《中次八經》：女几之山，其鳥多鴆。

【解說】

《山海經》中的鴆有二：一是《中次八經》女几山之鴆，是一種食蛇的毒鳥。郭璞說，鴆大如鵰，紫綠色，長頸赤喙，食腹蛇頭。《爾雅翼》的記載很詳細：「鴆，毒鳥也，似鷹而大如鴞也，紫黑色，長頸赤喙。雄名運日，雌名陰諧。天晏靜無雲，則運日先鳴；天將陰雨，則陰諧鳴之。故《淮南子》云，運日知晏，陰諧知雨也。食蝮蛇及豫實。知巨石大木間有蛇虺，即爲禹步以禁之，或獨或群，進退俯仰有度，逡巡石樹，爲之崩倒。凡鴆飲水處，百蟲吸之皆死。」李時珍在《本草綱目》中指出了鴆與運日的不同：「陶弘景曰，鴆與䲹（即運）日是兩種。鴆鳥狀如孔雀，五色雜斑、高大，黑頸赤喙，出廣之深山中。䲹日狀如黑傖雞，作聲似云同力，故江東人呼爲同力鳥；並啖蛇，人誤食其肉立死，並療蛇毒。昔人用鴆毛爲毒酒，故名鴆酒。」二是《中次十一經》瑤碧山之鴆，其狀如雉，愛食臭蟲。

郭璞《圖讚》：「蝮爲毒魁，鴆鳥是噉。拂翼鳴林，草瘁木慘。羽行隱戳，厥罰難犯。」

〔圖1－蔣應鎬繪圖本〕、〔圖2－成或因繪圖本〕、〔圖3－汪紱圖本〕、〔圖4－《禽蟲典》〕。

〔圖1〕鴆鳥　明・蔣應鎬繪圖本

〔圖2〕鴸鳥　清・四川成或因繪圖本

〔圖3〕鴸　清・汪紱圖本

〔圖4〕鴸鳥　清《禽蟲典》

【卷5-41】

計蒙

【經文】

《中次八經》：光山，其上多碧，其下多水（袁珂據郝懿行、王念孫校改）。神計蒙處之，其狀人身而龍首，恒遊于漳淵，出入必有飄風暴雨。

【解說】

光山山神計蒙是個龍首人身的怪神，又是風雨之神，常在漳淵遊玩，他出入之處，必伴有狂風暴雨。汪紱指出，今陸安光州之間奉有金龍神，可能就是計蒙神。汪紱從民間信仰的角度去考察《山海經》，很值得注意。

郭璞《圖讚》：「計蒙龍首，獨稟異表。升降風雨，茫茫渺渺。」

〔圖1－蔣應鎬繪圖本〕、〔圖2－《神異典》〕、〔圖3－吳任臣近文堂圖本〕、〔圖4－成或因繪圖本〕、〔圖5－汪紱圖本〕、〔圖6－上海錦章圖本〕。

〔圖1〕計蒙　明・蔣應鎬繪圖本

〔圖2〕計蒙神　清《神異典》

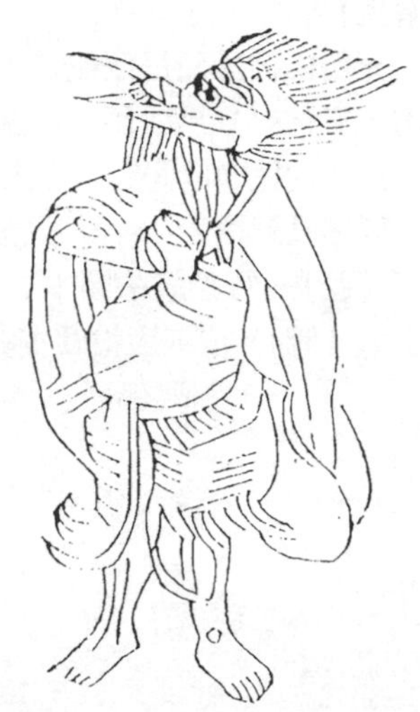

〔圖3〕計蒙　清・吳任臣近文堂圖本

〔圖4〕計蒙　清・四川成或因繪圖本

〔圖5〕計蒙　清・汪紱圖本

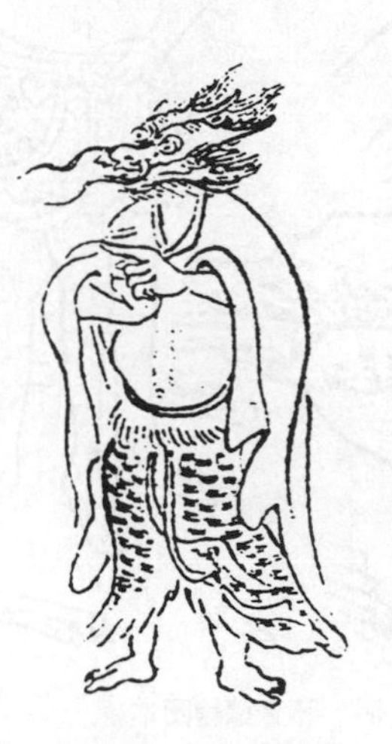

〔圖6〕計蒙　上海錦章圖本

【卷5-42】

涉䵷

【經文】

《中次八經》：岐山，其陽多赤金，其陰多白珉，其上多金、玉，其下多青雘，其木多樗。神涉䵷處之，其狀人身而方面三足。

【解說】

岐山山神涉䵷是個三足怪神，長著人的身子，一張四方臉，三條腿。

郭璞《圖讚》：「涉䵷三腳，䵷圍虎爪。」

〔圖1－蔣應鎬繪圖本〕、〔圖2－《神異典》〕、〔圖3－成或因繪圖本〕、〔圖4－汪紱圖本〕。

〔圖1〕涉䵷　明・蔣應鎬繪圖本

〔圖2〕涉鼉神　清《神異典》

〔圖3〕涉鼉　清・四川成或因繪圖本

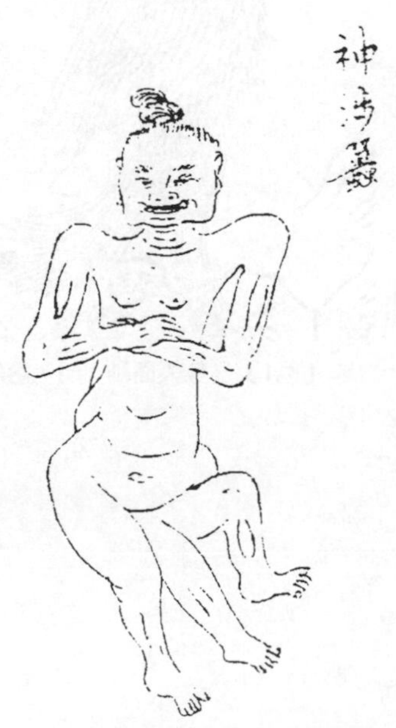

〔圖4〕涉鼉　清・汪紱圖本

【卷5-43】

鳥身人面神

【經文】

《中次八經》：自景山至琴鼓之山，凡二十三山，二千八百九十里。其神狀皆鳥身而人面。

【解說】

自景山至琴鼓之山共二十三山，其山神都是鳥身人面神。

〔圖1－蔣應鎬繪圖本〕、〔圖2－《神異典》〕、〔圖3－成或因繪圖本〕、〔圖4－汪紱圖本，名中山神〕。

〔圖1〕鳥身人面神　明．蔣應鎬繪圖本

〔圖2〕鳥身人面神　清《神異典》

〔圖3〕鳥身人面神　清・四川成或因繪圖本

〔圖4〕鳥身人面神（中山神）　清・汪紱圖本

【卷5-44】

鼉

【經文】

《中次九經》：岷山，江水出焉，東北流注于海，其中多良龜，多鼉。

【解說】

鼉（音駝，tuó），一作鱓，俗稱豬龍婆。郭璞說，鼉似蜥蜴，大者長二丈，有鱗彩，皮可以冒鼓。汪紱說，鼉四足，能橫飛，不能直騰；能作霧，不能爲雨。善崩岸，健啖魚，善睡，夜鳴應更漏，皮可冒鼓。

〔圖1－蔣應鎬繪圖本〕、〔圖2－成或因繪圖本〕、〔圖3－汪紱圖本〕、〔圖4－《禽蟲典》〕。

〔圖1〕鼉　明·蔣應鎬繪圖本

〔圖2〕鼉　清・四川成或因繪圖本

〔圖3〕鼉　清・汪紱圖本

〔圖4〕鼉　清《禽蟲典》

【卷5-45】

夔牛

【經文】

《中次九經》：岷山，其獸多夔牛。

【解說】

夔牛是一種大牛。郭璞注：「今蜀山中有大牛，重數千斤，名曰夔牛，即《爾雅》所謂魏（今本爲犩）。」《初學記》卷二十九記：「犩牛，如牛而大，肉數千斤，出蜀中。夔牛重千斤，晉時此牛出上庸郡。」

郭璞《圖讚》：「西南巨牛，出自江岷。體若垂雲，肉盈千鈞。雖有逸力，難以揮輪。」

〔圖1－汪紱圖本〕。

〔圖1〕夔牛　清・汪紱圖本

【卷5-46】

怪蛇

【經文】

《中次九經》：

崌山，江水出焉，東流注于大江，其中多怪蛇。

【解說】

怪蛇又稱鉤蛇、馬絆蛇。郭璞說，今永昌郡有鉤蛇，長數丈，尾岐，在水中鉤取岸上人、牛、馬啖之，又呼馬絆蛇。

〔圖1－汪紱圖本〕。

〔圖1〕怪蛇　清・汪紱圖本

【卷5-47】

竊脂

【經文】

《中次九經》：崌山，有鳥焉，狀如鴞而赤身白首，其名曰竊脂，可以禦火。

【解說】

竊脂是一種辟火奇鳥，樣子像鴞，赤身白首，據說可禦火辟災。胡文煥圖說：「崌山有鳥，狀如鴞，赤身白首，名曰竊脂。其嘴曲可禦火。」吳任臣說，竊脂有三種九屬：中竊、元竊、黃竊；脂竊，訓淺，言淺白色也。

〔圖1－蔣應鎬繪圖本〕、〔圖2－胡文煥圖本〕、〔圖3－成或因繪圖本〕、〔圖4－汪紱圖本〕、〔圖5－《禽蟲典》〕。

〔圖1〕竊脂　明・蔣應鎬繪圖本

〔圖2〕竊脂　明・胡文煥圖本

〔圖3〕竊脂　清・四川成或因繪圖本

竊脂圖

〔圖4〕竊脂　清・汪紱圖本

〔圖5〕竊脂　清《禽蟲典》

【卷5-48】

狏狼

【經文】

《中次九經》：蛇山，有獸焉，其狀如狐，而白尾長耳，名狏狼，見則國內有兵。

【解說】

狏（音勢，shì）狼是災獸，樣子像狐，白尾長耳；它出現的地方，那裡便有兵亂，或說國有亂。

郭璞《圖讚》：「狏狼之出，兵不外擊。雍和作恐，猨乃流疫。同惡殊災，氣各有適。」

〔圖1－蔣應鎬繪圖本〕、〔圖2－成或因繪圖本〕、〔圖3－汪紱圖本〕、〔圖4－《禽蟲典》〕。

〔圖1〕狏狼　明・蔣應鎬繪圖本

〔圖2〕狏狼　清・四川成或因繪圖本

〔圖3〕狏狼　清・汪紱圖本

〔圖4〕狏狼　清《禽蟲典》

【卷5-49】

蜼

【經文】

《中次九經》：鬲山，其獸多猨、蜼。

【解說】

蜼（音偉，wěi）屬獼猴類。郭璞注，蜼似獼猴，鼻露上向，尾四五尺，頭有岐，蒼黃色。雨則自懸樹，以尾塞鼻孔，或以兩指塞之。《爾雅．釋獸》說，蜼卬鼻而長尾。又說，江東人亦取養之，爲物捷健。古有蜼彝，蜼是雨的表徵，《爾雅翼》以蜼、龍、雉與虎爲例，從形與義兩個方面說明古人對象徵的理解，形象而生動：「古者有蜼彝，畫蜼于彝，謂之宗彝。又施之象服，夫服器必取象，此等者非特以其智而已，蓋皆有所表焉。夫八卦六子之中，日月星辰可以象指者也，雲雷風雨難以象指者也。故畫龍以表雲，畫雉以表雷，畫虎以表風，畫蜼以表雨。凡此皆形著于此，而義表于彼，非爲是物也。」這就是我們今天所說的象徵。

郭璞《圖讚》：「寓屬之才，莫過于蜼。雨則自懸，塞鼻以尾。厥形雖隨，列象宗彝。」

〔圖1－蔣應鎬繪圖本〕、〔圖2－成或因繪圖本〕、〔圖3－汪紱圖本〕、〔圖4－《禽蟲典》〕。

〔圖1〕蜼　明．蔣應鎬繪圖本

〔圖2〕蜼　清·四川成或因繪圖本

〔圖3〕蜼　清・汪紱圖本

〔圖4〕蜼　清《禽蟲典》

【卷5-50】

熊山神

【經文】

《中次九經》：熊山，有穴焉，熊之穴，恒出神人。夏啟而冬閉；是穴也，冬啟乃必有兵。

【解說】

熊山神是熊山的山神。此山有一奇穴，夏啓而冬閉；如冬天此穴開啓，必有兵亂。郭璞注：「今鄴西北有鼓山，下有石鼓，象懸著山旁，鳴則有軍事，與此穴殊象而同應。」郝懿行按：「劉逵注〈魏都賦〉引《冀州圖》，鄴西北鼓山，山上有石鼓之形，俗言時時自鳴。劉劭〈趙都賦〉曰，神鉦發聲，俗云石鼓鳴，則天下有兵革之事，是郭所本也。《水經·渭水》注云，朱圉山在梧中縣，有石鼓，不擊自鳴，鳴則兵起，亦此類。」《水經注異聞錄》記：（燕山）懸岩之側，有石鼓。去地百餘丈，望若數百石囷。有石樑貫之。鼓之東南，有石援桴，狀同擊勢。耆舊言：燕山石鼓鳴，則土有兵。

郭璞《圖讚·熊穴》：「熊山有穴，神人是出。與彼石鼓，象殊應一。祥雖先出，厥事非吉。」

〔圖1－汪紱圖本〕。

〔圖1〕熊山神　清·汪紱圖本

【卷5-51】

馬身龍首神

【經文】

《中次九經》：岷山之首，自女几山至于賈超之山，凡十六山，三千五百里。其神狀皆馬身而龍首。

【解說】

自女几山至賈超山共十六座山，其山神都是馬身龍首神。

〔圖1－蔣應鎬繪圖本〕、〔圖2－《神異典》〕、〔圖3－汪紱圖本，名中山神〕。

〔圖1〕馬身龍首神　明・蔣應鎬繪圖本

〔圖2〕馬身龍首神　清《神異典》

〔圖3〕馬身龍首神（中山神）　清・汪紱圖本

【卷5-52】

跂踵

【經文】

《中次十經》：復州之山，有鳥焉，其狀如鴞，而一足彘尾，其名曰跂踵，見則其國大疫。

【解說】

跂踵爲一足鳥，傳爲兆疫之鳥。樣子像鴞（一作雞），一足，豬尾。《駢雅》說，絜鉤、跂踵，兆疫鳥也。

郭璞作銘：「跂踵之鳥，一足似夔。不爲樂興，反以來悲。」又《圖讚》：「青耕禦疫，跂踵降災。物之相反，各以氣來。見則民咨，實爲病媒。」

〔圖1－蔣應鎬繪圖本〕、〔圖2－吳任臣康熙圖本〕、〔圖3－吳任臣近文堂圖本〕、〔圖4－汪紱圖本〕、〔圖5－《禽蟲典》〕。

〔圖1〕跂踵　明・蔣應鎬繪圖本

〔圖2〕跂踵　清・吳任臣康熙圖本

〔圖3〕跂踵　清・吳任臣近文堂圖本

〔圖4〕跂踵　清・汪紱圖本

〔圖5〕跂踵　清《禽蟲典》

【卷5-53】

鸜鵒

【經文】

《中次十經》：又原之山，其鳥多鸜鵒。

【解說】

鸜鵒（音渠欲，qúyù）又名鴝鵒，俗名八哥。汪紱說，鸜鵒，八哥也，色黑而翅有白毛，頭有毛幘，大如百舌，好群飛。人家畜之，翦治其舌，能效人言。李時珍說，此鳥好浴水，其睛瞿瞿然，故名。天寒欲雪則群飛。

〔圖1－蔣應鎬繪圖本〕、〔圖2－成或因繪圖本〕、〔圖3－汪紱圖本〕、〔圖4－《禽蟲典》〕。

〔圖1〕鸜鵒　明·蔣應鎬繪圖本

〔圖2〕鸜鵒　清・四川成或因繪圖本

〔圖3〕鸜鵒　清・汪紱圖本

〔圖4〕鸜鵒　清《禽蟲典》

【卷5-54】

龍身人面神

【經文】

《中次十經》：首陽山之首，自首山至于丙山，凡九山，二百六十七里。其神狀皆龍身而人面。

【解說】

自首陽山至丙山共九座山，其山神都是龍身人面神。

〔圖1－成或因繪圖本〕、〔圖2－汪紱圖本，名中山神〕。

〔圖1〕龍身人面神　清・四川成或因繪圖本

〔圖2〕龍身人面神（中山神）　清・汪紱圖本

【卷5-55】

雍和

【經文】

《中次十一經》：豐山，有獸焉，其狀如蝯，赤目、赤喙、黃身，名曰雍和，見則國有大恐。

【解說】

雍和是兆災之猿狀獸，樣子像猿猴，全身黃色，紅眼睛，紅嘴喙；它出現在哪裡，哪裡便有大災。

郭璞《圖讚》：「雍和作恐，猨乃流疫。同惡殊災，氣各有適。」

〔圖1－汪紱圖本〕、〔圖2－《禽蟲典》〕。

〔圖1〕雍和　清·汪紱圖本

〔圖2〕雍和　清《禽蟲典》

【卷5-56】

耕父

【經文】

《中次十一經》：豐山，神耕父處之，常遊清泠之淵，出入有光，見則其國為敗。

【解說】

豐山山神耕父是旱鬼，常在西鄂縣豐山的清泠之淵遊玩。此神出入時，水赤閃閃有光。郭璞在注中記述了民間祭祀耕父神的情形，說清泠水在西鄂縣山上，神來時水赤有光耀，今有屋祠之。

經文沒有說明耕父是什麼樣子，今見耕父圖有二形：

其一，猴形，如〔圖1－蔣應鎬繪圖本〕；

其二，人形，如〔圖2－《神異典》〕、〔圖3－汪紱圖本〕。

郭璞《圖讚》：「清泠之水，在乎山頂。耕父是游，流光灑景。黔首祀禜，以弭災眚。」

〔圖1〕耕父　明・蔣應鎬繪圖本

〔圖2〕耕父神　清《神異典》

〔圖3〕耕父　清・汪紱圖本

【卷5-57】

鴆

【經文】

《中次十一經》：瑤碧之山，有鳥焉，其狀如雉，恒食蜚，名曰鴆。

【解說】

《中山經》之鴆有二。一是《中次八經》女几山善食蛇之毒鳥；二是瑤碧山上樣子像雉、好吃臭蟲的鴆。二者不是一回事。郭璞說：蜚，負盤，臭蟲。又說：「此更一種鳥，非食蛇之鴆也。」

〔圖1－蔣應鎬繪圖本〕、〔圖2－成或因繪圖本〕、〔圖3－汪紱圖本〕。

〔圖1〕鴆　明・蔣應鎬繪圖本

〔圖2〕鴸　清・四川成或因繪圖本

〔圖3〕鴸　清・汪紱圖本

【卷5-58】

嬰勺

【經文】

《中次十一經》：支離之山，有鳥焉，其名曰嬰勺，其狀如鵲，赤目、赤喙、白身，其尾若勺，其鳴自呼。

【解說】

嬰勺是一種奇鳥，樣子像鵲，紅眼睛，紅嘴喙，白羽毛，尾巴像酒勺，其叫聲有如呼喚自己的名字。《事物紺珠》記，嬰勺如鵲，目喙赤，身白，尾若勺。郝懿行說，鵲尾似勺，故後世作鵲尾勺，本此。

郭璞《圖讚》：「支離之山，有鳥似鵲。白身赤眼，厥毛如勺。維彼有斗，不可以酌。」

〔圖1－蔣應鎬繪圖本〕、〔圖2－成或因繪圖本〕、〔圖3－汪紱圖本〕、〔圖4－《禽蟲典》〕。

〔圖1〕嬰勺　明・蔣應鎬繪圖本

〔圖2〕嬰勺　清・四川成或因繪圖本

〔圖3〕嬰勺　清・汪紱圖本

〔圖4〕嬰勺　清《禽蟲典》

【卷5-59】

青耕

【經文】

《中次十一經》：堇理之山，有鳥焉，其狀如鵲，青身白喙，白目白尾，名曰青耕，可以禦疫，其鳴自叫。

【解說】

青耕是禦疫之吉鳥，樣子像鵲，羽翼青色，嘴喙、眼睛、尾巴都是白色，其叫聲有如呼喚自己的名字。據說青耕可禦疫禳災。《事物紺珠》記，青耕如鵲，青身，喙首尾皆白。《駢雅》說，青耕肥遺，禦厲鳥也。《讀書考定》說，寓辟兵，青耕辟疫。

〔圖1－胡文煥圖本〕、〔圖2－汪紱圖本〕。

青耕

〔圖1〕青耕　明・胡文煥圖本

〔圖2〕青耕　清・汪紱圖本

【卷5-60】

獜

【經文】

《中次十一經》：依軲之山，有獸焉，其狀如犬，虎爪有甲，其名曰獜，善駚牟（音央奮，yāngfèn），食者不風。

【解說】

獜（音鄰，lín）是狗狀獸，樣子像狗，卻身披鱗甲，長著虎的爪子，喜歡跳躍自撲；據說吃了它的肉可不畏天風，或可療風痹。

郭璞《圖讚》：「有獸虎爪，厥號曰獜。好自跳撲，鼓甲振奮。若食其肉，不覺風迅。」

〔圖1－蔣應鎬繪圖本〕、〔圖2－成或因繪圖本〕、〔圖3－汪紱圖本〕、〔圖4－《禽蟲典》〕。

〔圖1〕獜　明·蔣應鎬繪圖本

〔圖2〕獜　清・四川成或因繪圖本

〔圖3〕獜　清・汪紱圖本

〔圖4〕獜　清《禽蟲典》

【卷5-61】

三足鼈

【經文】

《中次十一經》：從山，從水出于其上，潛于其下，其中多三足鼈，枝尾，食之無蠱疾（原作疫，袁珂從王念孫校改）。

【解說】

三足鼈名能，《爾雅・釋魚》：「鼈三足，能。」三足鼈的尾巴分枝，據說食之可無蠱疾。

〔圖1－汪紱圖本〕。

〔圖1〕三足鼈　清・汪紱圖本

【卷5-62】

㺚

【經文】

《中次十一經》：樂馬之山，有獸焉，其狀如彙，赤如丹火，其名曰㺚，見則其國大疫。

【解說】

㺚（音力，lì）是鼠狀災獸，樣子像蝟鼠，全身紅赤，有如丹火；它出現在哪裡，哪裡便流行災疫。《十六國春秋》記，南燕太上四年，燕主超祀南郊，有獸類鼠而色赤，集於圜丘之側，疑即此獸。

郭璞《圖讚》：「雍和作恐，㺚乃流疫。同惡殊災，氣各有適。」

〔圖1－《禽蟲典》〕。

〔圖1〕㺚　清《禽蟲典》

【卷5-63】

頡

【經文】

《中次十一經》：葴山，視水出焉，東南流注于汝水，其中多人魚，多蛟，多頡。

【解說】

頡（音斜，xié）是生活在水中的狗狀獸，形如青狗。袁珂認爲，疑即今之水獺。

〔圖1－汪紱圖本〕。

〔圖1〕頡　清·汪紱圖本

狙如

【卷5-64】

【經文】

《中次十一經》：倚帝之山，其上多玉，其下多金。有獸焉，狀如鼣鼠，白耳白喙，名曰狙如，見則其國有大兵。

【解說】

狙（音居，jū）如是一種鼠狀災獸，樣子像鼣鼠，白耳朵，白嘴巴；它出現的地方，那裡就會有兵亂。汪紱說，鼣（音吠，fèi）鼠如鼠而大，又似兔，色紫紺，其皮可裘。《事物紺珠》記，狙如鼠耳白喙。

郭璞《圖讚》：「狙如微蟲，厥體無害。見則師興，兩陣交會。物之所感，焉有小大。」

〔圖1－蔣應鎬繪圖本〕、〔圖2－汪紱圖本〕、〔圖3－《禽蟲典》〕。

〔圖1〕狙如　明・蔣應鎬繪圖本

〔圖2〕狙如　清・汪紱圖本

〔圖3〕狙如　清《禽蟲典》

【卷5-65】

狢即

【經文】

《中次十一經》：鮮山，有獸焉，其狀如膜犬，赤喙、赤目、白尾，見則其邑有火，名曰狢即。

【解說】

狢（音移，yí）即爲狗狀火獸，樣子像西膜之犬，嘴巴眼睛都是紅色，白尾巴。它出現在哪裡，哪裡便有火災，又說見則有兵亂。郝懿行說，膜犬者，即西膜之犬，今其犬高大濃毛，猛悍多力。《事物紺珠》記，狢即如犬，目喙赤，尾白，見則大火。《廣韻》說，狢即出則大兵。

郭璞《圖讚》：「梁渠致兵，狢即起災。」

〔圖1－蔣應鎬繪圖本〕、〔圖2－汪紱圖本〕、〔圖3－《禽蟲典》〕。

〔圖1〕狢即　明・蔣應鎬繪圖本

〔圖2〕⿰犭多即　清・汪紱圖本

〔圖3〕⿰犭多即　清《禽蟲典》

【卷5-66】

梁渠

【經文】

《中次十一經》：歷（或作磨）石之山，有獸焉，其狀如狸，而白首虎爪，名曰梁渠，見則其國有大兵。

【解說】

梁渠是狸狀災獸，樣子像狸，白腦袋，長著老虎爪子。它出現在哪裡，哪裡便有兵亂。

郭璞《圖讚》：「梁渠致兵，㺄即起災。」

〔圖1－蔣應鎬繪圖本〕、〔圖2－胡文煥圖本〕、〔圖3－成或因繪圖本〕、〔圖4－汪紱圖本〕、〔圖5－《禽蟲典》〕。

〔圖1〕梁渠　明·蔣應鎬繪圖本

梁渠

〔圖2〕梁渠　明・胡文煥圖本

〔圖3〕梁渠　清・四川成或因繪圖本

〔圖4〕梁渠　清·汪紱圖本

〔圖5〕梁渠　清《禽蟲典》

【卷5-67】

鴃鵌

【經文】

《中次十一經》：丑陽之山，有鳥焉，其狀如烏而赤足，名曰鴃鵌，可以禦火。

【解說】

鴃鵌（音枳徒，zhǐtú），一作鴃餘，是一種禦火之鳥。樣子像烏鴉，足爪紅色。

郭璞《圖讚》：「梁渠致兵，狢即起災。鴃鵌辟火，物各有能。」

〔圖1－胡文煥圖本〕、〔圖2－汪紱圖本〕、〔圖3－《禽蟲典》〕。

〔圖1〕鴃鵌（鳭鵌）　明·胡文煥圖本

〔圖2〕鴃鵌（鴃餘）　清·汪紱圖本

〔圖3〕鴃鵌（鳭鵌）　清《禽蟲典》

【卷5-68】

聞獜

【經文】

《中次十一經》：几山，有獸焉，其狀如彘，黃身、白頭、白尾，名曰聞獜，見則天下大風。

【解說】

聞獜（音鄰，lín）爲豬狀風獸，樣子像豬，黃身，頭尾皆白；它出現在哪裡，哪裡便有大風。《駢雅》說，聞獜，黃彘也。《談薈》說，風獸兆風，聞獜之獸，見則天下大風。《事物紺珠》記，聞獜如豬，黃身，頭尾白。又說，𧱏如彘，黃身，首尾白，亦斯獸也。胡文煥圖本的聞獜名𧱏，即據此而來。胡氏圖說：「𧱏狀如彘，黃身，白首白尾，見則大風。」

郭璞《圖讚》：「聞獜之見，大風乃來。」

聞獜圖有二形：

其一，豬狀獸，如〔圖1－胡文煥圖本，名𧱏〕、〔圖2－汪紱圖本〕、〔圖3－《禽蟲典》〕；

其二，人面獸，如〔圖4－日本圖本，名𧱏〕。

〔圖1〕聞獜（𧱏）　明・胡文煥圖本

〔圖2〕聞獜　清・汪紱圖本

〔圖3〕聞獜　清《禽蟲典》

〔圖4〕聞獜（羲）　日本圖本

【卷5-69】

彘身人首神

【經文】

《中次十一經》：荊山之首，自翼望之山至于几山，凡四十八山，三千七百三十二里。其神狀彘身人首。

【解說】

自翼望山至几山共四十八座山，其山神都是彘身人首神。

〔圖1－汪紱圖本，名中山神〕。

〔圖1〕彘身人首神（中山神）　清・汪紱圖本

【卷5-70】

于兒

【經文】

《中次十二經》：夫夫之山，其上多黃金，其下多青雄黃，神于兒居之，其狀人身而身操兩蛇，常遊于江淵，出入有光。

【解說】

夫夫山的山神于兒是個怪神，他的樣子是人，卻身纏兩蛇，常在江淵遊玩，他出入各處，身上亮光閃閃。郝懿行認爲于兒是愚公故事中的操蛇之神，他說，《列子·湯問篇》說愚公事，云操蛇之神聞之，告之於帝。操蛇之神蓋即此。汪紱推測，于兒疑即登山神俞兒。從《山海經》的圖與文來看，本經的神于兒，不是汪紱說的俞兒。俞兒是登山神。《管子·小問》第五十一講述了俞兒的故事，說的是齊桓公北伐孤竹國，在離卑耳之溪不到十里的地方，突然看見有一個身長一尺左右，穿衣戴帽、脫去右邊衣袖的小人，騎著馬，飛一般地跑過去了。桓公很奇怪，便問管仲。管仲回答說，臣聞登山之神名俞兒，身長僅尺而形貌如人。霸王之君興，而登山神見。此神策馬前走，爲人指路。他脫去衣袖，表示前方有水；脫去右邊衣袖，表示從右方涉水安全。到了卑耳之溪，渡口的導引者告知：從左方涉水，其深及冠；從右方涉水，才得安全。俞兒的故事未見於《山海經》。但明代胡文煥的《山海經圖》與明刻王崇慶《山海經釋義·圖像山海經》的第一圖，都收有俞兒神的圖，一衣冠小人騎一小馬〔圖1－胡文煥圖本〕。

于兒是夫夫山山神，又是江河之神，蛇是他具有神性的標誌，也是他溝通兩個世界的巫具與動物助手。于兒身上的兩條蛇尤其値得注意。《山海經》原來的經文是「其狀人身而身操兩蛇」，歷代注家如汪紱、袁珂等，認爲「身操兩蛇」不可理解，便改爲「手操兩蛇」了。但明代蔣應鎬等畫家把「身操兩蛇」理解爲身纏二蛇了。

郭璞《圖讚》：「于兒如人，蛇頭有兩。常遊江淵，見于洞廣。乍潛乍出，神光惚恍。」

〔圖2－蔣應鎬繪圖本〕、〔圖3－《神異典》〕、〔圖4－成或因圖本〕、〔圖5－汪紱圖本〕。

〔圖2〕于兒　明．蔣應鎬繪圖本

〔圖1〕于兒（俞兒） 明・胡文煥圖本

〔圖3〕于兒神 清《神異典》

〔圖4〕于兒 清・四川成或因繪圖本〔原圖有殘〕

〔圖5〕神于兒　清・汪紱圖本

【卷5-71】

帝二女

【經文】

《中次十二經》：洞庭之山，其上多黃金，其下多銀、鐵。帝之二女居之，是常遊于江淵。澧沅之風，交瀟湘之淵，是在九江之間，出入必以飄風暴雨。

【解說】

帝二女即神二女、堯二女。堯的兩個女兒娥皇、女英嫁給舜爲妻，故又稱有虞二妃。二女死後成爲湘江的江神。郭璞說，天帝之二女，處江爲神。汪紱記述了二女的故事，說帝之二女謂堯之二女娥皇、女英也。相傳謂舜南巡狩，崩於蒼梧，二妃奔赴哭之，隕於湘江，遂爲湘水之神，屈原《九歌》所稱湘君、湘夫人，《列仙傳》所謂江妃二女是也。帝二女作爲江神、山水之神，常於江淵遊玩，出入之處常伴以狂風暴雨。

郭璞《圖讚》：「神之二女，爰宅洞庭。游化五江，惚恍窈冥。號曰夫人，是維湘靈。」

〔圖1－蔣應鎬繪圖本〕、〔圖2－成或因繪圖本〕、〔圖3－汪紱圖本〕。

〔圖1〕帝二女　明・蔣應鎬繪圖本

〔圖2〕帝二女　清・四川成或因繪圖本

〔圖3〕神二女　清・汪紱圖本

【卷5-72】

洞庭怪神

【經文】

《中次十二經》：洞庭之山，帝二女居之，是常遊于江淵。澧沅之風，交瀟湘之淵，是在九江之間，出入必以飄風暴雨。是多怪神，狀如人而載蛇，左右手操蛇。

【解說】

在湘江水神出入的洞庭湖上，還有許多怪神，是洞庭湖之神，又是風雨之神；樣子是人，頭上盤蛇，左右手操蛇。汪紱在注中說，今洞庭湖中尚多怪神及怪風雨。

〔圖1－汪紱圖本〕、〔圖2－《神異典》，名九江神〕。

〔圖1〕洞庭怪神　清・汪紱圖本

〔圖2〕洞庭怪神（九江神）　清《神異典》

【卷5-73】

蛫

【經文】

《中次十二經》：即公之山，有獸焉，其狀如龜，而白身赤首，名曰蛫，是可以禦火。

【解說】

蛫（音鬼，guǐ）是禦火奇獸，樣子像龜，頭紅身白。《事物紺珠》記，蛫狀如龜，白身赤首。

蛫圖有二形：

其一，龜形，如〔圖1－蔣應鎬繪圖本〕、〔圖2－成或因繪圖本〕；

其二，獸形，如〔圖3－汪紱圖本〕、〔圖4－《禽蟲典》〕。

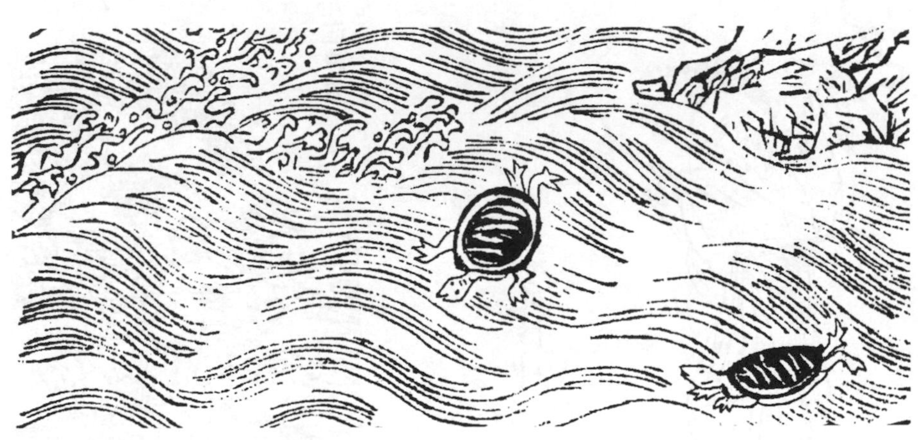

〔圖1〕蛫　明・蔣應鎬繪圖本

〔圖2〕蛫　清・四川成或因繪圖本

〔圖3〕蛫　清・汪紱圖本

〔圖4〕蛫　清《禽蟲典》

【卷5-74】

飛蛇

【經文】

《中次十二經》：柴桑之山，其上多銀，其下多碧，多白蛇、飛蛇。

【解說】

飛蛇即螣蛇，能乘霧而飛。李時珍《本草綱目》說，《山海經》云柴桑多飛蛇。荀子云，螣蛇無足而飛。《韓非子·十過篇》記述了古時候，黃帝合鬼神於西泰山之上，螣蛇伏地的故事。

郭璞《圖讚》：「騰（一作螣）蛇配龍，因霧而躍。雖欲登天，雲罷陸莫（一作略）。材非所任（一作仗非啓體），難以久托（一作難以雲托）。」

〔圖1－汪紱圖本〕、〔圖2－《禽蟲典》〕。

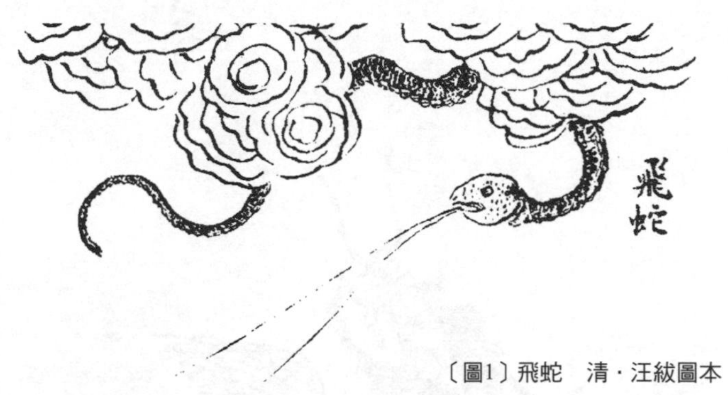

〔圖1〕飛蛇　清·汪紱圖本

〔圖2〕飛蛇　清《禽蟲典》

【卷5-75】

鳥身龍首神

【經文】

《中次十二經》：洞庭山之首，自篇遇之山至于榮余之山，凡十五山，二千八百里。其神狀皆鳥身而龍首。

【解說】

自篇遇山至榮余山共十五座山，其山神都是鳥身龍首神。

〔圖1－汪紱圖本，名中山神〕。

〔圖1〕鳥身龍首神（中山神）　清・汪紱圖本

海外南經

【卷6-1】

結匈國

【經文】

《海外南經》：結匈國在其西南，其為人結匈。

【解說】

據《淮南子．墬形篇》記，海外有三十六國，自西南至東南方，有結胸民；結匈國在滅蒙鳥西南，其人的前胸都突起一大塊，就像男人的喉結一樣。

〔圖1－蔣應鎬繪圖本〕、〔圖2－成或因繪圖本〕、〔圖3－《邊裔典》〕。

〔圖1〕結匈國　明．蔣應鎬繪圖本

〔圖2〕結匈國　清・四川成或因繪圖本

〔圖3〕結匈國　清《邊裔典》

【卷6-2】

羽民國

【經文】

《海外南經》：羽民國在其東南，其為人長頭，身生羽。一曰在比翼鳥東南，其為人長頰。

【解說】

羽民國是《淮南子》所記海外三十六國之一，在結匈國東南，一說在比翼鳥東南。這個國家的人，腦袋和臉頰都是長長的，白頭髮，紅眼睛，長著鳥的尖喙，背上還生有一對翅膀，能飛，卻飛不遠。他們也和飛鳥一樣，是從蛋裡孵出來的。郭璞說，能飛不能遠，卵生。《啓筮》描寫羽民之狀，說是鳥喙赤目而白首。據晉張華《博物志·外國》記載，羽民國民，有翼，飛不遠，多鸞鳥，民食其卵。去九疑（即九嶷山）四萬三千里。可知羽民國是神話中的殊方異域。《楚辭·遠遊》說：「仍羽人於丹丘兮，留不死之舊鄉。」羽人的形象來源於《山海經》。郭璞在注中說，畫似仙人也。郝懿行也說，郭云畫似仙人者，謂此經圖畫如此也。可知《山海經》以圖爲文的敘事風格。

郭璞《圖讚》：「鳥喙長頰，羽（一作厥）生則卵。矯翼而翔，能飛不遠。人維倮屬，何狀之反。」

〔圖1－蔣應鎬繪圖本〕、〔圖2－吳任臣近文堂圖本〕、〔圖3－成或因繪圖本〕、〔圖4－汪紱圖本〕、〔圖5－《邊裔典》〕、〔圖6－上海錦章圖本〕。

〔圖1〕羽民國　明·蔣應鎬繪圖本

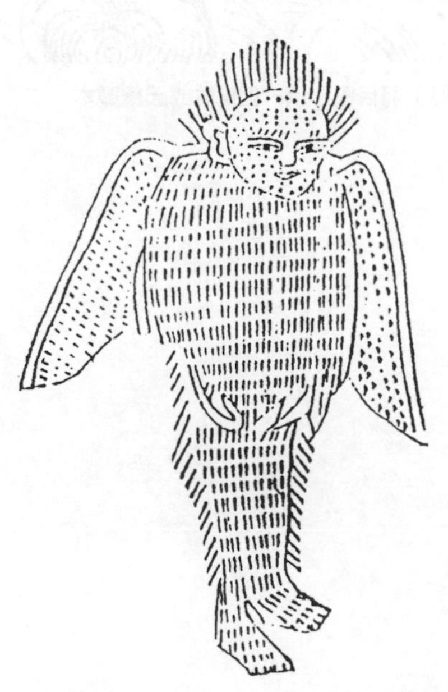

〔圖2〕羽民國　清·吳任臣近文堂圖本

〔圖3〕羽民國　清・四川成或因繪圖本

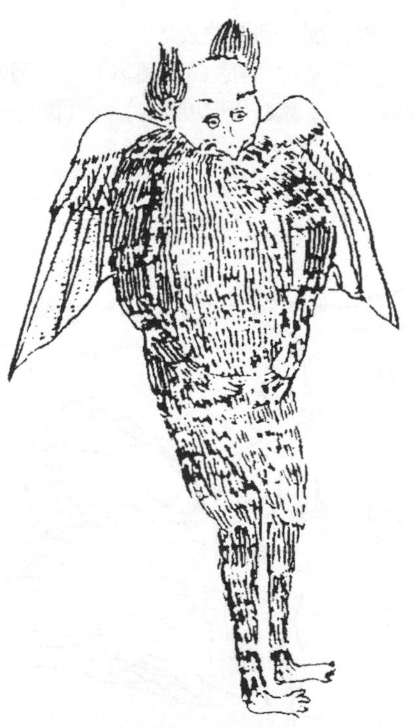

〔圖4〕羽民國　清・汪紱圖本

〔圖5〕羽民國　清《邊裔典》

〔圖6〕羽民國　上海錦章圖本

【卷6-3】

讙頭國

【經文】

《海外南經》：讙頭國在其南，其為人人面有翼，鳥喙，方捕魚。一曰在畢方東。或曰讙朱國。

【解說】

讙（音歡，huān）頭國是《淮南子》所記海外三十六國之一，又稱讙朱國、讙（一作驩）兜國、丹朱國。讙頭國的人半人半鳥，腦袋是人，卻長著鳥喙和鳥的翅膀，不過他們有翼卻不能飛，只能當拐杖用。讙頭國的人每天扶著翅膀，在海邊用鳥的尖嘴捕食魚蝦。《神異經·南荒經》記述了讙頭國的故事，說南方有人，人面鳥喙而有翼，手足扶翼而行，食海中魚，有翼不足以飛，一名驩兜。

讙頭、讙朱、驩兜都是堯子丹朱的異名（一說驩兜是堯臣），傳說丹朱爲人狠惡而頑凶，所以堯把天下讓給了舜，而把丹朱放逐到南方的丹水做諸侯；後因丹朱謀反失敗，投海而死，其靈魂化身爲鴸鳥。其子孫在南海建立的國家名叫讙頭國、讙朱國。這一故事又見《南次二經》鴸及《大荒南經》讙頭國。

郭璞《圖讚》：「讙國鳥喙，行則杖羽。潛于海濱，維食祖（一作杞）秬。實維嘉穀，所謂濡黍。」

〔圖1－蔣應鎬繪圖本〕、〔圖2－蔣應鎬繪圖本《大荒南經》圖〕、〔圖3－吳任臣康熙圖本〕、〔圖4－吳任臣近文堂圖本〕、〔圖5－成或因繪圖本〕、〔圖6－汪紱圖本〕、〔圖7－《邊裔典》〕、〔圖8－上海錦章圖本〕。

〔圖1〕讙頭國　明·蔣應鎬繪圖本

〔圖2〕讙頭國　明・蔣應鎬繪圖本《大荒南經》圖

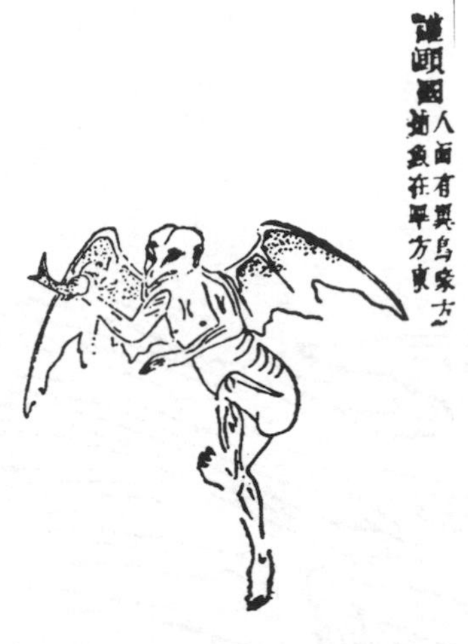

〔圖3〕讙頭國　清・吳任臣康熙圖本

〔圖4〕讙頭國　清・吳任臣近文堂圖本

〔圖5〕讙頭國　清・四川成或因繪圖本

讙頭國

〔圖6〕讙頭國　清・汪紱圖本

〔圖7〕讙頭國　清《邊裔典》

〔圖8〕讙頭國　上海錦章圖本

【卷6-4】

厭火國

【經文】

《海外南經》：

厭火國在其國南，其為人獸身黑色，火出其口中。一曰在讙朱東。

【解說】

厭火國的異人樣子像猴，黑皮膚，以火炭爲食，故口能吐火。郭璞注，言能吐火，畫似獼猴而黑色也。厭火國又作厭光國，《博物志·外國》記，厭光國民，光出口中，形盡似猨猴，黑色。據《本草集解》記，南方有厭火之民，食火之獸。傳說此厭火國近黑昆侖，人能食火炭，食火之獸名禍斗。

郭璞《圖讚》：「有人獸體，厥狀怪譎。吐納炎精，火隨氣烈。推之無奇，理有不熱。」

今見厭火國圖均作獸狀，其獸有三形：

其一，吐火之獸，如〔圖1－蔣應鎬繪圖本〕、〔圖2－成或因繪圖本〕；

其二，似猴而黑色，吐火，如〔圖3－日本圖本〕、〔圖4－汪紱圖本〕；

其三，人面（？）猴身，如人行坐、吐火，如〔圖5－胡文煥圖本〕、〔圖6－《邊裔典》〕。胡氏圖說：「厭火國有獸，身黑色，火出口中。狀似獼猴，如人行坐。」

〔圖1〕厭火國　明·蔣應鎬繪圖本

〔圖2〕厭火國　清・四川成或因繪圖本

〔圖4〕厭火國　清・汪紱圖本

〔圖3〕厭火獸　日本圖本

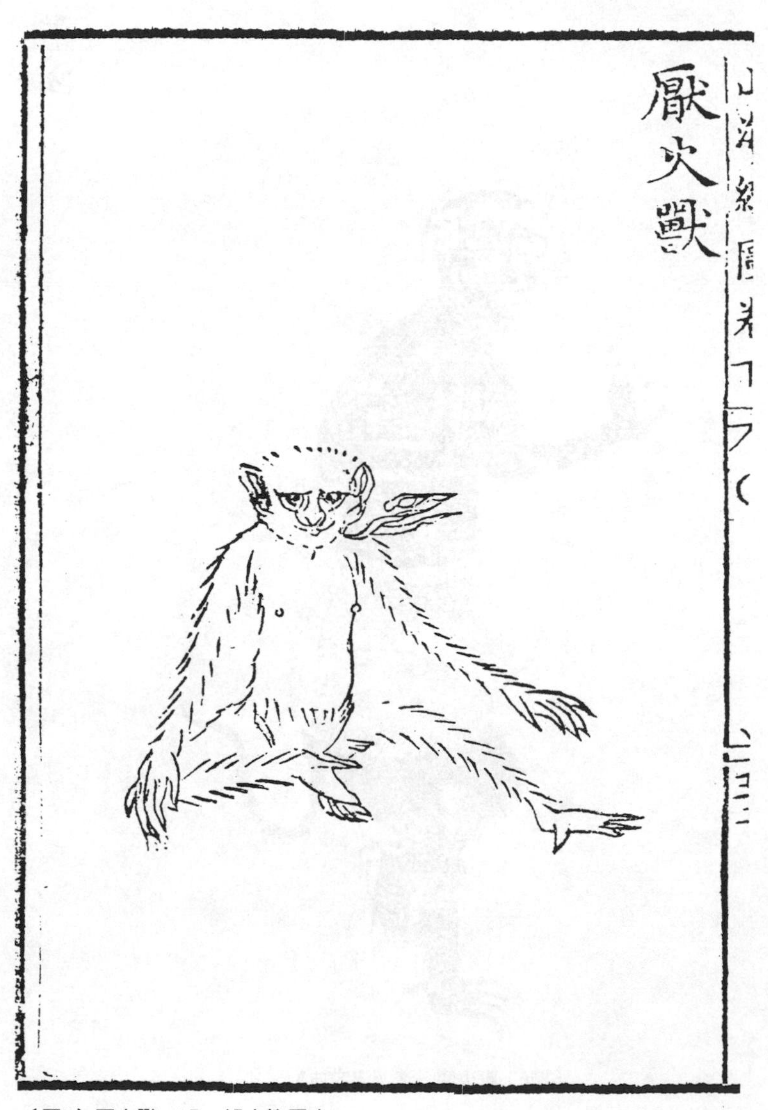

〔圖5〕厭火獸　明・胡文煥圖本

〔圖6〕厭火國　清《邊裔典》

【卷6-5】

䵵國

【經文】

《海外南經》：

䵵國在其東，其為人黃，能操弓射蛇。一曰䵵國在三毛東。

【解說】

䵵（音秩，zhì；亦音替，tì）國，即䵵民國。䵵國的人原是帝舜的後代，黃皮膚，擅長操弓射蛇。《太平御覽》卷七九引此經作「盛國」。《大荒南經》描寫了此國自然有五穀衣服的情景：「有䵵民之國。帝舜生無淫，無淫降䵵處，是謂巫䵵民。巫䵵民朌姓，食穀，不績不經，服也；不稼不穡，食也。爰有歌舞之鳥，鸞鳥自歌，鳳鳥自舞。爰有百獸，相群爰處。百穀所聚。」可知經中所描寫的䵵國，完全是先民心目中理想國的景象。

郭璞《圖讚》：「不績（一作蠶）不經（一作絲），不稼不穡。百獸率舞，群鳥拊翼。是號䵵民，自然衣食。」

〔圖1－蔣應鎬繪圖本〕、〔圖2－成或因繪圖本〕、〔圖3－《邊裔典》〕。

〔圖1〕䵵國　明・蔣應鎬繪圖本

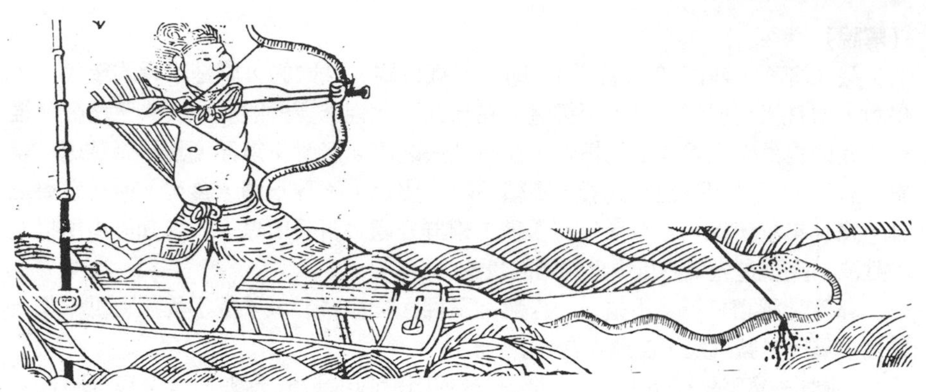

〔圖2〕臷國　清・四川成或因繪圖本

〔圖3〕臷國　清《邊裔典》

【卷6-6】

貫匈國

【經文】

《海外南經》：

貫匈國在其東，其為人匈有竅。一曰在載國東。

【解說】

貫匈國是《淮南子》所記海外三十六國之一，又名穿胸民。貫匈國的人自前胸到後背都有一個大孔洞。這個大洞是怎麼來的呢？傳說大禹治水時，曾在會稽山召見天下諸神，吳越山神防風氏後到，禹把他殺了。後來洪水平息，禹乘坐龍車巡遊海外各國，經南方，防風神裔見禹，怒射之。這時，雷聲大作，二龍駕車飛騰而去。防風神裔知道闖禍了，便以刃自貫其心而死。禹念其忠誠可嘉，便命人把不死草塞在死者胸前的洞中，使之死而復生；復生者因此而留下了自前胸達後背的一個大洞，這便是穿胸國的來由（見《藝文類聚》卷九十六引《括地圖》）。據元代周致中纂《異域志》記載，穿胸國，在盛海東，胸有竅，尊者去衣，令卑者以竹木貫胸抬之。以尊卑觀念講述貫匈國的故事顯然是後來才出現的。

郭璞爲貫匈、交脛、支舌三國作《圖讚》：「鑠金洪爐，灑成萬品。造物無私，各任所稟。歸於曲成，是見兆朕。」

貫匈國圖有二形：

其一，貫胸之人，如〔圖1－蔣應鎬繪圖本〕、〔圖2－成或因繪圖本〕；

其二，以竹木貫胸抬人，如〔圖3－吳任臣近文堂圖本〕、〔圖4－成或因繪圖本〕、〔圖5－汪紱圖本〕。

〔圖5〕貫匈國　清・汪紱圖本

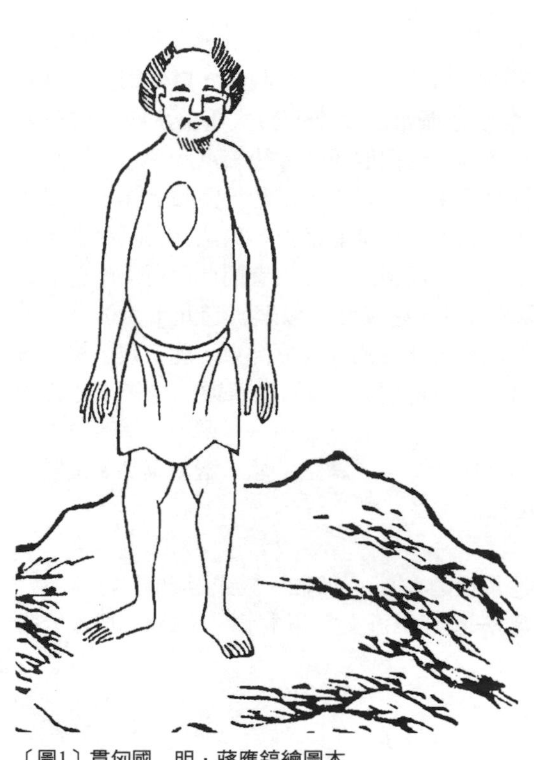

〔圖1〕貫匈國　明・蔣應鎬繪圖本

〔圖2〕貫匈國　清・四川成或因繪圖本

〔圖3〕貫匈國　清・吳任臣近文堂圖本

〔圖4〕貫匈國　清・四川成或因繪圖本

【卷6-7】

交脛國

【經文】

《海外南經》：交脛國在其東，其為人交脛。一曰在穿匈東。

【解說】

交脛國是《淮南子》所記海外三十六國之一，其人名交脛民。交脛國的人，個子不高，四尺左右，身有毛，足骨無節，故腿腳彎曲而相互交叉，躺下就起不來了，要人攙扶才能站起來。據劉欣期《交州記》所記，交阯之人，出南定縣，足骨無節，身有毛，臥者更扶始得起。

郭璞《圖讚》：「鑠金洪爐，灑成萬品。造物無私，各任所稟。歸於曲成，是見兆朕。」畢沅圖本、郝懿行圖本與上海錦章圖本圖上的贊詞與之略有不同：「造物無私，各任所稟。結匈之東，名曰交脛。」

〔圖1－蔣應鎬繪圖本〕、〔圖2－成或因繪圖本〕、〔圖3－畢沅圖本〕、〔圖4－汪紱圖本〕、〔圖5－《邊裔典》〕。

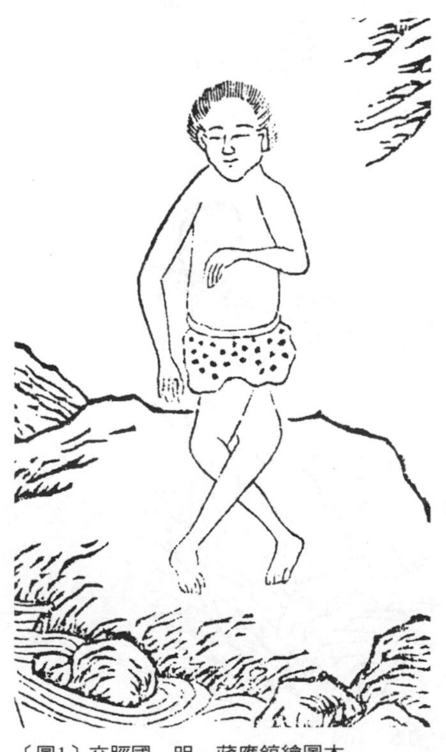

〔圖1〕交脛國　明・蔣應鎬繪圖本

〔圖2〕交脛國　清・四川成或因繪圖本

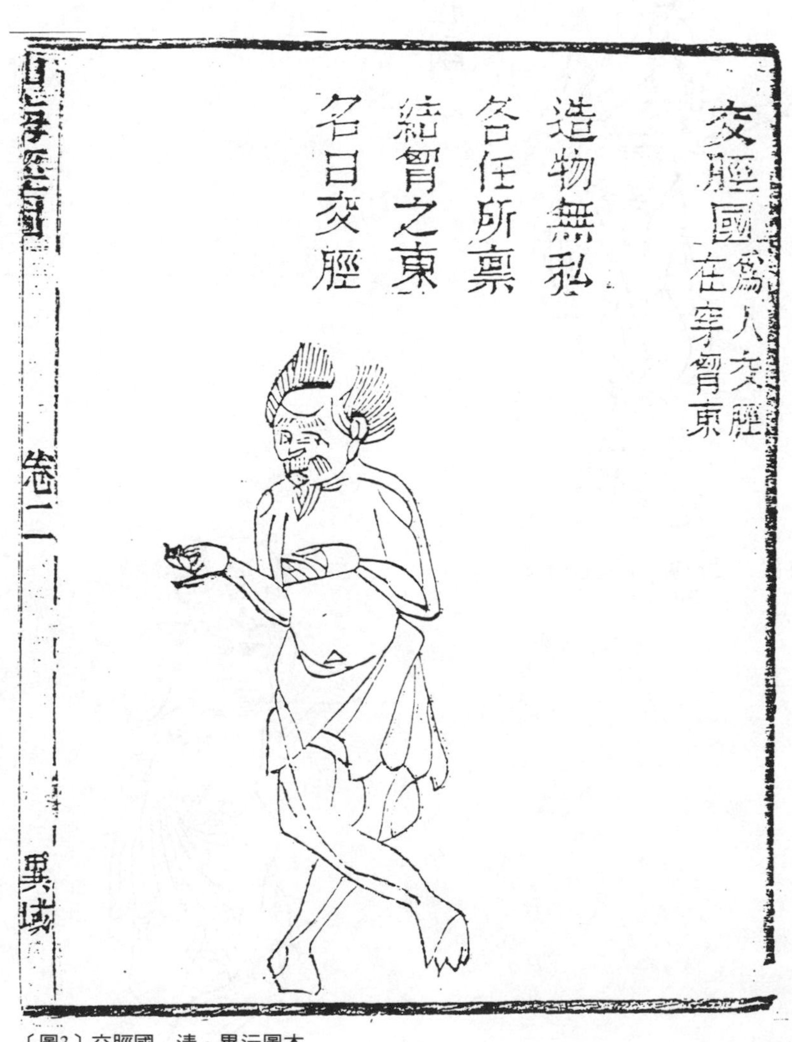

〔圖3〕交脛國　清・畢沅圖本

〔圖4〕交脛國　清・汪紱圖本

〔圖5〕交脛國　清《邊裔典》

【卷6-8】

不死民

【經文】

《海外南經》：不死民在其東，其為人黑色，壽，不死。一曰在穿匈國東。

【解說】

不死國爲《淮南子》所記海外三十六國之一，其民曰不死民。不死民黑皮膚，可長壽不死。有不死之山，名員丘山。據《海內經》：「流沙之東，黑水之間，有山名不死之山。」郭注：即員丘也。傳說員丘山上有不死樹，食之乃壽；亦有赤泉，飲之不老。又有不死之國，據《大荒南經》：「有不死之國，阿姓，甘木是食。」郭注：甘木即不死樹，食之不老。不死國有不死樹，吃了可長命百歲；又有赤泉，飲之可長生不老。不死民是因爲有了不死樹和赤泉而長壽不死的，與道家經修煉不食不飲而不死成神的觀念有所不同。不死樹是不死國的標誌，據《海內西經》：「昆侖開明北有不死樹。」今見蔣應鎬繪圖本與成或因繪圖本的不死民圖，不死民便站在一棵枝葉繁茂的不死樹下。長壽不死是古人嚮往的仙鄉樂土之境，陶潛〈讀山海經〉詩：「自古皆有沒，何人得靈長，不死復不老，萬歲如平常。赤泉給我飲，員丘足我糧，方與三辰游，壽考豈渠央。」

郭璞《圖讚》：「有人爰處，員丘之上。赤泉駐年，神木養命。稟此遐齡，悠悠無竟。」

〔圖1－蔣應鎬繪圖本〕、〔圖2－成或因繪圖本〕、〔圖3－《邊裔典》〕。

〔圖1〕不死民　明・蔣應鎬繪圖本

〔圖2〕不死民　清・四川成或因繪圖本

〔圖3〕不死民　清《邊裔典》

【卷6-9】岐舌國

【經文】

《海外南經》：

岐舌國在其東。一曰在不死民東。

【解說】

岐舌又名支舌、反舌。岐舌國是《淮南子》所記海外三十六國之一，其民曰反舌民。岐舌國的人舌頭倒著生，舌根在唇邊，舌尖向著喉嚨生；他們說話只有自己能懂。《呂氏春秋·功名篇》高誘注：一說南方有反舌國，舌本在前，末倒向喉，故曰反舌。《淮南子》有反舌民，高誘注：語不可知而自相曉。

郭璞《圖讚》：「鑠金洪爐，灑成萬品。造物無私，各任所稟。歸於曲成，是見兆朕。」

〔圖1－蔣應鎬繪圖本〕、〔圖2－《邊裔典》〕。

〔圖1〕岐舌國　明·蔣應鎬繪圖本

〔圖2〕岐舌國　清《邊裔典》

【卷6-10】

三首國

【經文】

《海外南經》：三首國在其東，其為人一身三首。一曰在鑿齒東。

【解說】

三首國是《淮南子》所記海外三十六國之一，其民曰三頭民，其人一身三首。《海內西經》也有三頭人：「服常樹，其上有三頭人，伺琅玕樹。」

郭璞《圖讚》：「雖云一氣，呼吸異道。觀則俱見，食則皆飽。物形自周，造化非巧。」

〔圖1－蔣應鎬繪圖本〕、〔圖2－吳任臣近文堂圖本〕、〔圖3－成或因繪圖本〕、〔圖4－汪紱圖本〕、〔圖5－《邊裔典》〕。

〔圖1〕三首國　明・蔣應鎬繪圖本

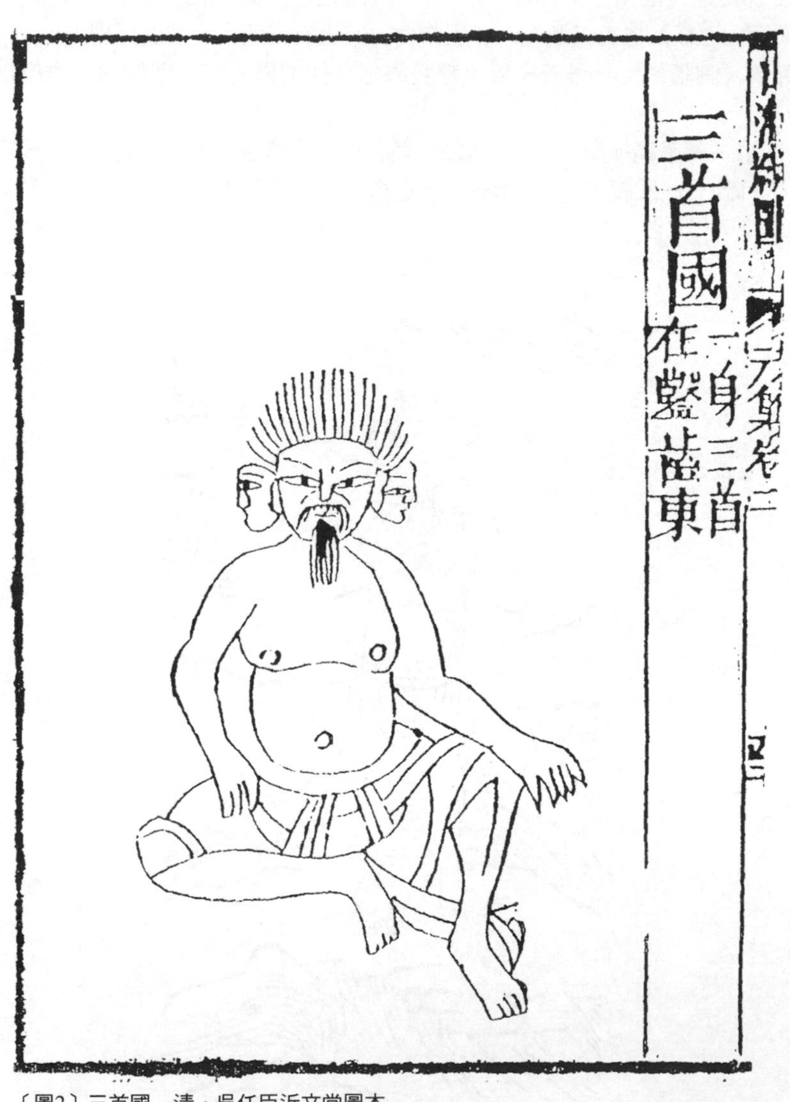

〔圖2〕三首國　清・吳任臣近文堂圖本

〔圖3〕三首國　清・四川成或因繪圖本

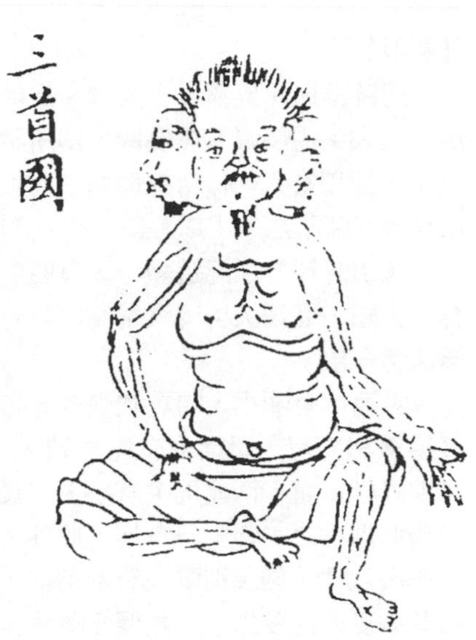

〔圖4〕三首國　清・汪紱圖本

〔圖5〕三首國　清《邊裔典》

【卷6-11】

周饒國

【經文】

《海外南經》：

周饒國在其東，其為人短小，冠帶。一曰焦僥國在三首東。

【解說】

周饒國即焦僥國、小人國。袁珂認爲，周饒、焦僥，是侏儒之聲轉。侏儒即短小之人；周饒國、焦僥國，即所謂小人國。周饒國的人住在山洞裡，身材雖然短小，卻和常人一樣穿衣戴帽，而且生性聰明，能製造各種精巧的器物，還會耕田種地。郭璞注：「其人長三尺，穴居，能爲機巧，有五穀也。」

《山海經》所記這類小人有四，均有圖。除本經的周饒國外，《大荒東經》有小人國，名靖人；《大荒南經》有小人名曰焦僥之國；還有小人，名菌人，都屬侏儒一類。

古籍中有關小人的記載很多，如《魏志·東夷傳》有侏儒國，其人三四尺；《拾遺記》記，員嶠山有陀移國，人長三尺，壽萬歲，疑陀移即周饒之異名。《神異經》記，西北荒中有小人，長一寸，朱衣玄冠；又說有鶴國，人長七寸，海鵠遇則吞之，都十分有趣。此外，《法苑珠林》卷八引《外國圖》說，焦僥國人長尺六寸，迎風則偃，背風則伏，眉目俱足，但野宿。一曰，焦僥長三尺，其國草木夏死而冬生，去九疑三萬里。《述異記》記，大食王國之西海中，樹上生小兒，長六七寸，見人皆笑，動其手足，摘下一枝，小兒便死。袁珂認爲，《西遊記》第二十四、二十五回五莊觀之人參果，便以此爲本。

郭璞爲焦僥國作讚：「群籟舛吹，氣有萬殊。大人三丈，焦僥尺餘。混之一歸，此亦僑如。」

〔圖1－蔣應鎬繪圖本〕、〔圖2－成或因繪圖本〕。

〔圖1〕周饒國　明・蔣應鎬繪圖本

〔圖2〕周饒國　清・四川成或因繪圖本

【卷6-12】

長臂國

【經文】

《海外南經》：

長臂國在其東，捕魚水中，兩手各操一魚。一曰在焦僥東，捕魚海中。

【解說】

長臂國是《淮南子》所記海外三十六國之一，其民曰修臂民。傳說長臂國在南方，一國民皆長臂，臂長於身，下垂至地。《大荒南經》有張弘之國，張弘即長肱，也是長臂人。長臂人善捕魚，畢沅注：「云兩手各操一魚，云捕魚海中，皆其圖像也。」郝懿行亦注：「經云兩手各操一魚，又云捕魚海中，皆圖畫如此也。」由此可知，古老的《山海經》有一部分曾是先有圖，後有文的。

郭璞《圖讚》：「雙肱三尺，體如中人。彼曷爲者，長臂之民。修腳自負，捕魚海濱。」

〔圖1－蔣應鎬繪圖本〕、〔圖2－成或因繪圖本〕、〔圖3－畢沅圖本〕、〔圖4－汪紱圖本〕、〔圖5－《邊裔典》〕、〔圖6－上海錦章圖本〕。

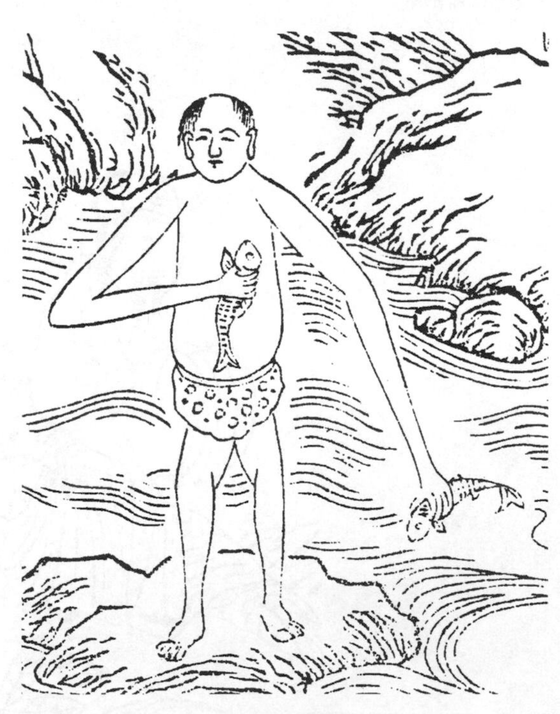

〔圖1〕長臂國　明・蔣應鎬繪圖本

〔圖2〕長臂國　清・四川成或因繪圖本

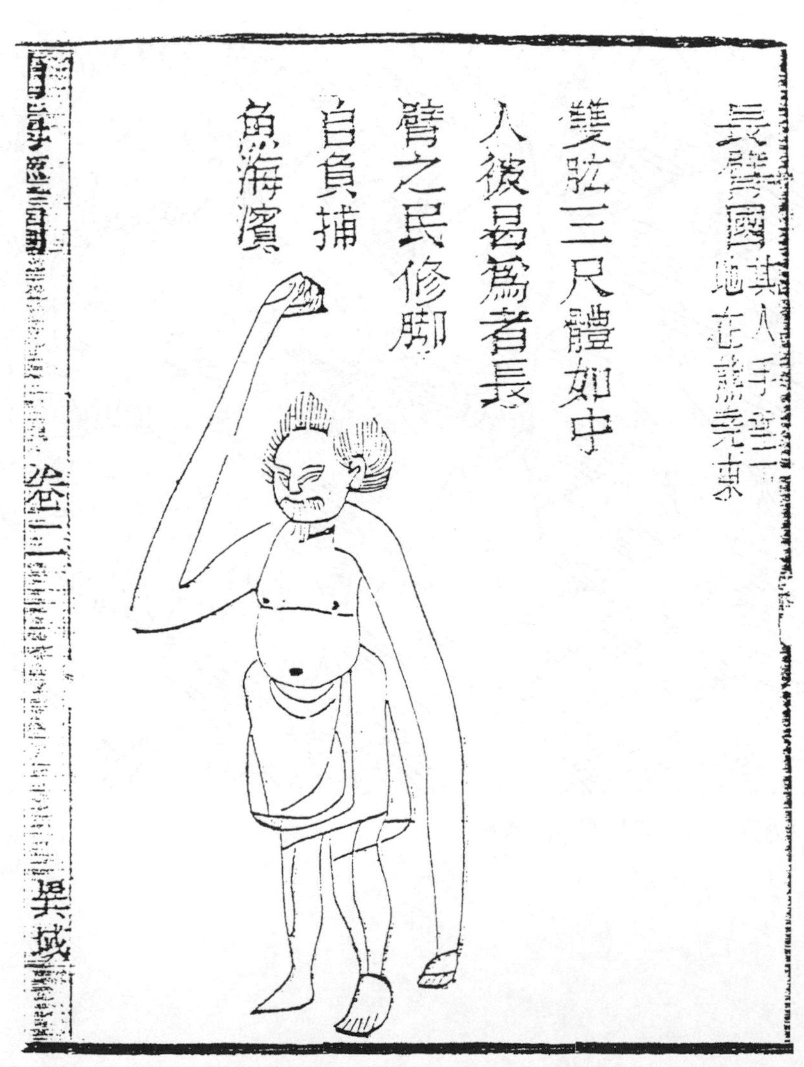

〔圖3〕長臂國　清・畢沅圖本

〔圖4〕長臂國　清・汪紱圖本

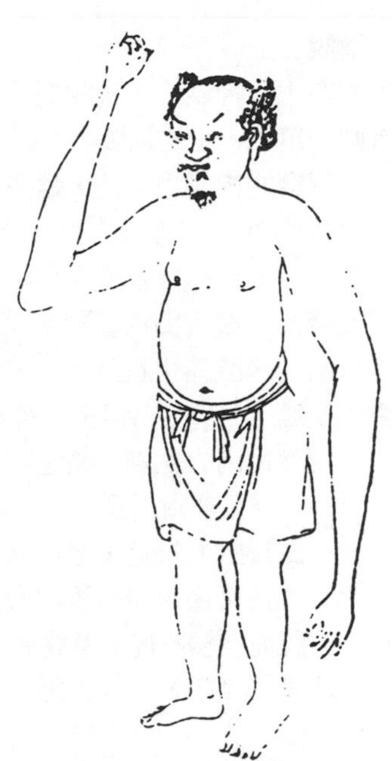

〔圖5〕長臂國　清《邊裔典》

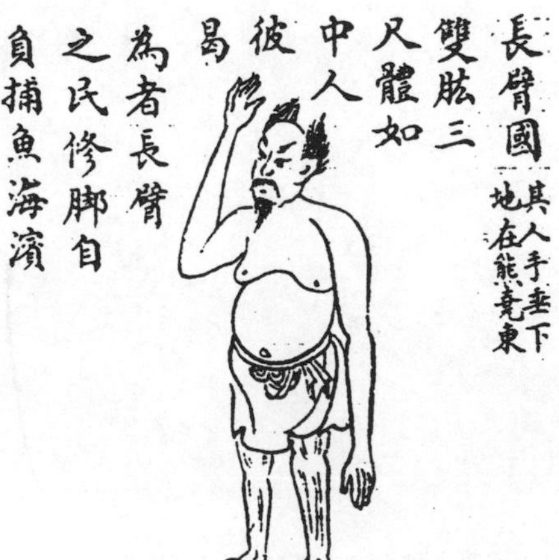

〔圖6〕長臂國　上海錦章圖本

【卷6-13】

祝融

【經文】

《海外南經》：南方祝融，獸身人面，乘兩龍。

【解說】

在古代神話中，祝融是火神，是南方天帝炎帝之裔，又是炎帝之佐，管轄著方圓一萬二千里的地域。本經記述祝融之形貌及行止：人面獸身，出入乘兩龍。

祝融的神職為火神，是炎帝之佐。據《淮南子・時則篇》：「南方之極，自北戶孫之外，貫顓頊之國，南至委火風之野，赤帝（炎帝）、祝融之所司者萬二千里。」又據《呂氏春秋・孟夏篇》：「其帝炎帝，其神祝融。」祝融的神系屬炎帝裔。據《海內經》：「炎帝之妻，赤水之子聽訞生炎居，炎居生節並，節並生戲器，戲器生祝融。」一說屬黃帝系，據《大荒西經》：「顓頊生老童，老童生祝融。」因古時候炎、黃本同族，二者可視為同一。

祝融為南方之神，又是司夏之神，長沙子彈庫出土的楚帛書十二月神圖上的六月神，便是祝融〔圖1〕。

有關祝融的神話，見於《山海經》者，有《海內經》：「鯀竊帝之息壤以湮洪水，不待帝命，帝令祝融殺鯀於羽郊。」《史記・補三皇本紀》有共工與祝融戰，不勝而怒觸不周山等故事。

郭璞《圖讚》：「祝融火神，雲駕龍驂。氣御朱明，正陽是含。作配炎帝，列位于南。」

〔圖2－蔣應鎬繪圖本〕、〔圖3－成或因繪圖本〕、〔圖4－汪紱圖本〕。

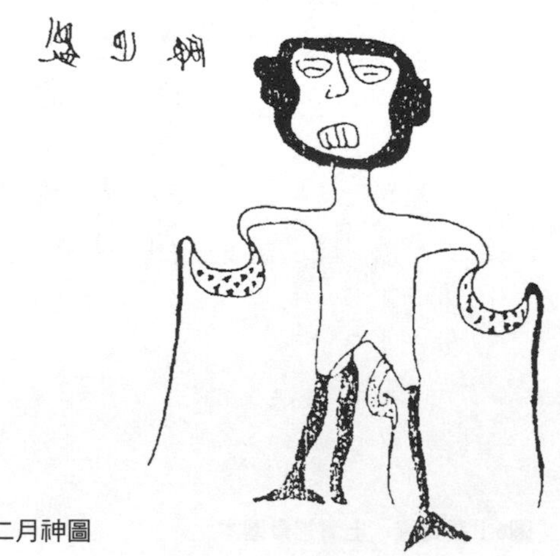

〔圖1〕司夏之神祝融　楚帛書十二月神圖

〔圖2〕祝融　明·蔣應鎬繪圖本

〔圖3〕祝融　清・四川成或因繪圖本

〔圖4〕祝融　清・汪紱圖本

第七卷 海外西經

【卷7-1】

夏后啓

【經文】

《海外西經》：大運山高三百仞，在滅蒙鳥北。大樂之野，夏后啟于此儛九代；乘兩龍，雲蓋三層。左手操翳，右手操環，佩玉璜。在大運山北。一曰大遺之野。

【解說】

夏后啓即禹的兒子啓，啓是傳說中夏代的君主。傳說禹娶塗山氏後，外出治水，有一次，爲了打通河南的轘轅山，禹變作一隻熊，鑿山開路，正好被前來送飯的塗山氏見到了，她又驚又愧，跑到嵩高山下，變成了一塊石頭。追趕而來的禹又氣又急，大喊：「還我兒子！」這時候，大石向著北方裂開，生下的兒子名啓（見《繹史》卷十二引《隨巢子》）。啓就是裂開的意思，故啓又名開（因漢景帝名啓，漢人避諱改之）。《大荒西經》有夏后開的故事：「西南海之外，赤水之南，流沙之西，有人珥兩青蛇，乘兩龍，名曰夏后開。開上三嬪于天，得《九辯》與《九歌》以下。」

本經描述的是當君主後的啓的形貌和故事。啓是神性英雄，是古代神話中「絕地天通」以前，天地可以溝通，人神可以自由往來的見證。傳說他駕著兩條龍，飛翔在三層雲彩之間；他左手拿著羽幢，右手握著玉環，身上佩著玉璜，好一派帝王風範！據說他曾三次駕龍上天，到天帝那裡做客，曾偷著把天宮的樂章《九辯》和《九歌》記下，在大運山北的大樂之野演奏，這便是後來的樂舞《九招》、《九代》（見《大荒西經》）。「左手操翳，右手操環，佩玉璜」的啓「儛九代」於大樂之野的描寫，爲我國古代舞蹈的濫觴和早期發展提供了重要的形象資料。

郭璞《圖讚》：「筮御飛龍，果儛九代。雲融是揮，玉璜是佩。對揚帝德，稟天靈誨。」

〔圖1－蔣應鎬繪圖本〕、〔圖2－成或因繪圖本〕。

〔圖1〕夏后啟　明．蔣應鎬繪圖本

〔圖2〕夏后啟　清・四川成或因繪圖本

【卷7-2】

三身國

【經文】

《海外西經》：三身國在夏后啟北，一首而三身。

【解說】

三身國是《淮南子》所記海外三十六國之一，其民曰三身民。三身國的人一個腦袋三個身子，是帝俊與娥皇的後代。《大荒南經》也有三身國：「大荒之中，有不庭之山……有人三身。帝俊妻娥皇，生此三身之國。姚姓，黍食，使四鳥。」這四鳥是虎、豹、熊、羆。使四鳥爲什麼是四隻獸呢？郝懿行解釋說：「經言皆獸，而云使四鳥者，鳥獸通名耳。使者，謂能馴擾役使之也。」袁珂指出，《山海經》凡記有使四鳥——豹、虎、熊、羆之國，多屬天帝帝俊之裔。帝俊是玄鳥化身，其子孫也有役使百獸的能力。由此可知，神話中的「使四鳥」，指的是具有統轄和役使鳥獸的能力。

郭璞爲三身國和一臂國作《圖讚》：「品物流形（一作行），以散混沌。增不爲多，減不爲損。厥變難原，請尋其本。」

〔圖1－蔣應鎬繪圖本《大荒南經》圖〕、〔圖2－蔣應鎬繪圖本〕、〔圖3－成或因繪圖本①②〕、〔圖4－吳任臣近文堂圖本〕、〔圖5－汪紱圖本〕、〔圖6－《邊裔典》〕。

〔圖1〕三身國　明・蔣應鎬繪圖本《大荒南經》圖

〔圖2〕三身國　明·蔣應鎬繪圖本

〔圖3①〕三身國　清·四川成或因繪圖本

〔圖3②〕三身國　清・四川成或因繪圖本

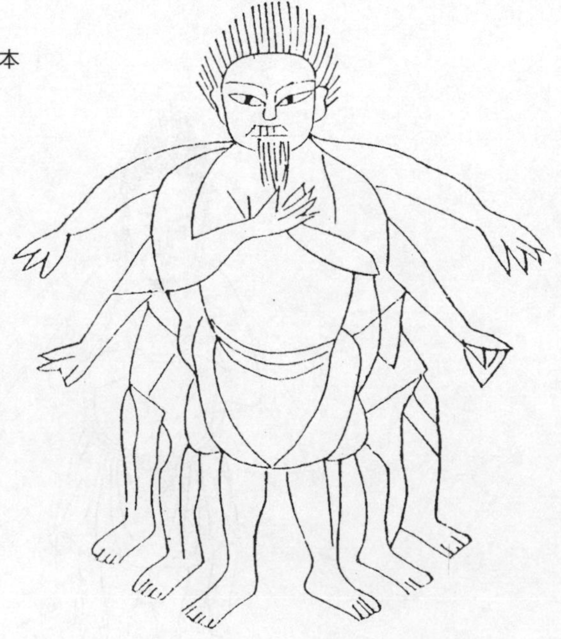

〔圖4〕三身國　清・吳任臣近文堂圖本

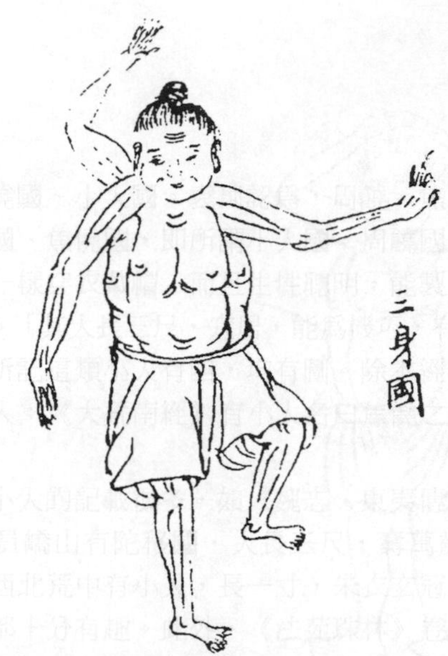

〔圖5〕三身國　清・汪紱圖本

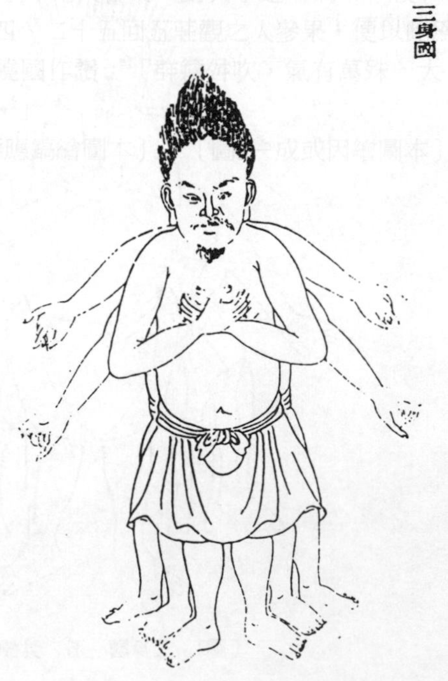

〔圖6〕三身國　清《邊裔典》

【卷7-3】

一臂國

【經文】

《海外西經》：一臂國在其北，一臂一目一鼻孔。有黃馬，虎文，一目而一手。

【解說】

一臂國是《淮南子》所記海外三十六國之一，其民名一臂民，又稱比肩民或半體人。《爾雅．釋地》：「北方有比肩民焉，迭食而迭望。」郭璞說，此即半體之人，各有一目、一鼻孔、一臂、一腳。《異域志》說，半體國其人一目一手一足。《大荒西經》也有一臂民。一臂國的人只有半個身體，一目、一鼻孔、一臂、一腳。國中有一種身披虎紋的黃馬，也只有一隻眼睛，一條前腿。蔣應鎬所繪之一臂民圖，一臂民便騎在一目一前腿之黃馬身上。

郭璞爲三身國和一臂國作《圖讚》：「品物流形（一作行），以散混沌。增不爲多，減不爲損。厥變難原，請尋其本。」

〔圖1－蔣應鎬繪圖本〕、〔圖2－吳任臣康熙圖本〕、〔圖3－成或因繪圖本〕、〔圖4－汪紱圖本〕。

〔圖1〕一臂國　明．蔣應鎬繪圖本

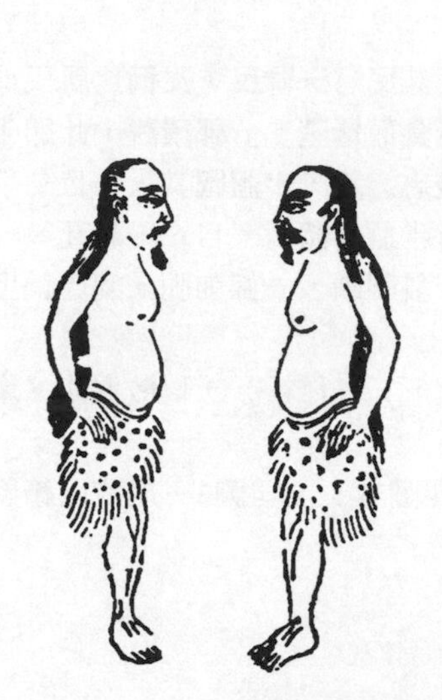

〔圖2〕一臂國　清・吳任臣康熙圖本

〔圖4〕一臂國　清・汪紱圖本

〔圖3〕一臂國　清・四川成或因繪圖本

【卷7-4】

奇肱國

【經文】

《海外西經》：奇肱之國在其北，其人一臂三目，有陰有陽，乘文馬。有鳥焉，兩頭，赤黃色，在其旁。

【解說】

奇肱國爲《淮南子》所記海外三十六國之一，其名作奇股。奇肱爲獨臂，奇股爲獨腳，都是有本事的異人。傳說奇肱國或奇股國的人，一臂三目或一足三目，他們有三隻眼睛，有陰有陽，陰在上，陽在下；擅長製造各種靈巧的機械來捕捉禽獸，又能製造飛車，從風遠行。殷湯時奇肱國人曾坐飛車，隨風飛抵豫州界中，被當地人損壞，不以示人。十年後，東風起，再做一飛車送他們回家（見郭璞注、《博物志》、《述異志》）。《竹書紀年》記載了商代與西方各國交往的情況，傳說湯時諸侯八澤而來者千百國，奇肱氏以車至，乃同尊天乙履爲天子。

奇肱（或奇股）國的人常常騎著一種叫「吉良」的神馬，吉良又稱吉量、吉黃，色白，上有斑紋，馬鬣赤紅，雙目閃金光。據說騎上吉良馬的人可活千歲。在獨臂人或獨足人的身旁，有一隻雙頭奇鳥，顏色赤黃，與其作伴。

奇肱（或奇股）國神話有兩個母題，其圖像也描繪了這兩個內容：

其一，一臂三目，騎吉良神馬，與雙頭奇鳥爲伴，突出其神性品格，如〔圖1－蔣應鎬繪圖本，三目，第三目在額中〕、〔圖2－成或因繪圖本，似三目，一目在額中，豎目，二目在乳部；身後有二鳥，而非雙頭鳥〕；

其二，一臂三目，善爲機巧，能做飛車，如〔圖3－吳任臣近文堂圖本〕、〔圖4－汪紱圖本〕。

郭璞《圖讚》：「妙哉工巧，奇肱之人。因風構思，制爲飛輪。凌頹遂軌，帝湯是御（一作賓）。」

〔圖1〕奇肱國　明・蔣應鎬繪圖本

〔圖2〕奇肱國　清・四川成或因繪圖本

〔圖3〕奇肱國　清・吳任臣近文堂圖本

〔圖4〕奇肱國　清・汪紱圖本

【卷7-5】

形天

【經文】

《海外西經》：形天與帝爭神，帝斷其首，葬之常羊之山，乃以乳為目，以臍為口，操干戚以舞。

【解說】

形天又作刑天、邢天、形夭，是炎帝之臣。據袁珂《山海經校注》：「天，甲骨文作[illegible]。金文作[illegible]，□與●均象人首，義爲顚爲頂，刑天蓋即斷首之意。意此刑天者，初本無名天神，斷首之後，始名之爲『刑天』。」無頭的刑天依然活著，故又稱「無首之民」（郭璞注）、「形殘之尸」（《淮南子・墬形篇》）。傳說刑天原是炎帝的屬臣，在一次與黃帝的爭奪戰中，被黃帝砍了腦袋，帝還把刑天的頭埋在常羊山。失去了頭顱的刑天並沒有死，他以雙乳爲目，以臍爲口，一手操盾，一手舞斧，繼續戰鬥。刑天的精神永遠不死，永遠活在民眾心中。陶潛〈讀山海經〉詩「刑天舞干戚，猛志固常在」所表達的正是這種不屈不撓的精神。

郭璞《圖讚》：「爭神不勝，爲帝所戮。遂厥形天，臍口乳目。仍揮干戚，雖化不服。」

〔圖1－蔣應鎬繪圖本〕、〔圖2－《神異典》〕、〔圖3－吳任臣康熙圖本〕、〔圖4－吳任臣近文堂圖本〕、〔圖5－成或因繪圖本〕、〔圖6－汪紱圖本〕。

〔圖1〕形天　明・蔣應鎬繪圖本

形天神圖

〔圖2〕形天　清《神異典》

〔圖3〕形天　清・吳任臣康熙圖本

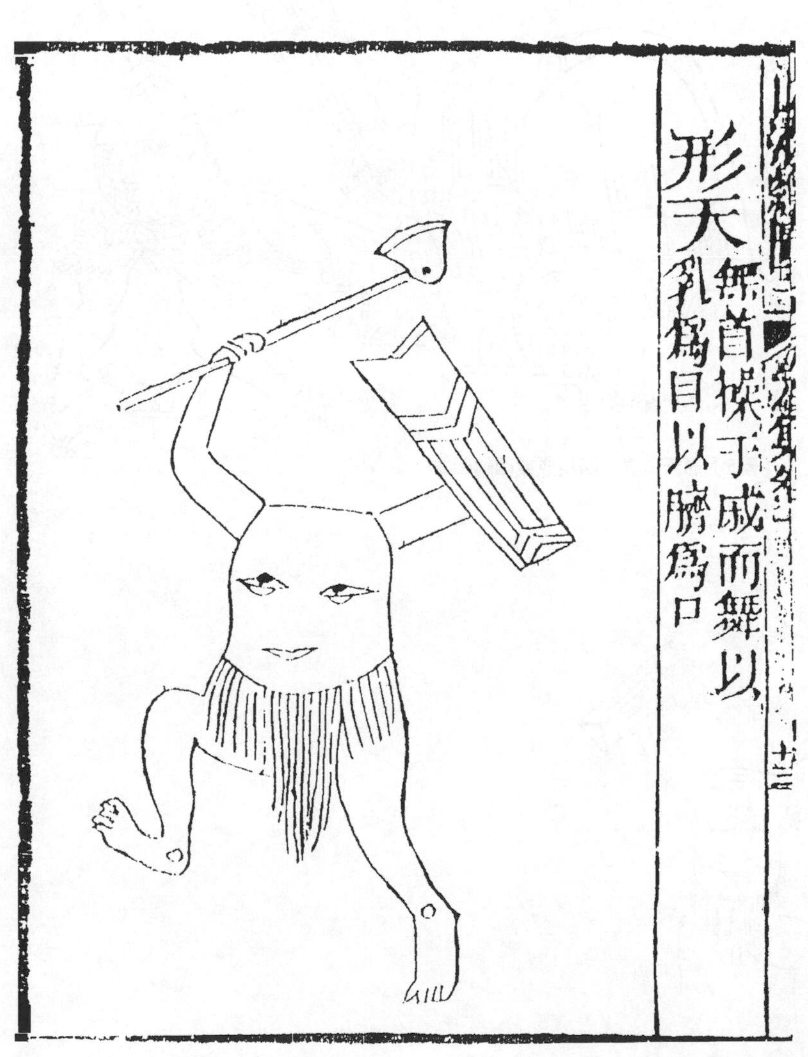

〔圖4〕形天　清・吳任臣近文堂圖本

〔圖5〕形天　清・四川成或因繪圖本

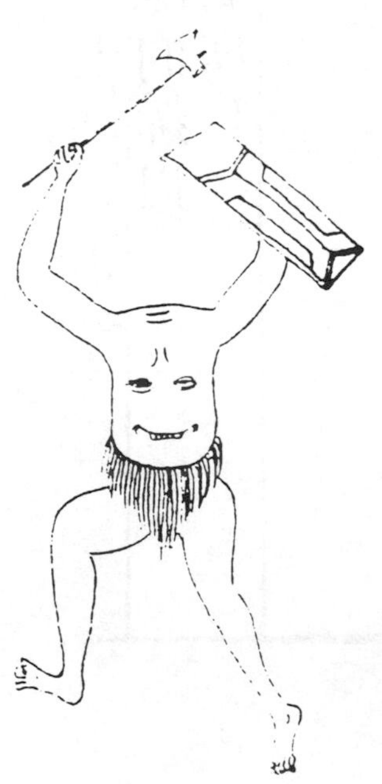

〔圖6〕形天　清・汪紱圖本

【卷7-6】

鵸鴒鳥

【經文】

《海外西經》：鵸鳥鴒鳥，其色青黃，所經國亡。在女祭北，鵸鳥人面，居山上。

【解說】

鵸鴒鳥是人面鳥、禍鳥、兆亡之鳥。郭璞注：「此應禍之鳥，即今梟、鵂鶹之類。」

郭璞《圖讚》：「有鳥青黃，號曰鵸鴒。與妖會合，所集禍至。類則梟鶹，厥狀難媚。」

〔圖1－《禽蟲典》〕。

〔圖1〕鵸鴒鳥　清《禽蟲典》

【卷7-7】

丈夫國

【經文】

《海外西經》：丈夫國在維鳥北，其為人衣冠帶劍。

【解說】

丈夫國是《淮南子》所記海外三十六國之一，其民曰丈夫民。丈夫國全是男子，沒有女人；這裡的人衣冠整齊，身佩寶劍，頗有君子風範。丈夫國爲什麼只有男人呢？傳說殷帝太戊曾派王孟等人，到西王母處尋求不死藥，走到此地斷了糧，不能再往前走了。他們只好滯留此地，以野果爲食，以樹皮作衣，這便是丈夫國。由於沒有女人，所以人人終身無妻。但他們每人都有兩個兒子，兒子是從他們的身體中分離出來的，也有說是從背部的肋骨間出來的。兒子一生下來，本人便立即死去（見郭璞注、《玄中記》、《括地圖》）。

郭璞《圖讚》：「陰有偏化，陽無產理。丈夫之國，王孟是始。感靈所通，桑石無子。」

〔圖1－蔣應鎬繪圖本〕、〔圖2－成或因繪圖本〕、〔圖3－《邊裔典》〕。

〔圖1〕丈夫國　明・蔣應鎬繪圖本

〔圖3〕丈夫國　清《邊裔典》

〔圖2〕丈夫國　清・四川成或因繪圖本

【卷7-8】

女丑尸

【經文】

《海外西經》：女丑之尸，生而十日炙殺之。在丈夫北。以右手鄣其面。十日居上，女丑居山之上。

【解說】

女丑是古代女巫的名字。女丑又見《大荒西經》：「有人衣青，以袂蔽面，名曰女丑之尸。」《大荒東經》：「海內有兩人，名曰女丑。」傳說遠古時十日並出，炙殺女丑。我國古代有以人爲「尸」的習俗。女丑雖死，其魂猶在，常寄存於活人身上，供人祭祀，或行使巫事，名爲女丑尸。古代天旱求雨，常以女巫飾旱魃而暴之、焚之以禳災。女丑扮演的，便是旱魃的角色。

郭璞《圖讚》：「十日並熯，女丑以斃。暴于山阿，揮袖自翳。彼美誰子，逢天之曆。」

〔圖1－蔣應鎬繪圖本《大荒西經》圖〕、〔圖2－汪紱圖本〕。

〔圖1〕女丑尸　明·蔣應鎬繪圖本《大荒西經》圖

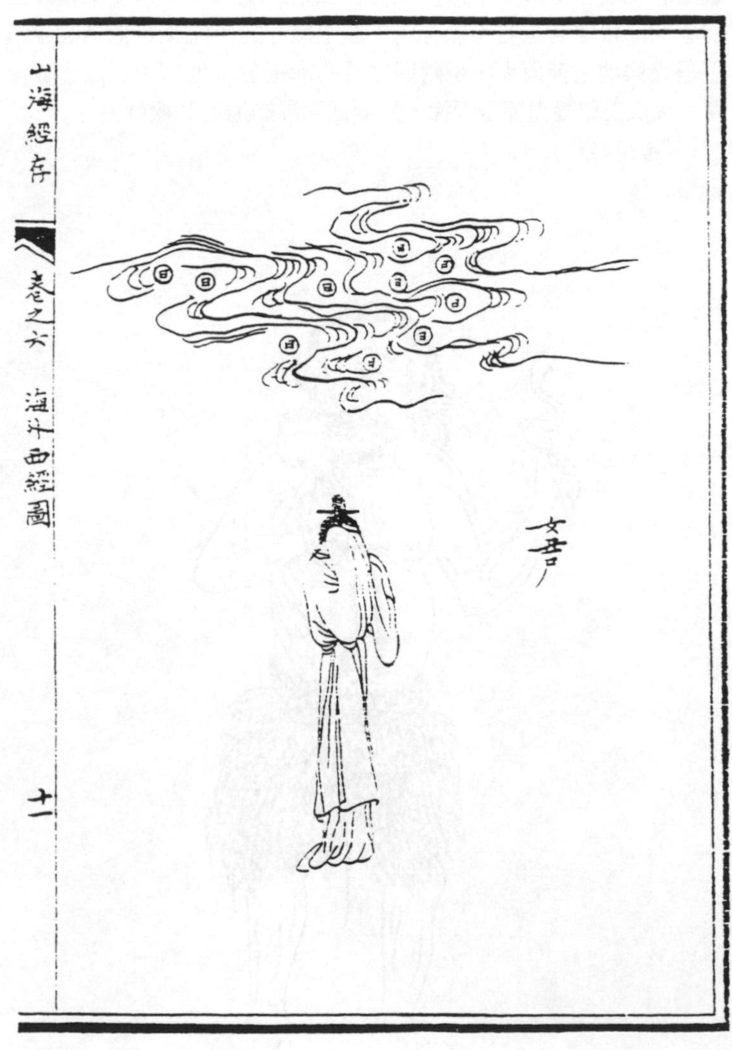

〔圖2〕女丑尸　清・汪紱圖本

【卷7-9】

巫咸國

【經文】

《海外西經》：

巫咸國在女丑北，右手操青蛇，左手操赤蛇，在登葆山，群巫所從上下也。

【解說】

巫咸國是以巫咸爲首的群巫組成的國家。據《大荒西經》的記載，群巫是指大荒之中靈山的巫咸、巫即、巫肦、巫彭、巫姑、巫眞、巫禮、巫抵、巫謝、巫羅十巫。群巫的形象標誌是右手操青蛇，左手操赤蛇；蛇又是他們的巫具與動物夥伴。群巫是天與地、神與人，是兩個世界的溝通者。他們可以上下於天，來往於天地之間；登葆山和靈山都是天梯，是兩個世界的通道和橋樑。

〔圖1－《邊裔典》〕。

〔圖1〕巫咸國　清《邊裔典》

【卷7-10】并封

【經文】

《海外西經》：

并封在巫咸東，其狀如彘，前後皆有首，黑。

【解說】

并封是雙頭神獸，樣子像豬，黑色，前後都有頭。《爾雅．釋地》有枳首蛇，郭璞注：今弩弦蛇亦此類也。《後漢書》說，雲陽有神鹿，兩頭，能食毒草，都屬於這類雙頭怪獸。《大荒西經》有屏蓬，《大荒南經》有䟣踢，都是左右有首的神獸。《周書．王會篇》有鱉封：「區陽以鱉封，鱉封者，若彘，前後皆有首。」這并封、屏蓬、鱉封皆聲之轉，是同一類怪獸。聞一多《伏羲考》認爲，并封、屏蓬俱有合義，是獸牝牡相合之象。

郭璞《圖讚》：「龍過無頭，并封連載。物狀相乖，如驥分背。數得自通，尋之愈閡。」

并封圖有二形：

其一，獸首四足雙頭蛇，如〔圖1－蔣應鎬繪圖本〕、〔圖2－成或因繪圖本〕；

其二，雙頭豬，如〔圖3－畢沅圖本〕、〔圖4－汪紱圖本〕、〔圖5－《禽蟲典》〕、〔圖6－上海錦章圖本〕。

〔圖1〕并封　明．蔣應鎬繪圖本

〔圖2〕并封　清・四川成或因繪圖本

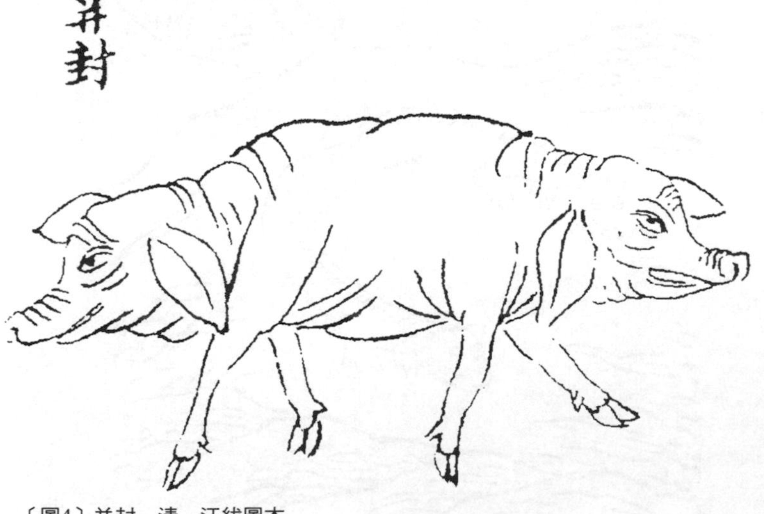

〔圖4〕并封　清・汪紱圖本

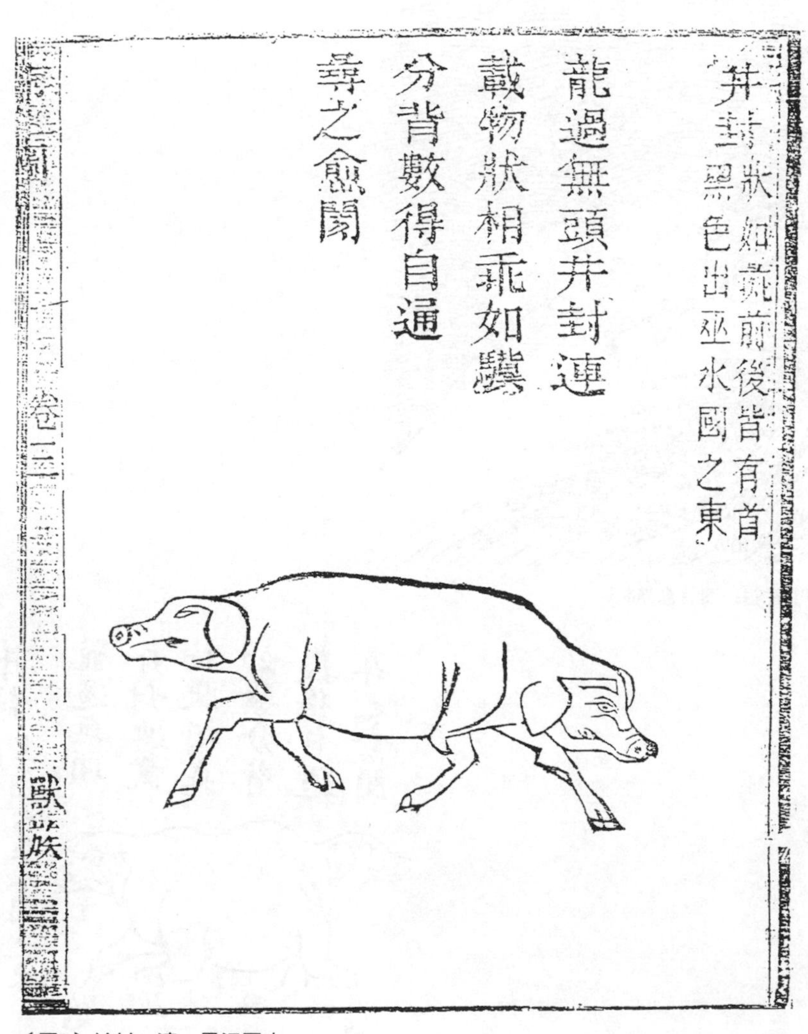

〔圖3〕并封　清·畢沅圖本

〔圖5〕并封　清《禽蟲典》

〔圖6〕并封　上海錦章圖本

【卷7-11】

女子國

【經文】

《海外西經》：女子國在巫咸北，兩女子居，水周之。一曰居一門中。

【解說】

女子國是《淮南子》所記海外三十六國之一，其民曰女子民。《大荒西經》有女子之國。傳說女子國在海中，四周環水。國中無男子，婦人在黃池中沐浴即可懷孕生子；若生男子，三歲便死，故女子國純女無男。《邊裔典》有女國圖，描寫女子在池中沐浴，即可生子〔圖1－女國圖，《邊裔典》〕。《三國志·魏志·東夷傳》記：「沃沮耆老言：有一國亦在海中，純女無男。」《後漢書·東夷傳》記，或傳其國有神井，窺之輒生子〔圖2－女人國，《邊裔典》〕。

郝懿行注：「居一門中，蓋謂女國所居同一聚落也。」袁珂按：「郝說非也。所謂『居一門中』者，亦圖像如此，猶『兩女子居，水周之』之爲另一圖像然。」我以爲郝說是從民族學角度釋經，而袁說則以圖釋經，二者僅角度不同而已。

郭璞《圖讚》：「簡狄有吞，姜嫄有履。女子之國，浴于黃水。乃娠乃字，生男則死。」

〔圖3－蔣應鎬繪圖本〕、〔圖4－成或因繪圖本〕。

〔圖1〕女國　清《邊裔典》

〔圖2〕女人國　清《邊裔典》

〔圖3〕女人國　明・蔣應鎬繪圖本

〔圖4〕女人國　清·四川成或因繪圖本
畫面中沐浴中的女子和岸上站立的女子為女人國

軒轅國

【卷7-12】

【經文】

《海外西經》：

軒轅之國在窮山之際，其不壽者八百歲。在女子國北。人面蛇身，尾交首上。

【解說】

軒轅國是黃帝所生所居的地方。《大荒西經》有軒轅之國：「有軒轅之國，江山之南棲爲吉，不壽者乃八百歲。」《西次三經》有軒轅之丘。軒轅國的人都是人面蛇身，尾交於頭上，或許這正是古神話中黃帝的形貌。值得注意的是，「人面蛇身，尾交首上」的形象出現在仰韶文化廟底溝時期的彩陶瓶上〔圖1〕，這和神話中的軒轅國是否有什麼關係呢？

郭璞《圖讚》：「軒轅之人，承天之祜。冬不襲衣，夏不扇暑。猶氣之和，家爲彭祖。」

〔圖2－蔣應鎬繪圖本〕、〔圖3－成或因繪圖本〕、〔圖4－汪紱圖本〕。

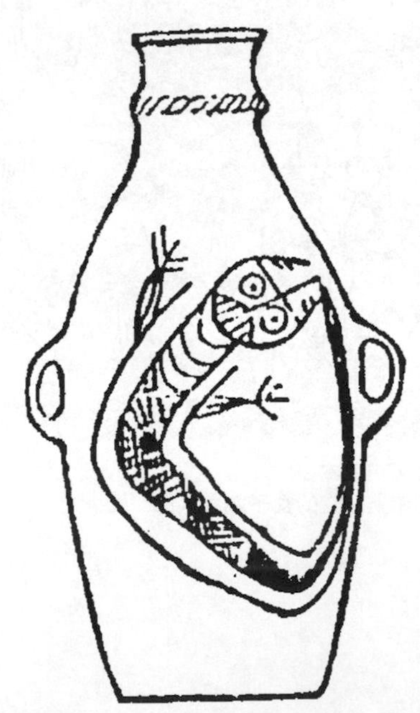

〔圖1〕尾交首上的人面鯢魚紋彩陶瓶　仰韶文化甘肅出土

〔圖2〕軒轅國　明・蔣應鎬繪圖本

〔圖3〕軒轅國　清・四川成或因繪圖本

〔圖4〕軒轅國　清・汪紱圖本

【卷7-13】

龍魚

【經文】

《海外西經》：軒轅之國，龍魚陵居在其北，狀如狸。一曰鰕。即有神聖（汪紱本與《後漢書》引均作「有神巫」）乘此以行九野。一曰鼈魚，在天野北，其為魚也如鯉。

【解說】

龍魚是神話中的靈魚，爲神巫的坐騎，可乘雲上升，神行九野，如馬行天。楊慎有〈異魚贊〉曰：「龍魚之川，在汫之堧 ；河圖授羲，實此出焉；神行九野，如馬行天。」

據經中所記，龍魚有兩種形態：一爲魚形，如鯉；一爲獸形，如狸。

龍魚爲魚形，郭氏〈江賦〉作龍鯉：「龍鯉陵居，其狀如鯉。」張衡〈思玄賦〉引此經：「龍魚陵居在北，狀如鯉。」袁珂認爲，龍魚即陵魚，其理由有四：一、龍魚即《海內北經》所記陵魚，都屬神話中人魚一類；二、龍魚陵居，陵魚亦因其既可居水，復可居陵而名陵魚；三、龍魚似鯉，謂之龍鯉，陵魚亦似鯉，謂之陵鯉；四、二者都是人魚形貌，龍魚「一曰鰕」，《爾雅．釋魚》說「鯢大者謂之鰕」，《本草綱目》也說「鯢魚，一名人魚」，而「人面手足魚身在海中」之陵魚，正是人魚形貌。

龍魚又作獸狀，如狸。郭璞注：「或曰：龍魚似貍，一角。」郝注：「貍當爲鯉，字之僞。」宋本、《藏經》本注釋鯉字均作貍。

郭璞《圖讚》：「龍魚一角，似鯉（《百子全書》本圖讚作狸）居（一作處）陵。俟時而出，神聖攸乘。飛騖九域，乘雲上升。」

龍魚圖也是二形：

其一，魚形，魚首龍身四足，如〔圖1－《禽蟲典》〕；

其二，獸形，似貍一角，如〔圖2－汪紱圖本〕。

〔圖1〕龍魚　清《禽蟲典》

〔圖2〕龍魚　清・汪紱圖本

【卷7-14】

乘黃

【經文】

《海外西經》：白民之國，在龍魚北，白身披髮。有乘黃，其狀如狐，其背上有角，乘之壽二千歲。

【解說】

乘黃又稱飛黃、訾黃、神黃、騰黃。乘黃似騏，是一種神馬，祥瑞吉光之獸。本經中說，乘黃的樣子像狐，又說龍翼而馬身，背上有兩角。《周書·王會篇》記，乘黃似騏。又說，白民乘黃，似狐，背上有兩角，即飛黃也。《淮南子》說，天下有道，飛黃伏皁。胡文煥《山海經圖》中之乘黃，背上有三角；其圖說曰：「西海外，白民國有乘黃馬，白身披髮，狀如狐，其背上首角。乘之壽二千歲。」「背上首角」顯然是經文背上有角之字誤，畫工據此畫出了三角的乘黃。

據古文獻記載，乘黃是祥瑞吉光之獸。一說，乘之壽二千歲；一說，乘之壽三千歲（見《初學記》、《博物志》）；一說，黃帝乘之可成仙。《漢書·禮樂志》應劭注：「訾黃一名乘黃，龍翼而馬身，黃帝乘之而仙。」《孫氏瑞應圖》說：「騰黃者，神馬也，其色黃，一名乘黃，亦曰飛黃，亦曰咸吉黃，或曰翠黃，一名紫黃，其狀如狐，背上有兩角，出白民之國，乘之壽三千歲。」《抱朴子》說：「騰黃之馬，吉光之獸，皆壽三千歲。」

郭璞《圖讚》：「飛黃奇駿，乘之難老。揣角輕騰，忽若龍矯。實鑒有德，乃集厥早。」

乘黃圖有二形：

其一，兩角神馬，〔圖1－蔣應鎬繪圖本〕、〔圖2－成或因繪圖本〕、〔圖3－汪紱圖本〕；

其二，三角神馬，頭頂一角，背上二角，〔圖4－胡文煥圖本〕、〔圖5－日本圖本〕、〔圖6－吳任臣近文堂圖本〕、〔圖7－畢沅圖本〕、〔圖8－《禽蟲典》〕、〔圖9－上海錦章圖本〕。

〔圖1〕乘黃　明・蔣應鎬繪圖本

〔圖2〕乘黃　清・四川成或因繪圖本

〔圖3〕乘黃　清・汪紱圖本

〔圖4〕乘黃　明・胡文煥圖本

〔圖5〕乘黃　日本圖本

〔圖6〕乘黃　清・吳任臣近文堂圖本

〔圖7〕乘黃　清・畢沅圖本

乘黃圖

〔圖8〕乘黃　清《禽蟲典》

〔圖9〕乘黃　上海錦章圖本

【卷7-15】

肅愼國

【經文】

《海外西經》：

肅愼之國在白民北，有樹名曰雄常，聖人代立，于此取衣。

【解說】

肅愼國是《淮南子》所記海外三十六國之一，其民曰肅愼民。這個國家的人住在山洞裡，沒有衣服，平日把豬皮披在身上，冬天塗上厚厚一層油，以禦風寒。這裡生長一種雄常樹，傳說這種樹有一種「應德而通」的神力，聖帝在位時，用這種樹皮爲衣。這個國家的人還擅長射箭，弓長四尺，力大無比。《大荒北經》不咸山也有肅愼氏之國。郭璞注：「今肅愼國去遼東三千餘里，穴居，無衣，衣豬皮，冬以膏塗體，厚數分，用卻風寒。其人皆工射，弓長四尺，青石爲鏑。此春秋時隼集陳侯之庭所得矢也。」

經文末二句原作「先入伐帝，于此取之」，義不可通。此處係採用袁珂從王念孫、孫星衍校改稿。

〔圖1－蔣應鎬繪圖本〕。

〔圖1〕肅愼國　明．蔣應鎬繪圖本

長股國

【經文】

《海外西經》：

長股之國在雄常北，被髮。一曰長腳。

【解說】

長股國又名長脛國，是《淮南子》所記海外三十六國之一，其民曰長股民，又名長腳。《大荒西經》有長脛之國：「西北海之外，赤水之東，有長脛之國。」長脛國即長股國，在赤水之東，其人身如中人而臂長三丈，傳說長腳人常背著長臂人入海捕魚。後世之雜技表演踩高蹺，就是模仿長腳人而來。郭璞說，或曰有喬國，今伎家喬人，蓋象此身。「喬」即蹺。

〔圖1－蔣應鎬繪圖本〕、〔圖2－蔣應鎬繪圖本《大荒西經》圖〕、〔圖3－成或因繪圖本〕、〔圖4－吳任臣近文堂圖本〕、〔圖5－汪紱圖本〕。

〔圖1〕長股國　明．蔣應鎬繪圖本

〔圖2〕長股國　明・蔣應鎬繪圖本《大荒西經》圖

〔圖3〕長股國　清・四川成或因繪圖本

〔圖4〕長股國　清・吳任臣近文堂圖本

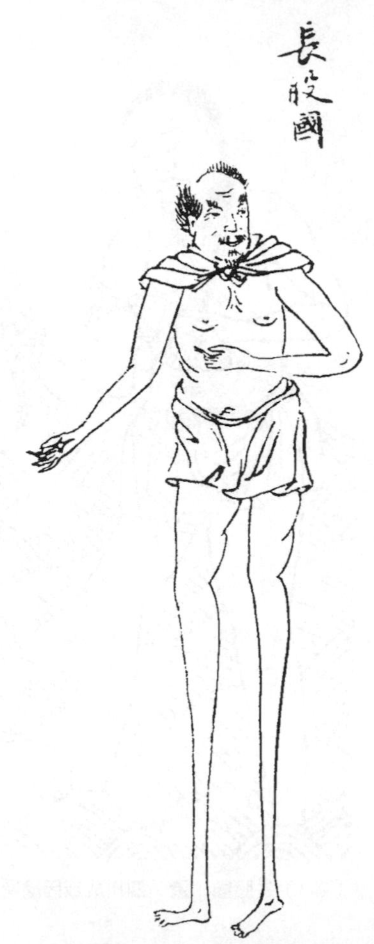

〔圖5〕長股國　清・汪紱圖本

【卷7-17】

蓐收

【經文】

《海外西經》：西方蓐收，左耳有蛇，乘兩龍。

【解說】

蓐收是西方天帝少昊之子，是西方刑神、金神。郭璞注：「金神也；人面、虎爪、白毛，執鉞。」在《西次三經》中，蓐收又是司日入之神，名神紅光，其形象特徵是人面虎爪、白毛執鉞。《海外西經》的蓐收，作爲西方金神、刑神，其形象特徵是虎爪珥蛇、執鉞乘龍。胡文煥圖說：「西方蓐收，金神也。左耳有青蛇，乘兩龍，面目有毛，虎爪執鉞。」蓐收的神職是專司無道，恭行天討，是一個鎮邪逐魔的天神。因此，蓐收的人面虎爪、珥蛇執鉞的形象，常出現在古代紋飾與漢以後的鎮墓神獸之中。清代蕭雲從在《天問圖》中，對蓐收也有生動的形象描寫〔圖1〕。蓐收又是司秋之神，長沙子彈庫出土的戰國楚帛書十二月神圖的九月之神就是蓐收〔圖2〕。

郭璞《圖讚》：「蓐收金神，白毛虎爪。珥蛇執鉞，專司無道。立號西阿，恭行天討。」

〔圖3－蔣應鎬繪圖本〕、〔圖4－成或因繪圖本〕、〔圖5－胡文煥圖本〕、〔圖6－吳任臣近文堂圖本〕、〔圖7－汪紱圖本〕。

〔圖1〕蓐收　清・蕭雲從《天問圖》

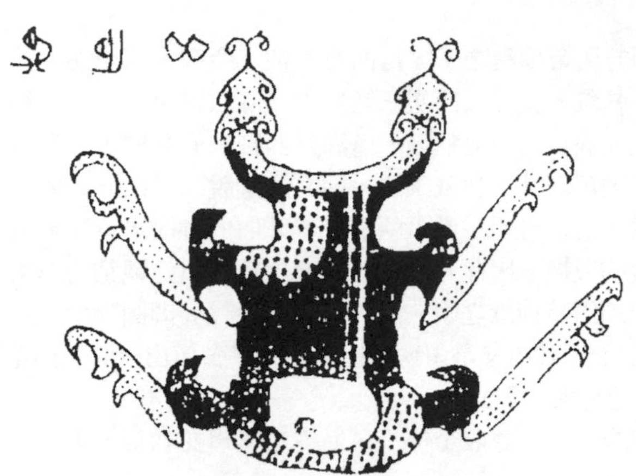

〔圖2〕司秋之神蓐收　楚帛書十二月神圖

〔圖3〕蓐收　明・蔣應鎬繪圖本

〔圖4〕蓐收　清・四川成或因繪圖本

蓐收

〔圖5〕蓐收　明・胡文煥圖本

〔圖6〕蓐收　清・吳任臣近文堂圖本

〔圖7〕蓐收　清・汪紱圖本

海外北經

【卷8-1】

無䏿國

【經文】

《海外北經》：無䏿之國在長股東，為人無䏿。

【解說】

無䏿（音啓，qǐ）即無啓、無繼；無䏿國即無啓國，是《淮南子》所記海外三十六國之一，其民曰無繼民。傳說無繼國在北方，其人沒有後嗣，平日住在洞穴裡，無男女之別，靠食空氣、魚和食土維持生命，死則埋在土裡。人雖死，其靈魂（心）卻不死，一百年（一說一百二十年）以後，復活再生爲人。《大荒北經》有無繼民：「無繼民，任姓，無骨子，食氣魚（郝懿行注：食氣魚者，言此人食氣兼食魚也）。」《博物志·異人》記，無䏿民，居穴食土，無男女，死埋之，其心不朽，百年還化爲人。細民，其肝不朽，百年而化爲人，皆穴居處。二國同類也。人死，其靈魂不死，若干年後復活或化生爲人，這種原始的靈魂觀念在這則神話中有生動的反映。

郭璞《圖讚》：「萬物相傳，非子則根。無䏿因心，構肉生魂。所以能然，尊形者存。」

〔圖1－吳任臣近文堂圖本〕、〔圖2－汪紱圖本〕、〔圖3－《邊裔典》〕、〔圖4－上海錦章圖本〕。

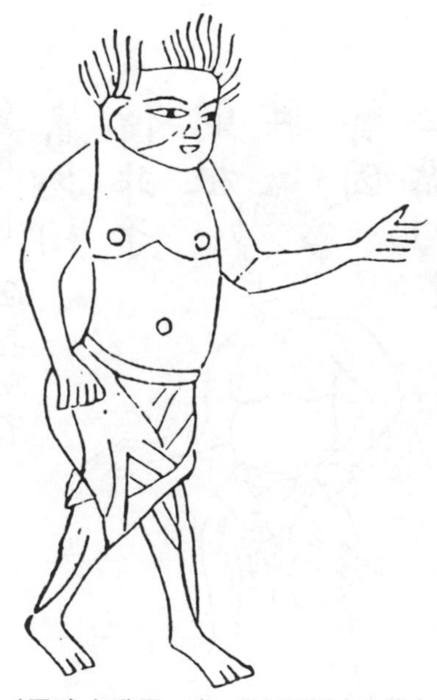

〔圖1〕無䏿國　清·吳任臣近文堂圖本

〔圖2〕無䏿國　清·汪紱圖本

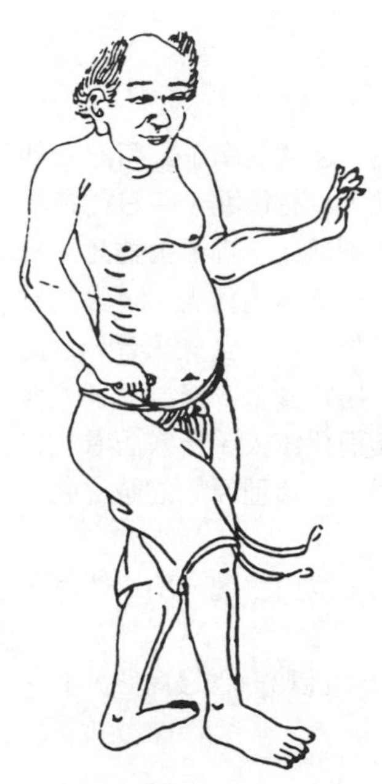

〔圖3〕無䏿國　清《邊裔典》

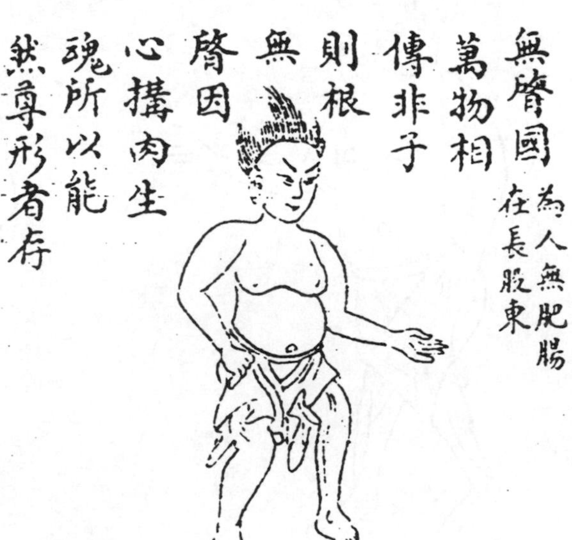

〔圖4〕無䏿國　上海錦章圖本

燭陰

【經文】

《海外北經》：鍾山之神，名曰燭陰，視為晝，瞑為夜，吹為冬，呼為夏。不飲，不食，不息；息為風。身長千里。在無晵之東。其為物，人面，蛇身，赤色，居鍾山下。

【解說】

燭陰即燭龍，又名燭九陰，是中國神話中的創世神，又是鍾山（章尾山）山神。《大荒北經》章尾山有神「是燭九陰，是謂燭龍」。燭龍居鍾山下，身長千里，人面蛇身，紅色；眼睛豎著長，閉起來是一條直縫。他的雙眼一開一閉，便是白天黑夜；他一呼一吸，便成春夏秋冬；他不飲不食不息，氣息一通便形成風。傳說燭龍銜火精以照天門中，把九陰之地都照亮了，故燭龍又稱燭九陰、燭陰。清代蕭雲從《天問圖》中的燭龍圖〔圖1〕，突出了燭龍銜火精的神格。

《淮南子．墬形篇》講述了燭龍的故事，說燭龍在雁門北，蔽於委羽之山，不見日，其神人面龍身而無足。《楚辭．大招》中的逴龍也是燭龍：「北有寒山，逴龍赤色只。」《廣博物志》引《五運歷年記》說：「盤古之君，龍首蛇身，噓爲風雨，吹爲雷電，開目爲晝，閉目爲夜。」袁珂認爲，燭龍之神格，與開闢神盤古相近，是盤古的原型之一。在目前所見的古圖中，明代的日本圖本和清代的四川成或因繪圖本的燭陰圖都是女性神，很值得注意。

郭璞《圖讚》：「天缺西北，龍銜火精。氣爲寒暑，眼作昏明。身長千里，可謂至神（一作靈）。」

〔圖2－胡文煥圖本〕、〔圖3－日本圖本〕、〔圖4－成或因繪圖本〕、〔圖5－吳任臣康熙圖本〕、〔圖6－汪紱圖本〕。

〔圖1〕燭陰　清．蕭雲從《天問圖》

〔圖2〕燭陰　明．胡文煥圖本

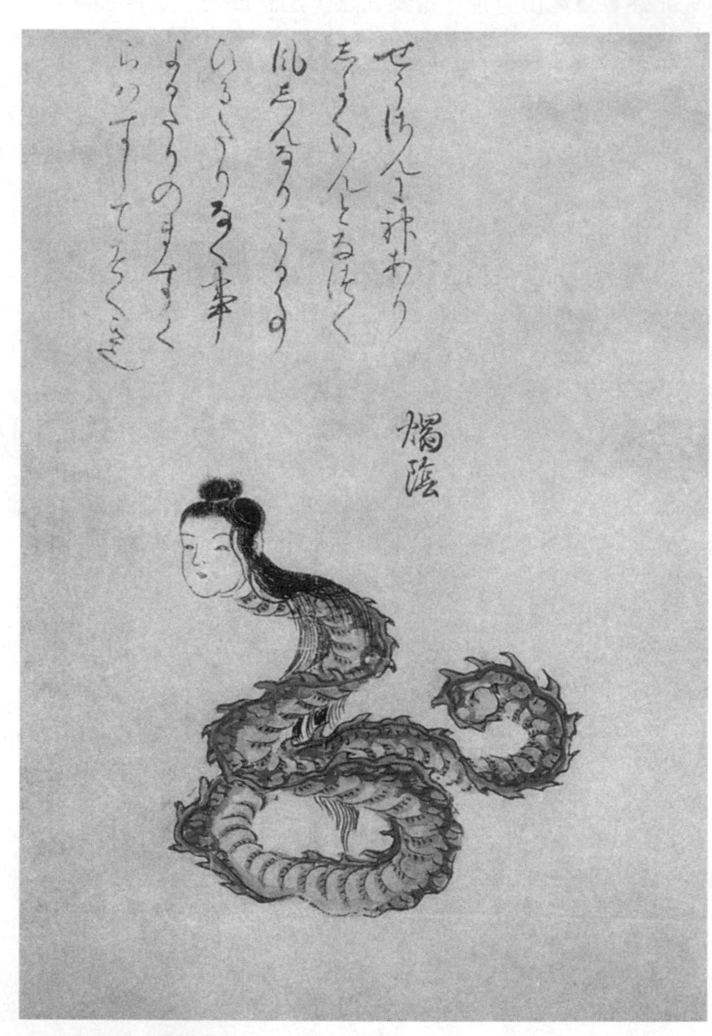

〔圖3〕燭陰　日本圖本

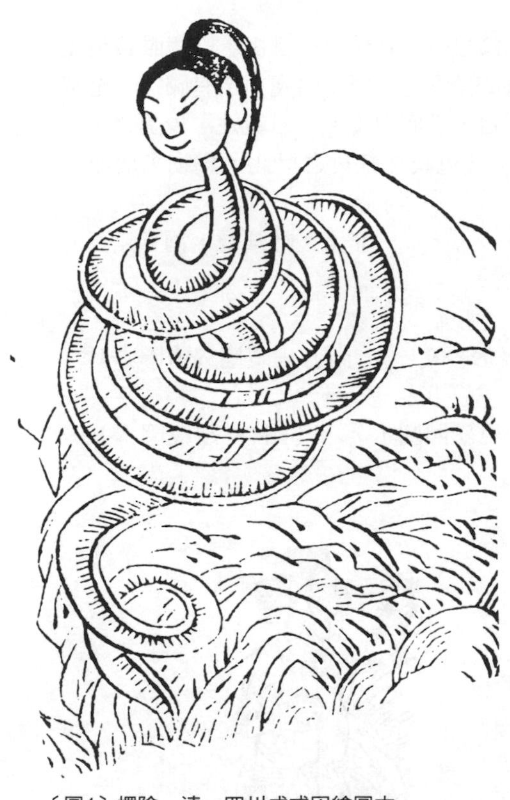

〔圖4〕燭陰　清・四川成或因繪圖本

〔圖5〕燭陰　清・吳任臣康熙圖本

〔圖6〕燭陰　清・汪紱圖本

【卷8-3】

一目國

【經文】

《海外北經》：一目國在其東，一目中其面而居。

【解說】

一目國爲《淮南子》所記海外三十六國之一，其民曰一目民，一隻眼睛長在臉面正中。《山海經》所記與一目國有關的獨眼奇人還有兩處，均有圖：一是威姓少昊之子（見《大荒北經》：「有人一目，當面中生。一曰威姓，少昊之子，食黍」）；一是鬼國（見《海內北經》：「鬼國在貳負之尸北，爲物人面而一目」）。

郭璞《圖讚》：「蒼四不多，此一不少。于（一作予）野冥瞽，洞見無表。形遊逆旅，所貴維眇。」

一目民圖有二形：

其一，一目爲縱目、直目，此說未見於經文。如〔圖1－蔣應鎬繪圖本〕、〔圖2－成或因繪圖本〕；

其二，一目爲横目，如〔圖3－吳任臣康熙圖本〕、〔圖4－汪紱圖本〕、〔圖5－《邊裔典》〕。

〔圖1〕一目國　明·蔣應鎬繪圖本

〔圖2〕一目國　清·四川成或因繪圖本

〔圖3〕一目國　清・吳任臣康熙圖本

〔圖4〕一目國　清・汪紱圖本

〔圖5〕一目國　清《邊裔典》

【卷8-4】

柔利國

【經文】

《海外北經》：

柔利國在一目東，為人一手一足，反膝，曲足居上。一云留利之國，人足反折。

【解說】

柔利又稱牛黎、留利。柔利國爲《淮南子》所記海外三十六國之一，其民曰柔利民。這個國家的人只有一手一足，由於沒有骨頭，因此一手一腳都向上反曲著，像折斷似的。柔利民是聶耳國（又稱儋耳國）人的後代，據《大荒北經》：「有牛黎之國。有人無骨，儋耳之子。」

郭璞《圖讚》：「柔利之人，曲腳反肘。子求之容，方此無丑。所貴者神，形于何有。」

〔圖1－蔣應鎬繪圖本〕、〔圖2－吳任臣康熙圖本〕、〔圖3－成或因繪圖本〕、〔圖4－汪紱圖本〕、〔圖5－《邊裔典》〕。

〔圖1〕柔利國　明·蔣應鎬繪圖本

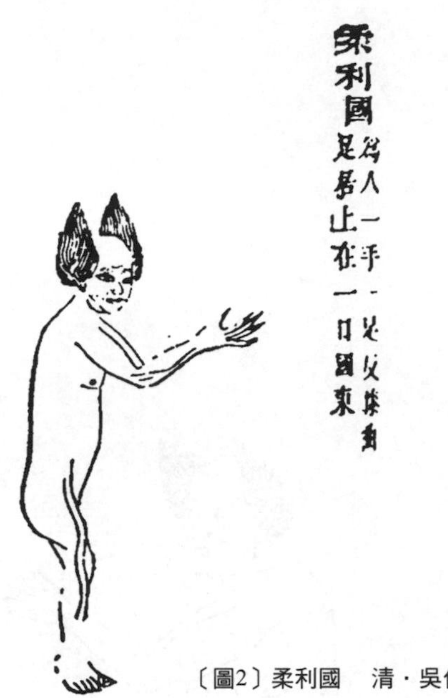

〔圖2〕柔利國　清・吳任臣康熙圖本

〔圖3〕柔利國　清・四川成或因繪圖本

柔利國

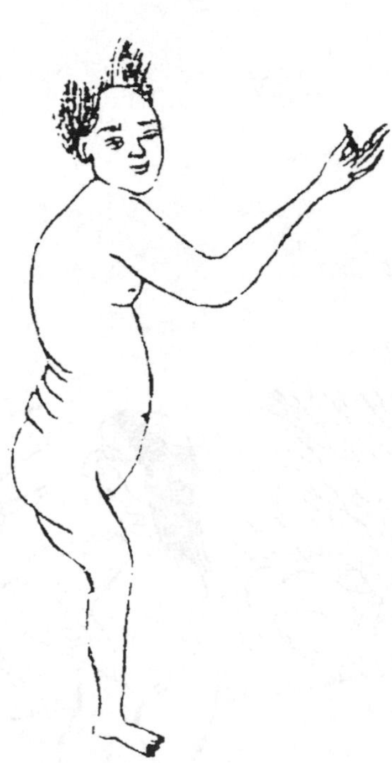

〔圖4〕柔利國　清・汪紱圖本

〔圖5〕柔利國　清《邊裔典》

【卷8-5】

相柳

【經文】

《海外北經》：共工之臣曰相柳氏，九首，以食于九山。相柳之所抵，厥為澤溪。禹殺相柳，其血腥，不可以樹五穀種。禹厥之，三仞三沮，乃以為眾帝之臺。在昆侖之北，柔利之東。相柳者，九首人面，蛇身而青。不敢北射，畏共工之臺。臺在其東。臺四方，隅有一蛇，虎色，首衝南方。

【解說】

相柳又名相繇，共工之臣。共工是水神，是中國神話中打破舊秩序的天神。《大荒北經》記：「共工之臣名曰相繇，九首蛇身，自環，食于九土。其所歍所尼，即爲源澤。不辛乃苦，百獸莫能處。禹湮洪水，殺相繇。其血腥臭，不可生穀；其地多水，不可居也。禹湮之，三仞三沮，乃以爲池，群帝因是以爲台，在昆侖之北。」《楚辭．天問》中之雄虺〔圖1〕，一身九頭，便是相柳。

相柳是一個九頭人面蛇身怪物，蛇身黑色，盤繞而上；他貪婪成性，九個腦袋在九座山上取食。他一呑一吐，所到之處皆成沼澤；澤中的水，苦澀無比，人獸都無法生存。禹在平息洪水以後，殺死相柳。相柳血流遍野，腥臭難聞，五穀不生，萬民塗炭；加上其地多水，百姓無家可居。禹想用土把血流堵塞住，但湮塞了三次，這塊地都陷落下去；沒辦法，只好做成一個池子。眾神便在昆侖之北，柔利國之東，就在殺相柳的地方，建了一座台，名叫共工之台，共工之台四方形，台的四角各有一條虎斑紋的蛇，頭向著南方，守衛在這裡。水神共工威名遠揚，凡射箭者都不敢北射，想是畏懾共工之台的緣故。楊愼《補注》就「有一蛇，虎色，首衝南方」解釋說：「首衝南方者，紀鼎上所鑄之像。虎色者，蛇斑如虎。蓋鼎上之像，又以彩色點染別之。」由此亦可見《山海經》據九鼎所鑄圖像爲文的古老敘事風格。

郭璞《圖讚》：「共工之臣，號曰相柳。稟此奇表，蛇身九首。恃力桀暴，終禽夏后。」

〔圖2－蔣應鎬繪圖本〕、〔圖3－胡文煥圖本，名相抑氏〕、〔圖4－日本圖本，名相抑氏〕、〔圖5－成或因繪圖本〕、〔圖6－畢沅圖本〕、〔圖7－汪紱圖本〕。

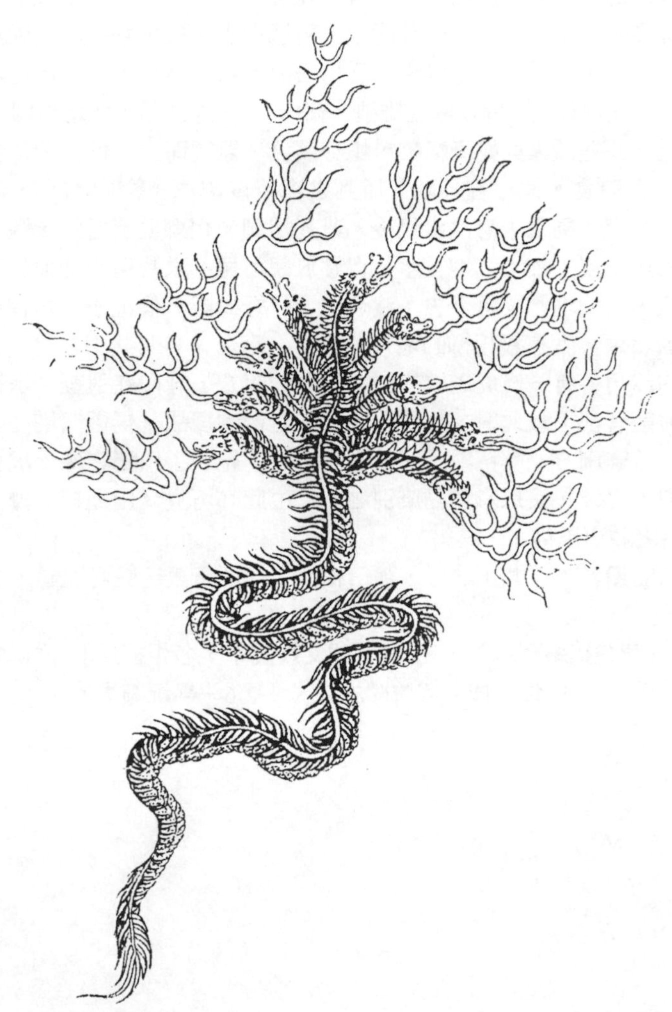

〔圖1〕「雄虺九首」　清・蕭雲從《天問圖》

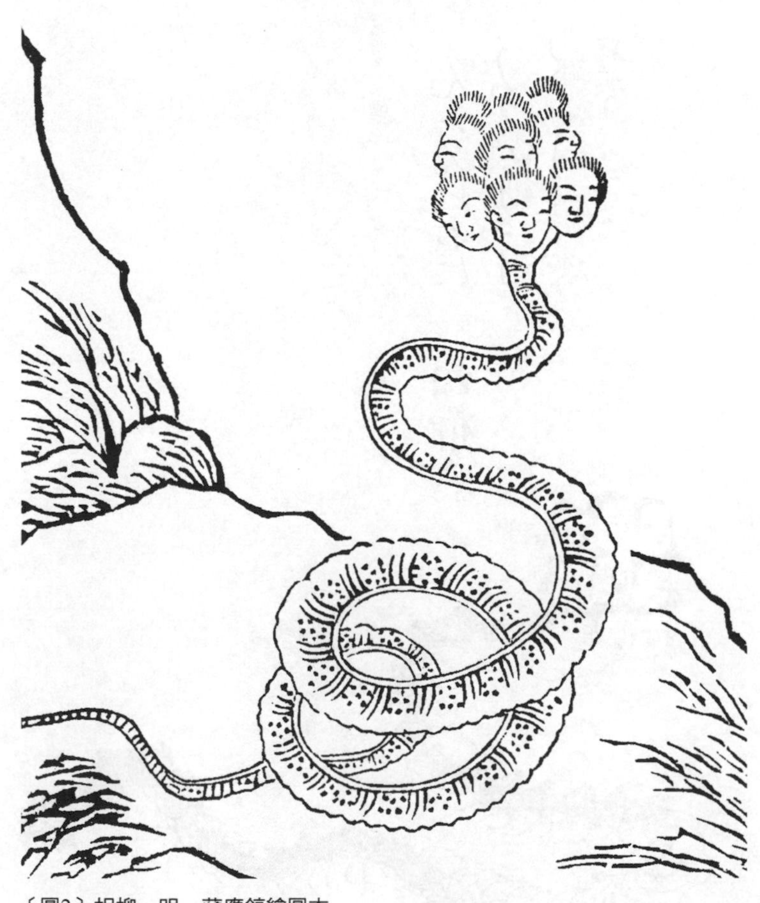

〔圖2〕相柳　明・蔣應鎬繪圖本

〔圖4〕相柳（相抑氏）　日本圖本

相抑氏

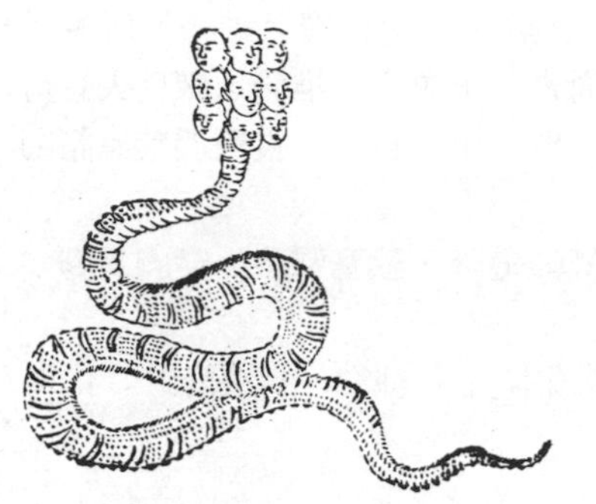

〔圖3〕相柳（相抑氏） 明・胡文煥圖本

〔圖5〕相柳　清・四川成或因繪圖本

相柳面蛇身

共工之臣號
曰相柳稟此
奇表蛇身九
首恃力桀暴
終禽夏后

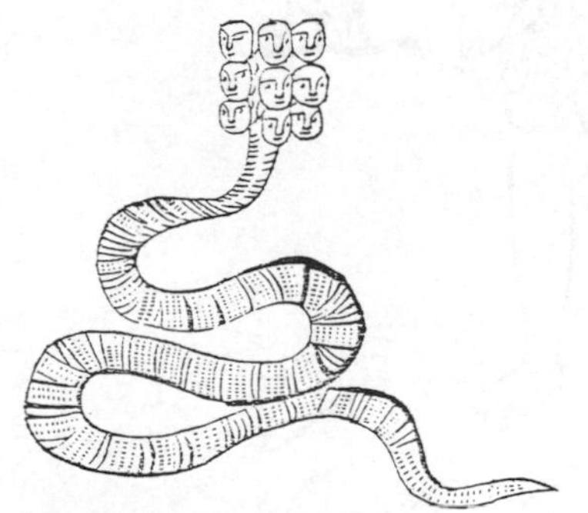

〔圖6〕相柳　清・畢沅圖本

〔圖7〕相柳　清・汪紱圖本

【卷8-6】

深目國

【經文】

《海外北經》：深目國在其東，為人深目，舉一手。一曰在共工臺東。

【解說】

深目國爲《淮南子》所記海外三十六國之一，其民曰深目民。《大荒北經》：「有人方食魚，名曰深目之國，盼姓，食魚。」據郭璞《圖讚》所說：「深目類胡」，可知深目民有可能是胡人。《周書．王會篇》推測，深目人有可能是南方兩廣一帶的少數民族。經文原爲「爲人舉一手一目」，袁珂據其餘諸國體例校改「爲人深目，舉一手」。

郭璞《圖讚》：「深目類胡，但口絕縮。軒轅道降，款塞歸服。穿胸長腳，同會異族。」

〔圖1－蔣應鎬繪圖本〕、〔圖2－成或因繪圖本〕、〔圖3－《邊裔典》〕。

〔圖1〕深目國　明．蔣應鎬繪圖本

〔圖2〕深目國　清・四川成或因繪圖本

〔圖3〕深目國　清《邊裔典》

【卷8-7】

無腸國

【經文】

《海外北經》：

無腸之國在深目東，其為人長而無腸。

【解說】

無腸國又稱無腹國，是《淮南子》所記海外三十六國之一，其民爲無腸民。《大荒北經》：「又有無腸之國，是任姓，無繼子，食魚。」無腸民其人長大，腹內無腸，吃什麼都一通到底。《神異經》記，有人知往，有腹無五臟，直而不旋，食物徑過，說的就是無腸民。

〔圖1－《邊裔典》無腸國〕、〔圖2－《邊裔典》無腹國〕。

〔圖1〕無腸國　清《邊裔典》

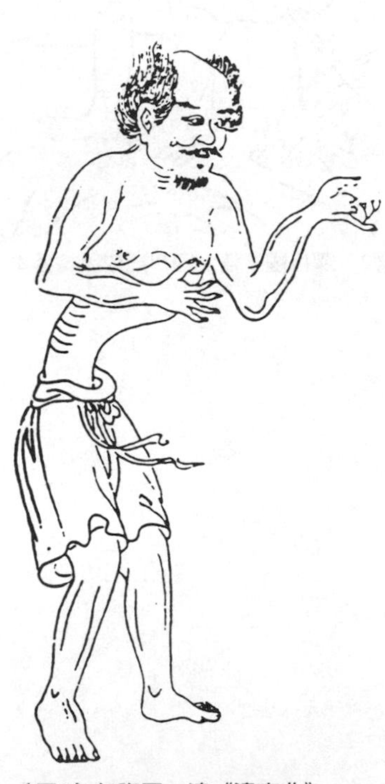

〔圖2〕無腹國　清《邊裔典》

【卷8-8】

聶耳國

【經文】

《海外北經》：聶耳之國在無腸國東，使兩文虎，為人兩手聶其耳。縣（懸）居海水中，及水所出入奇物。兩虎在其東。

【解說】

聶耳國即儋耳國。《大荒北經》有儋耳之國，任姓，禺號子，食穀。禺號即禺虢，東海之神。聶耳國人是海神之子，所以居住在孤懸於海中的小島上。這裡的人都長著一對長長的耳朵，一直垂到胸前，走路時只好用兩隻手托著。在聶耳國東邊，有兩隻花斑虎供他們使喚。《淮南子．墬形篇》無聶耳國，只說夸父、耽耳在其北方，可知耽耳國即聶耳國。唐李冗《獨異志》有大耳國，說《山海經》有大耳國，其人寢，常以一耳爲席，一耳爲衾。

郭璞《圖讚》：「聶耳之國，海渚是縣（懸）。雕虎斯使，奇物畢見。形有相須，手不離面。」

〔圖1－蔣應鎬繪圖本〕、〔圖2－吳任臣近文堂圖本〕、〔圖3－汪紱圖本〕、〔圖4－《邊裔典》〕。

〔圖1〕聶耳國　明．蔣應鎬繪圖本

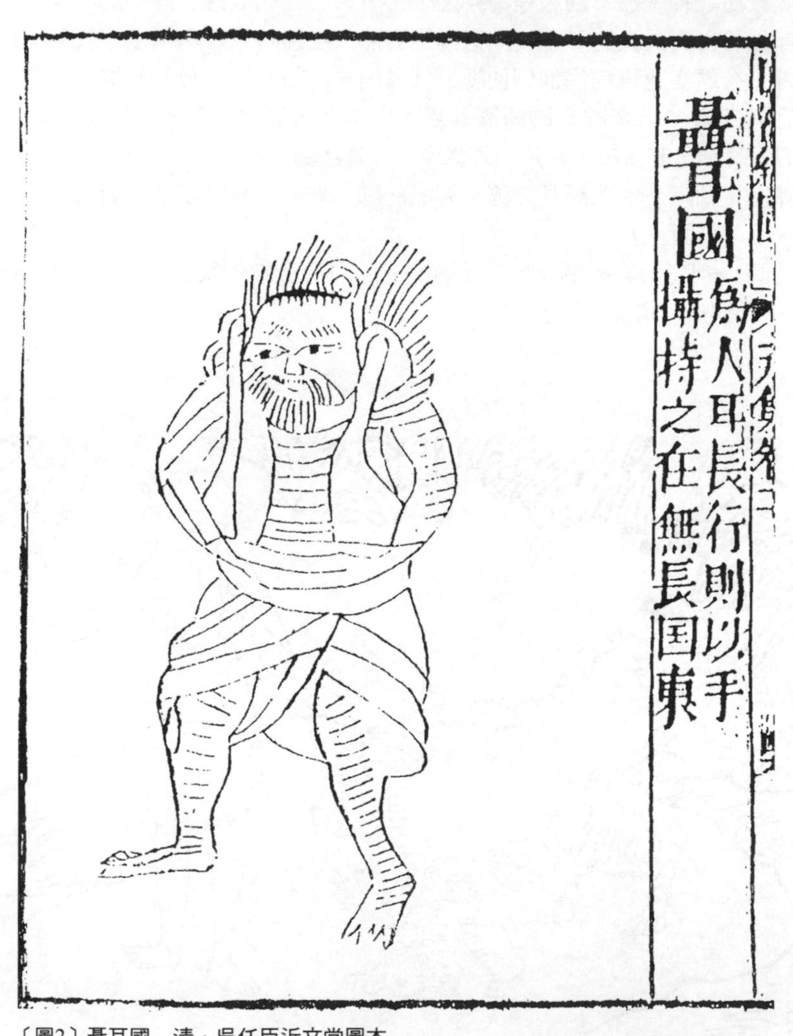

〔圖2〕聶耳國　清・吳任臣近文堂圖本

〔圖3〕聶耳國　清・汪紱圖本

〔圖4〕聶耳國　清《邊裔典》

【卷8-9】

夸父逐日

【經文】

《海外北經》：夸父與日逐走，入日。渴欲得飲，飲于河渭；河渭不足，北飲大澤。未至，道渴而死。棄其杖，化為鄧林。

【解說】

夸父逐（音冑，zhòu）日的神話又見《大荒北經》：「大荒之中，有山，名曰成都載天。有人珥兩黃蛇，把兩黃蛇，名曰夸父。后土生信，信生夸父。夸父不量力，欲追日景，逮之于禺谷。將飲河而不足也。將走大澤，未至，死于此。」

夸父是炎帝之裔，是神話中巨人族的一支，形貌十分奇特：兩隻耳朵穿貫兩條黃蛇，兩隻手還抓著兩條黃蛇，居住在北方大荒一座名叫成都載天的高山上。有一天，夸父下定決心，要與日競走，去追趕那光芒萬丈的太陽；追啊，追啊，他追到了太陽落山的禺谷，眼看著就要追上太陽了。這時候，他覺得乾渴難熬，便俯下身來，一口氣把黃河、渭水喝個精光；還不夠，又往北向大澤奔去。不幸的是，還沒有到達目的地，夸父便因口渴倒地而死。臨死時，他把手杖扔了出去，就在手杖落下去的地方，出現了一片桃林，累累鮮桃掛滿枝頭。桃林又叫鄧林，傳說在楚地北境。

除了追日的夸父外，《山海經》還有夸父國（即博父國，見《海外北經》），是巨人之國。此外，夸父又指經中形似猿猴的怪鳥怪獸，如《北次二經》梁渠山之囂鳥，其狀如夸父；《西次三經》崇吾山之舉父，又名夸父。

夸父逐日體現了中國人不屈不撓的奮鬥精神，陶潛〈讀山海經〉詩（第九篇）說：「夸父誕宏志，乃與日競走。俱至虞淵下，似若無勝負。神力既殊妙，傾河焉足有。余跡寄鄧林，功竟在身後。」

郭璞《圖讚》：「神哉夸父，難以理尋。傾河逐日，遯形鄧林。觸類而化，應無常心。」

〔圖1－蔣應鎬繪圖本〕、〔圖2－成或因繪圖本〕。

〔圖1〕夸父逐日　明・蔣應鎬繪圖本

〔圖2〕夸父逐日　清・四川成或因繪圖本

【卷8-10】

夸父國

【經文】

《海外北經》：夸父國在聶耳東，其為人大，右手操青蛇，左手操黃蛇。鄧林在其東，二樹木。一曰博父。

【解說】

夸父即博父，又即大人或豐人（據郝懿行注），夸父國即博父國。傳說夸父是炎帝的苗裔，在炎黃的戰爭中，被黃帝的神龍——應龍所殺（見《大荒東經》：「應龍殺蚩尤與夸父」，又《大荒北經》：「應龍已殺蚩尤，又殺夸父」），夸父的遺裔組成了一個國家，這便是夸父國。夸父國是一個巨人國，這個國家的人樣子和追日的夸父差不多，右手操青蛇，左手操黃蛇。可以想像，追日的夸父是這一巨人族的一員。夸父逐日時，其手杖所化的鄧林就在夸父國的東邊，鄧林遼闊無比，兩棵樹便可成林。

〔圖1－蔣應鎬繪圖本〕、〔圖2－成或因繪圖本〕、〔圖3－《邊裔典》博父國〕。

〔圖1〕夸父國　明·蔣應鎬繪圖本

〔圖2〕夸父國　清・四川成或因繪圖本

博父國

〔圖3〕博父國　清《邊裔典》

【卷8-11】

拘纓國

【經文】

《海外北經》：拘纓之國在其東，一手把纓。一曰利纓之國。

【解說】

拘纓即拘瘿，《淮南子·墜形篇》有句嬰民（高誘注：句嬰讀爲九嬰，北方之國）。郭璞在注中說，拘纓說的是其人常以一手持冠纓。他又說，纓宜作瘿。瘿是一種瘤，多生於頸，其大者如懸瓠，有礙行動，故須以手拘之，拘瘿之國因此而得名（袁珂注）。

〔圖1－《邊裔典》〕。

〔圖1〕拘纓國　清《邊裔典》

【卷8-12】

跂踵國

【經文】

《海外北經》：跂踵國在拘纓東，其為人大，兩足亦大，一曰大踵〔袁珂據郝懿行校改為：兩足皆支。一曰反踵〕。

【解說】

跂踵即支踵、反踵。跂踵國是《淮南子》所記海外三十六國之一，其民曰跂踵民。這個國家的人用腳趾頭走路，行走時腳跟不著地，所以叫跂踵、支踵；又說他們的腳反著生，如果往南走，足跡卻向著北方，所以又稱反踵。郭璞云：「其人行，腳跟不著地也。」《淮南子》有跂踵民，高誘注：「跂踵民，踵不至地，以五指（趾）行也。」袁珂按：「然《文選》王元長〈曲水詩序〉注引高注則作『反踵，國名，其人南行，跡北向也。』與此異義。」

郭璞《圖讚》：「厥形雖（一作惟）大，斯腳則企。跳步雀踴，踵不閡地。應德而臻，款塞歸義。」

原經文爲「其爲人大，兩足亦大。一曰大踵。」袁珂據郝懿行校改。蔣應鎬繪圖本之跂踵國圖，顯然係據原經文「其爲人大，兩足亦大」之說而作，卻未見「跂踵」的特徵；郭璞《圖讚》中亦說「厥形惟大」，在大字上作文章，似與跂踵之義不合。汪紱圖本之跂踵國圖，突出了跂踵民用腳趾頭走路、腳跟不著地的特點。

〔圖1－蔣應鎬繪圖本〕、〔圖2－成或因繪圖本〕、〔圖3－汪紱圖本〕。

〔圖1〕跂踵國　明・蔣應鎬繪圖本

〔圖2〕跂踵國　清・四川成或因繪圖本

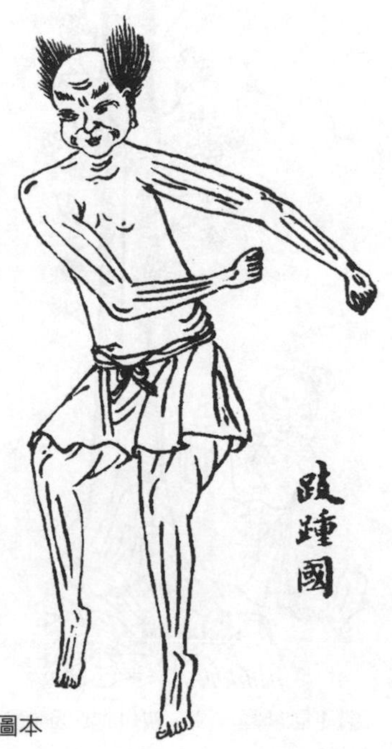

〔圖3〕跂踵國　清・汪紱圖本

【卷8-13】

歐絲國

【經文】

《海外北經》：歐絲之野在大踵東，一女子跪據樹歐絲。

【解說】

北海外歐絲之野，有一女子跪在桑樹前吐絲。這一生動的蠶女吐絲故事成爲日後著名的馬頭娘傳說（見晉干寶《搜神記》）的雛形。

〔圖1－成或因繪圖本〕、〔圖2－《邊裔典》〕。

〔圖1〕歐絲國　清・四川成或因繪圖本

〔圖2〕歐絲國　清《邊裔典》

【卷8-14】

騊駼

【經文】

《海外北經》：北海內有獸，其狀如馬，名曰騊駼。

【解說】

騊駼（音陶塗，táotú）是北方的一種良馬、瑞馬、名馬，善走，是祥瑞的象徵。《獸經》說：馬之良者，曰騊駼。《字林》云：騊駼，北狄良馬也，一曰野馬。《史記》曰：匈奴奇畜則騊駼。《瑞應圖》記：幽隱之獸，有明王在位則至。《穆天子傳》曰：野馬走五百里。《爾雅翼．釋獸》記：騊駼，馬。《山海經》云：北海內獸，狀如馬。騊駼，獸之善走者，既如馬，又善走。故馬之良者，取以爲名。

郭璞《圖讚》：「騊駼野駿，產自北域。交頸相摩，分背翹陸。雖有孫陽，終不在（一作能）服。」

〔圖1－蔣應鎬繪圖本〕、〔圖2－成或因繪圖本〕。

〔圖1〕騊駼　明．蔣應鎬繪圖本

〔圖2〕騊駼　清．四川成或因繪圖本

【卷8-15】

羅羅

【經文】

《海外北經》：北海內有青獸焉，狀如虎，名曰羅羅。

【解說】

羅羅是虎狀獸，古稱青虎爲羅羅。今雲南彝族稱虎爲羅羅，羅羅是現今彝族三十多個支系中的一個主要支系，是虎的後代、虎人的意思；信仰虎的彝族人自稱羅羅人。

〔圖1－蔣應鎬繪圖本〕、〔圖2－成或因繪圖本〕、〔圖3－《禽蟲典》〕。

〔圖1〕羅羅　明・蔣應鎬繪圖本

〔圖2〕羅羅　清・四川成或因繪圖本

〔圖3〕羅羅　清《禽蟲典》

【卷8-16】

禺彊

【經文】

《海外北經》：北方禺彊，人面鳥身，珥兩青蛇，踐兩青蛇。

【解說】

禺彊（音強，qiáng）即禺強、禺京，北海海神，是東海海神禺虢之子。《大荒東經》說：「黃帝生禺虢，禺虢生禺京，禺京處北海，禺虢處東海，是爲海神。」《大荒北經》又說：「有神，人面鳥身，珥兩青蛇，踐兩赤蛇，名曰禺彊。」

禺彊字玄冥，是顓頊之佐，又是北方之神、司冬之神。長沙子彈庫出土的楚帛書十二月神圖上有司冬之神玄冥的形象〔圖1〕。作爲北海海神，禺彊的形象特徵是人面鳥身，珥蛇踐蛇，乘兩龍。禺彊同時又是北風風神，其形象特徵是人面魚身（見袁珂注），我們在考古紋飾上見到的鳥魚合體的形象，正是職掌北海海神與北風風神神職的禺彊〔圖2〕。清代蕭雲從也爲海神禺彊（名玄冥）與風神禺彊（名伯強）各做了一幅圖〔圖3〕。禺彊之神職，實海神而兼風神。今見《山海經》所記之禺彊爲北海海神，人面鳥身，雙耳穿貫兩條青蛇，雙爪踐繞兩條青蛇（一說赤蛇），乘駕雙龍。而蔣應鎬繪圖本禺彊圖中的禺彊，正是人面鳥身有翼，雙耳貫二蛇，雙爪（作手狀）各有一蛇纏繞，如人一般端坐在雙龍身上，在海天之間遨遊。汪紱圖本之北方禺彊，也是人面鳥身鳥足雙翼，雙耳貫二蛇，雙爪踐繞二蛇。

郭璞爲「北方禺彊」作讚：「禺彊水神，面色黧黑。乘龍踐蛇，凌雲拊翼。靈一玄冥，立于北極。」

〔圖4－蔣應鎬繪圖本〕、〔圖5－《神異典》〕、〔圖6－成或因繪圖本〕、〔圖7－汪紱圖本〕。

〔圖1〕司冬之神玄冥　楚帛書十二月神圖

〔圖2〕鳥魚合體兼具巫師職能之海神禺彊
湖北曾侯乙戰國墓墓主內棺東側壁板花紋

〔圖3〕海神玄冥與風神伯強
①海神玄冥　清・蕭雲從《離騷圖・遠遊》

〔圖3〕海神玄冥與風神伯強
②風神伯強　清・蕭雲從《天問圖》

〔圖4〕禺彊　明・蔣應鎬繪圖本

〔圖5〕禺彊神　清《神異典》

〔圖6〕禺彊　清・四川成或因繪圖本

〔圖7〕禺彊　清・汪紱圖本

海外東經

【卷9-1】

大人國

【經文】

《海外東經》：

海外自東南陬至東北陬者。大人國在其北，為人大，坐而削船。一曰在𨔝丘北。

【解說】

大人國是《淮南子》所記海外三十六國之一。《山海經》有關大人國的記載，除《海外東經》外，有《大荒東經》：「有波谷山者，有大人之國。有大人之市，名曰大人之堂，有一大人踆其上，張其兩臂。」又見《大荒北經》：「有人名曰大人。有大人之國，厘姓，黍食。」大人國的人身材高大，據《博物志·異人》記，其人長十丈。《天問》有「長人何守」，《招魂》有「長人千仞」之說，其人高二十多丈。《列子·湯問篇》所記龍伯國大人，「舉足不盈數步而暨五山之所」。《海外東經》記：「大人國在其北，爲人大，坐而削船。」郝懿行注：「削船謂操舟也。」袁珂注：「削船謂刻治其船也。」據《說文》：「削，從刀，訓破木。」因此，「坐而削船」似可理解爲破木操舟造船。今見清《邊裔典》的大人國圖，一大人持刀坐在船旁，此大人有可能是原始的造船操舟的工匠神。

〔圖1－蔣應鎬繪圖本《大荒東經》圖〕、〔圖2－汪紱圖本〕、〔圖3－《邊裔典》〕。

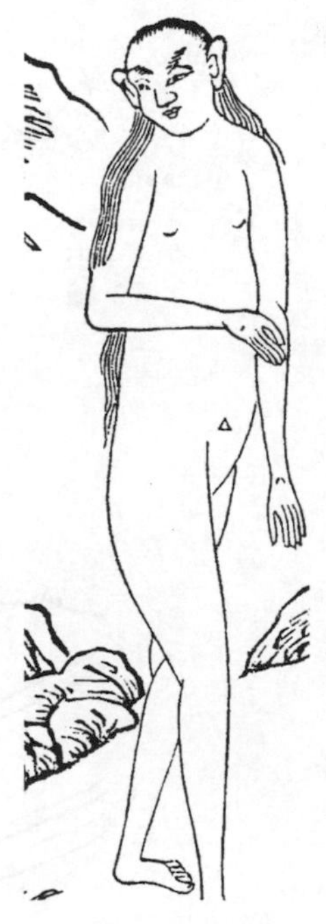

〔圖1〕大人國　明·蔣應鎬繪圖本《大荒東經》圖

〔圖2〕大人國　清・汪紱圖本

〔圖3〕大人國　清《邊裔典》

【卷9-2】

奢比尸

【經文】

《海外東經》：奢比之尸在其北，獸身、人面、大耳，珥兩青蛇。一曰肝榆之尸。在大人北。

【解說】

奢比尸即肝榆之尸。天神奢比尸的樣子很怪，人面獸身，大耳朵，雙耳各貫一青蛇。奢比尸又見《大荒東經》：「有神，人面、大耳、獸身，珥兩青蛇，名曰奢比尸。」

尸像是《山海經》中很特殊的神話現象，指的是某些神由於各種不同的原因被殺，但其靈魂不死，以「尸」的形態繼續活動。據清代學者陳逢衡在《山海經匯說》中的統計，經中所記尸象「凡十二見」。一些重要的尸象，都可以在各種版本的山海經圖中找到圖像。

〔圖1－奢北之尸，採自明初《永樂大典》卷九一〇〕、〔圖2－蔣應鎬繪圖本〕、〔圖3－蔣應鎬繪圖本《大荒東經》圖〕、〔圖4－胡文煥圖本，名奢尸〕、〔圖5－日本圖本，名奢尸〕、〔圖6－吳任臣近文堂圖本〕、〔圖7－汪紱圖本〕。

〔圖1〕奢比尸　明初《永樂大典》卷九一〇

〔圖2〕奢比尸　明・蔣應鎬繪圖本

〔圖3〕奢比尸　明・蔣應鎬繪圖本《大荒東經》圖

〔圖4〕奢尸　明・胡文煥圖本

〔圖5〕奢尸　日本圖本

〔圖6〕奢比尸　清・吳任臣近文堂圖本

〔圖7〕奢比尸　清・汪紱圖本

【卷9-3】

君子國

【經文】

《海外東經》：君子國在其北，衣冠帶劍，食獸，使二文虎在旁，其人好讓不爭。有薰華草，朝生夕死。一曰在肝榆之尸北。

【解說】

君子國是《淮南子》所記海外三十六國之一。《大荒東經》：「有東口之山，有君子之國，其人衣冠帶劍。」《博物志·外國》記：「君子國人，衣冠帶劍，使兩虎，民衣野絲，好禮讓不爭。土千里，多薰華之草。民多疾風氣，故人不蕃息。好讓，故爲君子國。」

郭璞《圖讚》：「東方氣仁，國有君子。薰華是食，雕虎是使。雅好禮讓，禮委論理。」

〔圖1－成或因繪圖本〕、〔圖2－汪紱圖本〕、〔圖3－《邊裔典》〕。

〔圖1〕君子國　清·四川成或因繪圖本

〔圖2〕君子國　清・汪紱圖本

〔圖3〕君子國　清《邊裔典》

【卷9-4】

天吳

【經文】

《海外東經》：虹虹在其北，各有兩首，一曰在君子國北。朝陽之谷，神曰天吳，是為水伯。在虹虹北兩水間。其為獸也，八首人面，八足八尾，背（原作「皆」，袁珂從何焯等校改）青黃。

【解說】

天吳是水神，生活在朝陽之谷，在雙頭虹之北兩水之間。天吳是人面虎，八首人面，八足八尾（一作十尾），毛色青裡帶黃。天吳又見於《大荒東經》：「有夏州之國。有蓋余之國。有神人，八首人面，虎身十尾，名曰天吳。」胡文煥圖說：「朝陽谷有神，曰天吳，是爲水伯。虎身人面，八首、八足、八尾，青黃色。」山東武氏祠漢畫像石上的人面八首虎身神似是水神天吳〔圖1〕。

郭璞《圖讚》：「耽耽水伯，號曰谷神。八頭十尾，人面虎身。龍據兩川，威無不震。」

〔圖2－蔣應鎬繪圖本〕、〔圖3－胡文煥圖本〕、〔圖4－吳任臣近文堂圖本〕、〔圖5－成或因繪圖本〕、〔圖6－汪紱圖本〕。

〔圖1〕人面八首虎身神
山東武氏祠漢畫像石

〔圖2〕天吳　明・蔣應鎬繪圖本

〔圖3〕天吳　明・胡文煥圖本

〔圖4〕天吳　清・吳任臣近文堂圖本

〔圖5〕天吳　清・四川成或因繪圖本

〔圖6〕天吳　清・汪紱圖本

【卷9-5】

黑齒國

【經文】

《海外東經》：黑齒國在其北，為人黑齒（原無齒字，袁珂從郝懿行校改），食稻啖蛇，一赤一青，在其旁。一曰：在豎亥北，為人黑首，食稻使蛇，其一蛇赤。下有湯谷。

【解說】

黑齒國爲《淮南子》所記海外三十六國之一，其民曰黑齒民。高誘注：其人黑齒，食稻啖蛇，在湯谷上。黑齒民是帝俊的後裔，據《大荒東經》：「有黑齒之國。帝俊生黑齒，姜姓，黍食，使四鳥。」《東夷傳》記：倭國東四十餘里，有裸國，裸國東南有黑齒國，船行一年可至也。黑齒國在十個太陽居住的湯谷附近，這裡的人喜歡染齒，滿嘴的牙都是黑的。他們以稻黍爲食，也啖蛇佐餐。赤蛇、青蛇是他們的夥伴，又是他們的僕役。《鏡花緣》所記的有關黑齒國的兩個女學生的故事十分有趣。

郭璞《圖讚》：「湯谷之山，國號黑齒。」

〔圖1－汪紱圖本〕。

〔圖1〕黑齒國　清・汪紱圖本

【卷9-6】

雨師妾

【經文】

《海外東經》：雨師妾在其北，其為人黑，兩手各操一蛇，左耳有青蛇，右耳有赤蛇。一曰在十日北，為人黑身人面，各操一龜。

【解說】

歷代注家對雨師妾有兩種看法：

一種看法認爲，雨師妾是一個國名（見郝懿行注），或是一個部族名（見袁珂注）。這個國家的人通體黑色，雙手各操一蛇，左耳掛著青蛇，右耳掛著紅蛇，是一個與蛇共生的部族；又說這裡的人是人的面孔，身子是黑的，雙手各握一龜。

另一種看法認爲，雨師妾爲雨師之妾。《焦氏易林》說：「雨師娶婦。」郭璞注此經時只注雨師，說雨師即布雨之神屏翳。郭璞在贊詞中稱雨師妾爲雨師之妾。胡文煥《山海經圖》圖說：「屏翳在海東之北，其獸兩手各拿一蛇，左耳貫青蛇，右耳貫赤蛇，黑面黑身，時人謂之雨師。」胡氏認爲此神是雨師屏翳，因其黑面黑身而名之爲「黑人」。《禽蟲典·異獸部》採用《三才圖會》（明代王圻與其子王思義輯）之屏翳圖，其圖與吳任臣等圖本的雨師妾圖同，可知吳任臣等把《三才圖會》之雨師屏翳圖採之爲雨師妾圖。《三才圖會》把雨師屏翳放在異獸部，可見古神的面貌亦人亦獸，時雄時雌，時有變化。

郭璞《圖讚》：「雨師之妾，以蛇掛耳。」

〔圖1－胡文煥圖本，名黑人〕、〔圖2－吳任臣近文堂圖本〕、〔圖3－汪紱圖本〕、〔圖4－《禽蟲典》〕。

〔圖1〕雨師妾（黑人）　明·胡文煥圖本

〔圖2〕雨師妾　清・吳任臣近文堂圖本

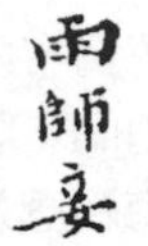

〔圖3〕雨師妾　清・汪紱圖本

屏翳圖

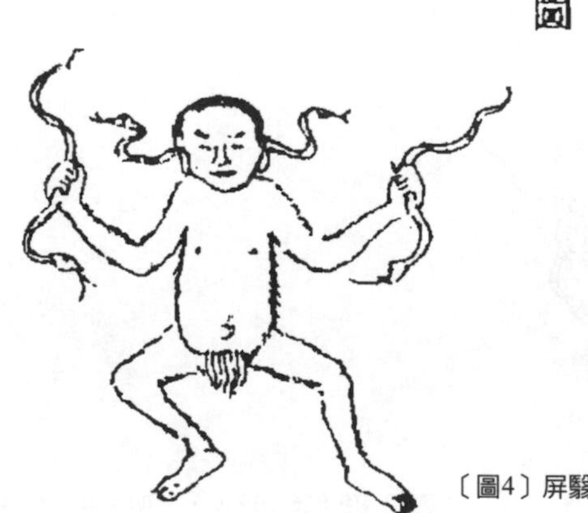

〔圖4〕屏翳　清《禽蟲典》

【卷9-7】

玄股國

【經文】

《海外東經》：玄股之國在其北，其為人股黑（原無「股黑」二字，袁珂據高誘注《淮南子·地形》引補），衣魚食鷗。使兩鳥夾之。一曰在雨師妾北。

【解說】

玄股又名元股，玄股國是水中之國，是《淮南子》所記海外三十六國之一，其民曰玄股民。郭璞注，髀以下盡黑，故名玄股。楊愼說，鷗即鷗，衣魚食鷗，蓋水中國也。《大荒東經》也有玄股國：「有招搖山，融水出焉。有國曰玄股，黍食，使四鳥。」這個國家的人，從腰以下，整條腿都是黑色。他們住在水邊，以魚皮爲衣，食黍穀，也以水鷗爲食。鳥是他們的夥伴和僕役。

郭璞《圖讚》：「玄股食鷗，勞民黑趾。」

〔圖1－汪紱圖本，名元股國〕、〔圖2－《邊裔典》，名元股國〕。

〔圖1〕玄股國　清·汪紱圖本

元股國

〔圖2〕玄股國　清《邊裔典》

【卷9-8】

毛民國

【經文】

《海外東經》：毛民之國在其北，為人身生毛。一曰在玄股北。

【解說】

《大荒北經》亦有毛民國：「有毛民之國，依姓，食黍，使四鳥。禹生均國，均國生役采，役采生修鞈，修鞈殺綽人。帝念之，潛爲之國，是此毛民。」毛民國爲《淮南子》所記海外三十六國之一，其民曰毛民。傳說毛民在大海洲島上，離臨海郡東南二千里，其人身材矮小，不穿衣服，臉上身上都長著箭鏃一般的硬毛，住在山洞裡。《太平御覽》卷三七三引《臨海異物志》中有毛人洲，又卷七九〇引《土物志》中亦有毛人之洲的記載。

郭璞《圖讚》：「牢悲海鳥，西子駭麋。或貴穴倮，或尊裳（一作常）衣。物我相傾，孰了是非。」

〔圖1－蔣應鎬繪圖本《大荒北經》圖〕、〔圖2－吳任臣近文堂圖本〕、〔圖3－成或因繪圖本〕、〔圖4－汪紱圖本〕、〔圖5－上海錦章圖本〕、〔圖6－《邊裔典》〕。

〔圖1〕毛民國　明・蔣應鎬繪圖本《大荒北經》圖

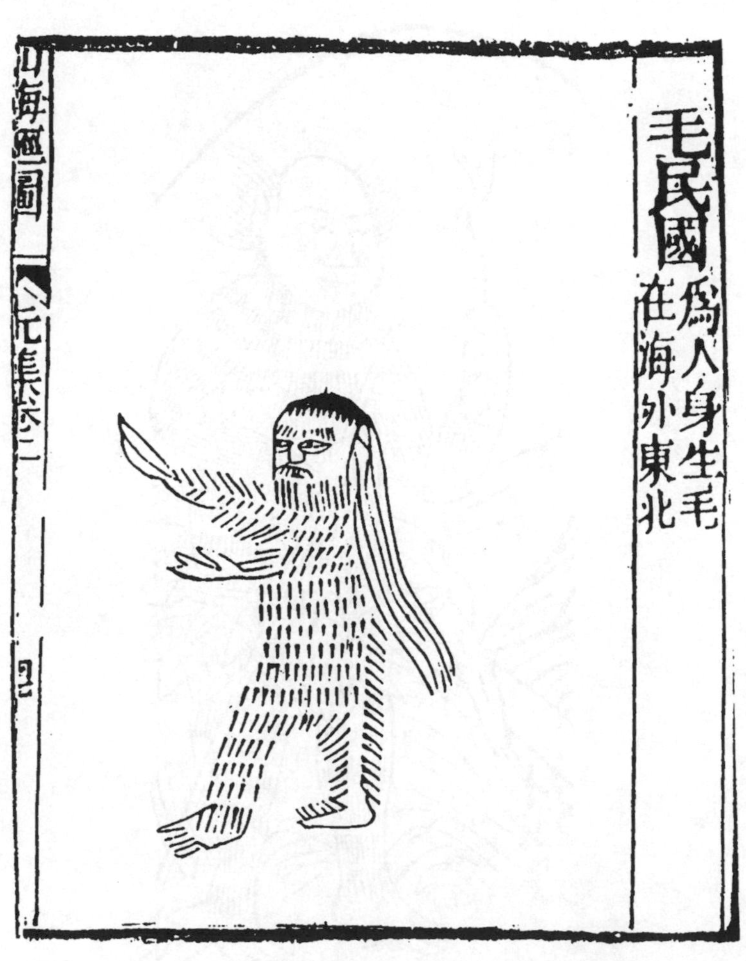

〔圖2〕毛民國　清．吳任臣近文堂圖本

〔圖3〕毛民國　清・四川成或因繪圖本

〔圖4〕毛民國　清・汪紱圖本

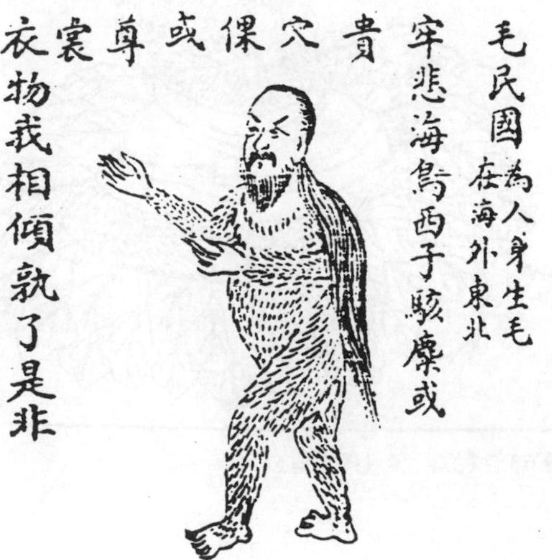

〔圖5〕毛民國　上海錦章圖本

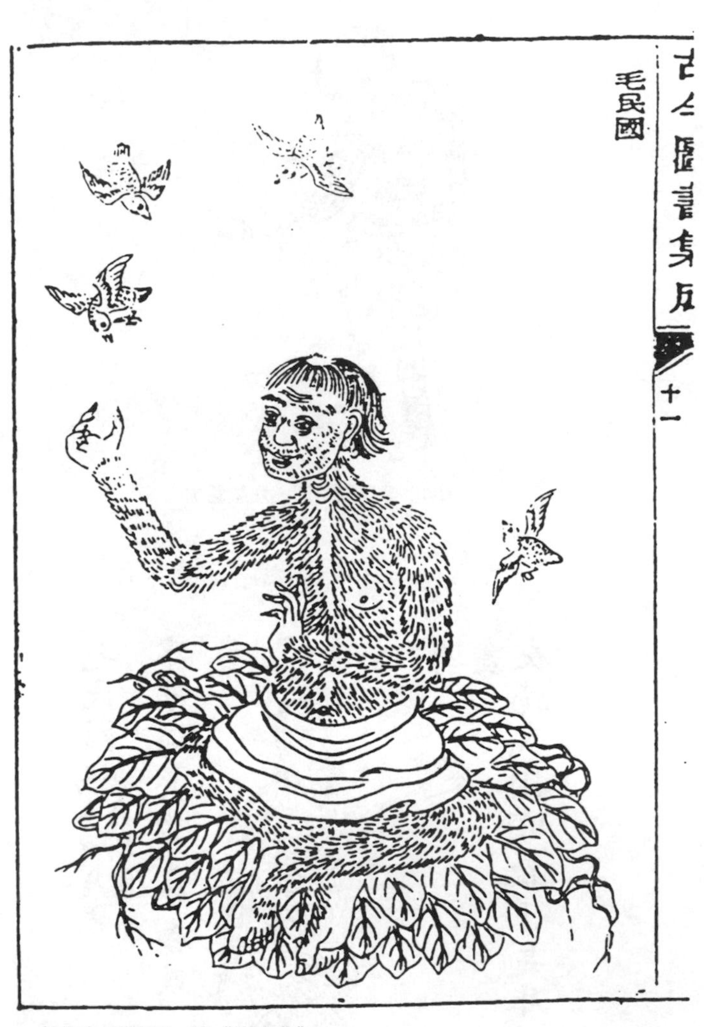

〔圖6〕毛民國　清《邊裔典》

【卷9-9】

勞民國

【經文】

《海外東經》：勞民國在其北，其為人黑，或曰教民。一曰在毛民北，為人面目手足盡黑。

【解說】

勞民國爲《淮南子》所記海外三十六國之一，其民曰勞民。郭璞注，勞民食果草實，有一鳥兩頭。郝懿行注：「今魚皮島夷之東北有勞國，疑即此，其人與魚皮夷面目手足皆黑色也。」勞民國的特徵，一是其人手足皆黑；二是食果草實；三是在他身旁有一兩頭鳥與之作伴。今見蔣應鎬繪圖本的勞民，手拿果草實，但不是手足皆黑；旁有一鳥，但非兩頭，是否勞民國的圖，待考。

郭璞《圖讚》：「玄股食鷗，勞民黑趾。」

〔圖1－蔣應鎬繪圖本〕、〔圖2－《邊裔典》〕。

〔圖1〕勞民國　明・蔣應鎬繪圖本

〔圖2〕勞民國　清《邊裔典》

【卷9-10】

句芒

【經文】

《海外東經》：東方句芒，鳥身人面，乘兩龍。

【解說】

句（音勾，gōu）芒是古神話中的木神、春神、樹木之神，又是生命之神。句芒神名重，是西方天帝少昊之子，後來卻成為東方天帝伏羲的輔佐。《淮南子·天文篇》：「東方木也，其帝太皞，其佐句芒，執規而治春。」句芒是春天生長之神，取名句芒，是因為物始生皆勾屈而芒角。郭璞注：「木神也，方面素服。」句芒的樣子很奇特：人的腦袋，鳥的身子，四方臉，穿素衣，執規治春。長沙子彈庫出土的戰國楚帛書十二月神圖上，有司春之神句芒的形象〔圖1〕。

郭璞《圖讚》：「有神人面，身鳥素服。銜帝之命，錫齡秦穆。皇天無親，行善有福。」

句芒圖有二形：

其一，人面、方臉、素服、鳥爪、乘龍，如〔圖2－蔣應鎬繪圖本〕、〔圖3－成或因繪圖本〕；

其二，人面、鳥身、鳥爪、雙翼、駕龍，如〔圖4－汪紱圖本，名東方句芒〕。

〔圖1〕司春之神句芒　楚帛書十二月神圖

〔圖2〕句芒　明・蔣應鎬繪圖本

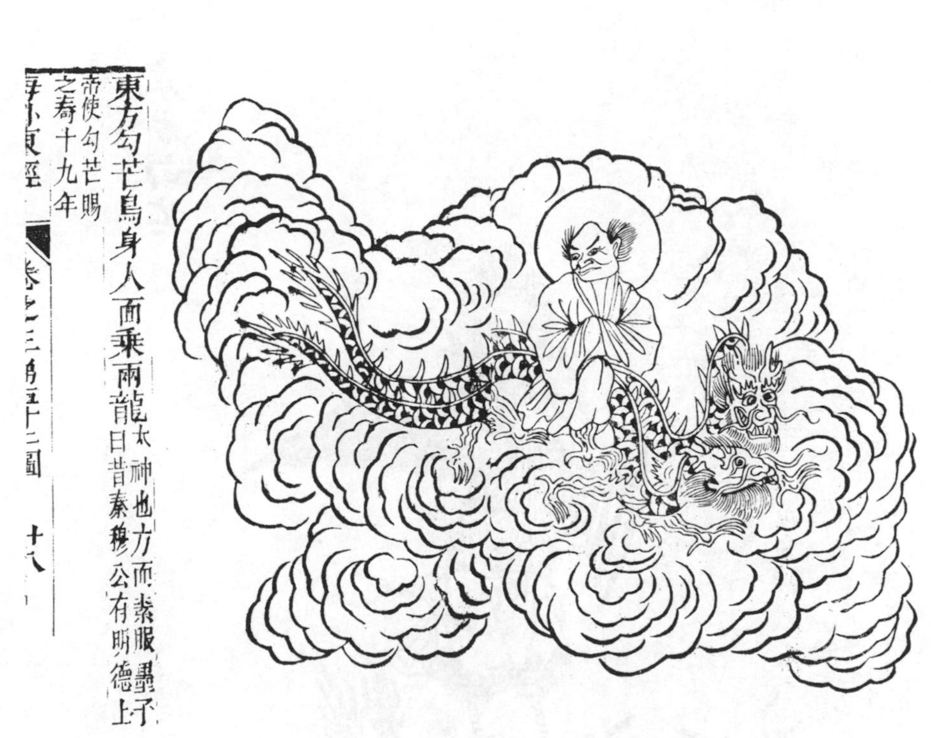

〔圖3〕句芒　清・四川成或因繪圖本

〔圖4〕句芒（東方句芒）　清・汪紱圖本

海內南經

【卷10-1】

梟陽國

【經文】

《海內南經》：梟陽國在北朐之西，其為人（郭注《爾雅》狒狒引此經作「其狀如人」），人面長唇，黑身有毛，反踵，見人則笑（原作「見人笑亦笑」，袁珂從郝懿行校改）。左手操管。

【解說】

梟陽又稱噪陽、梟羊，民間叫做山大人。梟陽屬山㺐、山㺐、山都、山精、狒狒類，是一種食人畏獸。梟陽的樣子像人，人的臉上有一副長可遮額的長唇，嘴大，渾身黑毛，腳掌反生，披髮執管。這類怪獸性不畏人，還喜歡抓人。傳說它抓到人後，張開大嘴，把長長的嘴唇翻轉蓋在額頭上，嗷嗷大笑，笑夠了才動手。人也有辦法對付它：拿竹筒套在手上，待它把人抓住，正張口大笑之時，人抽出雙手，用刀把怪物的長唇鑿在額頭上，這龐然大物便乖乖被擒。《異物志》生動地記載了梟羊被擒的情形：梟羊善食人，大口。其初得人，喜笑，則唇上覆額，移時而後食之。人因爲筒貫於臂上，待執人，人即袖手從筒中出，鑿其唇於額而得擒之。

傳說梟陽害怕火的劈啪聲。民間有放爆竹辟山㺐惡鬼之俗。據《荊楚歲時記》：「正月一日，雞鳴而起，先於庭前爆竹，以辟山㺐惡鬼。」梟陽國人又名贛巨人。據《海內經》：「南方有贛巨人，人面長唇，黑身有毛，反踵，見人則笑，唇蔽其目，因可逃也。」胡文煥《山海經圖》據「其狀如人」之說，名之爲「如人」：「東陽國，有寓寓，《爾雅》作佛佛狀，似人黑身披髮，見人則笑，笑則唇掩其目。郭璞云：佛佛，怪獸，披髮操竹，獲人則笑，唇蔽其目，終乃號咷，反爲我戮。」《邊裔典》的梟陽國圖有兩個形象：一、獸首人身鳥足，身黑，右手送蛇入口啖之；二、人面人身，黑臉黑身，反踵，大嘴作笑狀，顯示出與諸本不同的風格。

郭璞《圖讚》：「萬萬（一作髴髴）怪獸，被（一作披）髮操竹。獲人則笑，唇蔽（一作蓋）其目。終亦號咷，反爲我戮。」

〔圖1－蔣應鎬繪圖本〕、〔圖2－胡文煥圖本，名如人〕、〔圖3－日本圖本，名狒狒〕、〔圖4－吳任臣近文堂圖本〕、〔圖5－成或因繪圖本〕、〔圖6－汪紱圖本〕、〔圖7－《邊裔典》〕。

〔圖1〕梟陽國　明・蔣應鎬繪圖本

〔圖2〕梟陽國（如人）　明・胡文煥圖本

〔圖3〕狒狒　日本圖本

〔圖7〕梟陽國　清《邊裔典》

〔圖4〕梟陽國　清・吳任臣近文堂圖本

〔圖6〕梟陽國　清・汪紱圖本

〔圖5〕梟陽國　清・四川成或因繪圖本

【卷10-2】

窫窳

【經文】

《海內南經》：

窫窳龍首，居弱水中，在狌狌之西，其狀如龍首，食人。

【解說】

窫窳（音亞愈，yàyù）原是一位人面蛇身的古天神（見《海內西經》），被貳負神殺死後，變成了人面牛身馬足的怪物（見《北山經》）。另有傳說，窫窳並沒有多大過失，被殺死後，天帝命開明東的群巫用不死藥救活了窫窳，復活了的窫窳以龍首的面目出現，以食人爲生（見本經）。郭璞《圖讚》記述的便是這則傳說。

郭璞《圖讚》：「窫窳無罪，見害貳負。帝命群巫，操藥夾守。遂淪弱淵，變爲龍首。」

〔圖1－蔣應鎬繪圖本〕、〔圖2－成或因繪圖本〕。

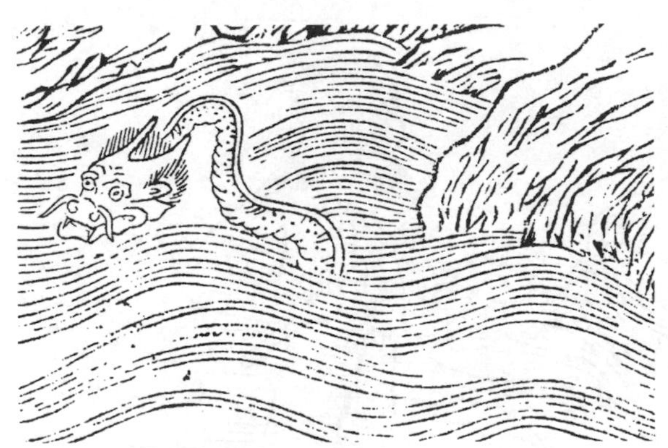

〔圖1〕窫窳　明・蔣應鎬繪圖本

〔圖2〕窫窳　清・四川成或因繪圖本

【卷10-3】

氐人國

【經文】

《海內南經》：

氐人國在建木西，其為人，人面而魚身，無足。

【解說】

氐人國即互人國，其人人面魚身。據《大荒西經》：「有互人之國，炎帝之孫，名日靈恝，靈恝生互人，是能上下于天。」氐人是炎帝的後裔，人面魚身，胸以上為人，胸以下為魚；沒有腳，卻頗有神通，能上下於天，溝通天地。氐人屬人魚類，有關的神話故事不少，據《竹書紀年》記載，禹觀於河，有長人，白面魚身，長人對禹說自己是河精。由此可知，在古人眼中，氐人又是河神。

郭璞《圖讚》：「炎帝之苗，實生氐人。死則復蘇，厥身為鱗。雲南是託，浮游天津。」「贊」中的「死則復蘇」一語，未見記載。

〔圖1－蔣應鎬繪圖本〕、〔圖2－吳任臣近文堂圖本〕、〔圖3－成或因繪圖本〕、〔圖4－汪紱圖本〕、〔圖5－《邊裔典》〕。

〔圖1〕氐人國　明·蔣應鎬繪圖本

〔圖2〕氐人國　清・吳任臣近文堂圖本

〔圖3〕氐人國　清・四川成或因繪圖本

〔圖4〕氐人國　清・汪紱圖本

〔圖5〕氐人國　清《邊裔典》

【卷10-4】

巴蛇

【經文】

《海內南經》：巴蛇食象，三歲而出其骨，君子服之，無心腹之疾。其為蛇青黃赤黑。一曰黑蛇青首，在犀牛西。

【解說】

巴蛇又名食象蛇、靈蛇、修蛇。巴蛇是南方的一種蚺蛇，蟒蛇中之巨者。周身色彩斑斕，也有黑青色的。巴蛇產於嶺南，大者十餘丈，食麞鹿，骨角隨腐。《本草綱目》說，蚺蛇以不舉首者爲眞，故世稱南蛇爲埋頭蛇。胡文煥圖說：「南海外有巴蛇，身長百尋，其色青黃赤黑，食象，三歲而出其骨，今南方蚺蛇亦呑鹿也。肉爛則自絞于樹腹中，骨皆穿鱗甲間出，亦此之類也。」

《海內經》朱卷國有「青首、食象」的黑蛇；《北山經》大咸山有「其毛如彘毫，其音如鼓柝」的長蛇；《北次三經》錞于毋逢山有「赤首白身，其音如牛，見則其邑大旱」的大蛇，都屬於巴蛇一類。

有關巴蛇的傳說很多，最有名的當屬「巴蛇食象」和「羿斷修蛇於洞庭」的故事。巴蛇呑象之說十分古老，顧名思義，像是龐然大物，能呑象之蛇，究竟有多大？故屈子在《楚辭．天問》中說：「一蛇呑象，厥大何如？」王逸注引此經作「靈蛇呑象」。蕭雲從《天問圖》中有圖〔圖1〕。

郭璞《圖讚》：「象實巨獸，有蛇呑之。越出其骨，三年爲期。厥大如何（一作何如），屈生是疑。」

〔圖2－蔣應鎬繪圖本〕、〔圖3－胡文煥圖本〕、〔圖4－汪紱圖本〕、〔圖5－《禽蟲典》〕。

〔圖1〕巴蛇吞象　清・蕭雲從《離騷圖・天問》

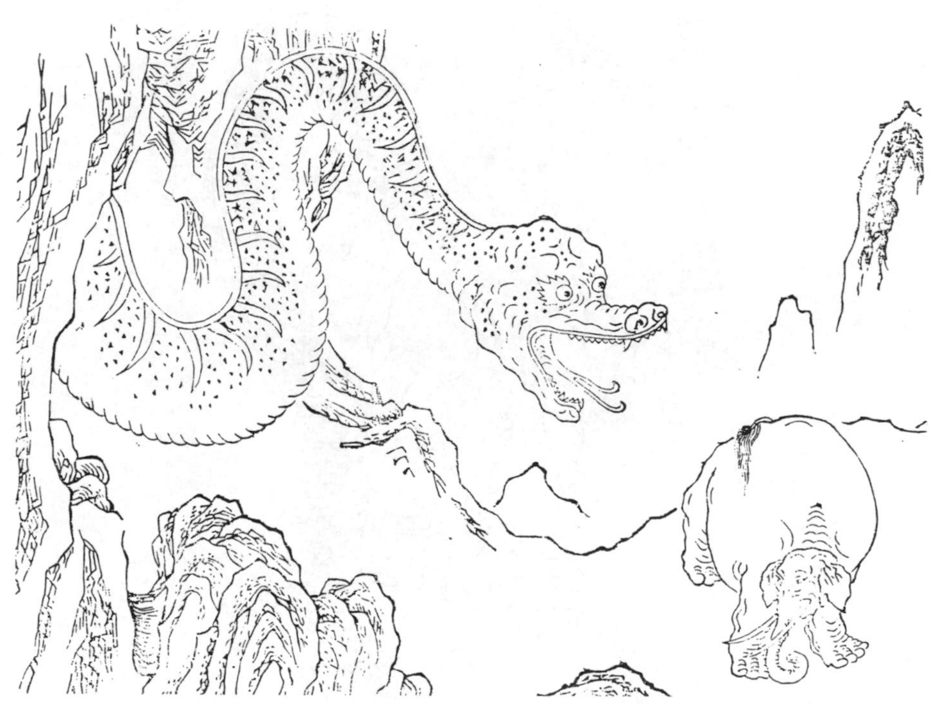

〔圖2〕巴蛇　明·蔣應鎬繪圖本

〔圖3〕巴蛇　明・胡文煥圖本

〔圖4〕巴蛇　清・汪紱圖本

〔圖5〕巴蛇　清《禽蟲典》

【卷10-5】

旄馬

【經文】

《海內南經》：旄馬，其狀如馬，四節有毛。在巴蛇西北，高山南。

【解說】

旄馬即髦馬，樣子像馬，四節有毛。《穆天子傳》中所謂豪馬，即旄馬，又稱髦馬。胡文煥圖說：「南海外有旄馬，狀如馬，而足有四節，垂毛，即《穆天子傳》所謂豪馬也。在巴蛇西北，高山之南。」

〔圖1－胡文煥圖本〕、〔圖2－吳任臣康熙圖本〕、〔圖3－汪紱圖本〕。

旄馬

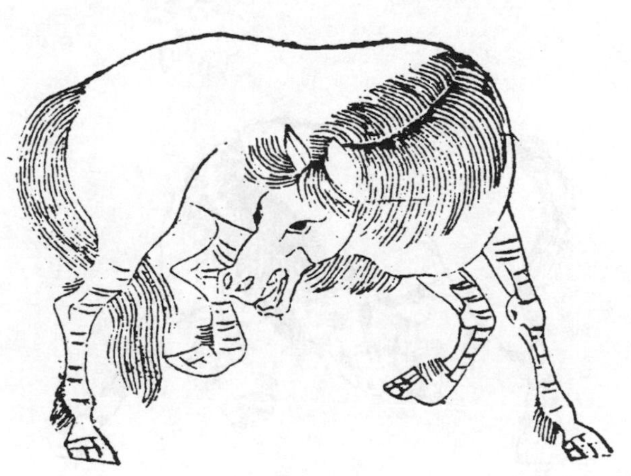

〔圖1〕旄馬　明·胡文煥圖本

旄馬

狀如馬而足有四節垂毛出南海外

〔圖2〕旄馬　清・吳任臣康熙圖本

〔圖3〕旄馬　清・汪紱圖本

第十一卷 海內西經

【卷11-1】

貳負臣危

【經文】

《海內西經》：貳負之臣曰危，危與貳負殺窫窳。帝乃梏之疏屬之山，桎其右足，反縛兩手（原「兩手」下有「與髮」二字，袁珂從劉秀〈上山海經表〉引刪），繫之山上木。在開題西北。

【解說】

危是貳負神的臣子，要說危的故事，首先要說說貳負神。貳負神是一個人面蛇身的天神（見《海內北經》），他的臣子名危。有一次，危和貳負把另一個人面蛇身的天神窫窳（見《北山經》、《海內南經》、《海內西經》）殺死了，黃帝知道以後，便命人把危綁在疏屬山上，給他的右腳上了枷，反綁了雙手，拴在山頭的大樹下。

傳說幾千年後，漢宣帝時，有人在石室中發現一反縛械人，據說這便是當年被黃帝反綁之貳負臣危。這裡面還有一段有趣的故事。據郭璞在此經的注中說：「漢宣帝使人（鑿）上郡發盤（一作磐）石，石室中得一人，跣踝被髮，反縛，械一足，（時人不識，乃載之於長安，帝）以問群臣，莫能知。劉子政（劉向）按此言對之，宣帝大驚，於是時人爭學《山海經》矣。」由此得知石室中之一人爲貳負臣危，郭璞《圖讚》所說「漢擊磐石，其中則危」，也可證明。

漢劉秀（歆）〈上山海經表〉中早已講述過這則神話，但他所說石室中反縛之人是貳負，與經文所記不同。又，據唐李冗《獨異志》的記載，漢宣帝時，有人於疏屬山石蓋下得二人，俱被桎梏，將至長安，乃變爲石。可知到了唐代，石室中被反縛者已是二人，神話在流傳中的變異眞是處處可見。

原經文「反縛兩手與髮」，今見幾種本子的畫工都據此作圖，吳任臣等幾個圖本的神名解釋上也明確寫著這句話。

郭璞《圖讚》：「漢擊磐石，其中則危。劉生是識，群臣莫知。可謂博物，山海乃奇。」

〔圖1－蔣應鎬繪圖本〕、〔圖2－《神異典》〕、〔圖3－成或因繪圖本〕、〔圖4－郝懿行圖本〕、〔圖5－汪紱圖本〕。

〔圖1〕危　明・蔣應鎬繪圖本

〔圖2〕危神　清《神異典》

〔圖2〕危　清・四川成或因繪圖本

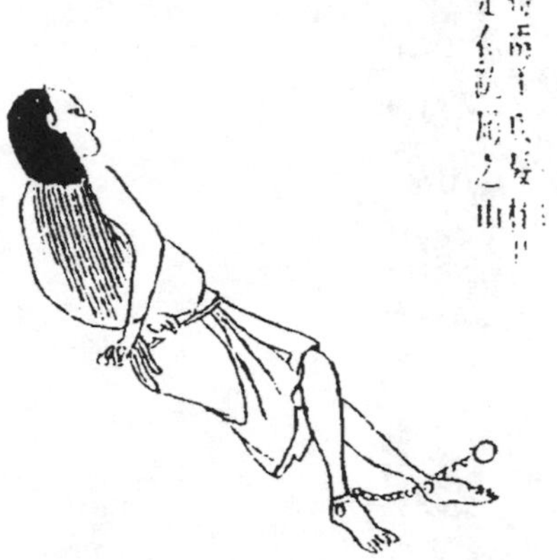

〔圖4〕貳負之臣　清・郝懿行圖本

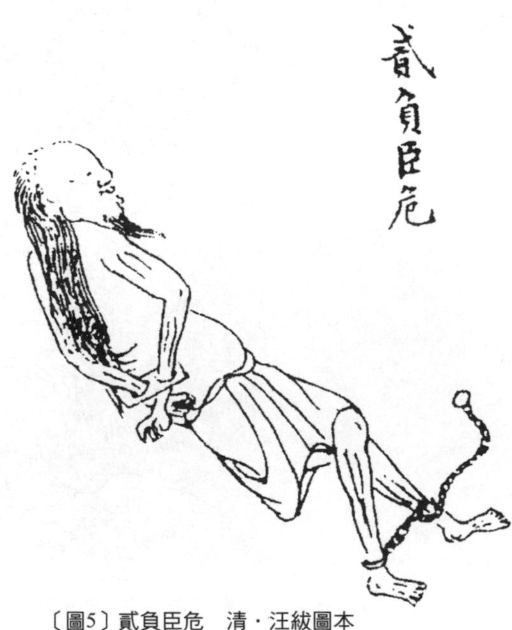

〔圖5〕貳負臣危　清・汪紱圖本

【卷11-2】

開明獸

【經文】

《海內西經》：海內昆侖之虛，在西北，帝之下都。昆侖之虛，方八百里，高萬仞。上有木禾，長五尋，大五圍。面（上）有九井，以玉為檻。面有九門，門有開明獸守之，百神之所在。在八隅之巖，赤水之際，非仁羿莫能上岡之巖，昆侖南淵深三百仞。開明獸身大類虎而九首，皆人面，東嚮立昆侖上。

【解說】

開明獸是神話中把守帝都開明門的天獸，是昆侖山山神，又是黃帝帝都的守衛者。開明獸是人虎共體的神獸，樣子像虎，卻長著九個人的腦袋，日夜守衛在昆侖山岡上。《山海經》所記昆侖山神有三，三者實爲一神。開明獸即《西次三經》之神陸吾，又即《大荒西經》之人面虎身神，上述三神的形貌都是人虎共體之神獸，雖有九首（開明獸）、九尾（神陸吾）之別，正是神話傳說變異的反映。三神的神職同是昆侖之守，又是昆侖山神。漢畫像石上有不少人面九首獸紋飾〔圖1〕。

神話中的虎狀神獸不少，《駢雅》說，虎，大面長尾曰酋耳（《周書・王會》），長尾而五采曰騶吾（《海內北經》），九首而人面曰開明。

郭璞作《銘》：「開明爲（汪紱本作天）獸，稟資乾精。瞪視昆侖，威振（一作震）百靈。」《圖讚》：「開明天獸，稟茲金（《百子全書》本作食）精。虎身人面，表此桀形。瞪視昆山，威懾百靈。」

〔圖2－蔣應鎬繪圖本〕、〔圖3－成或因繪圖本〕、〔圖4－汪紱圖本〕、〔圖5－《禽蟲典》〕。

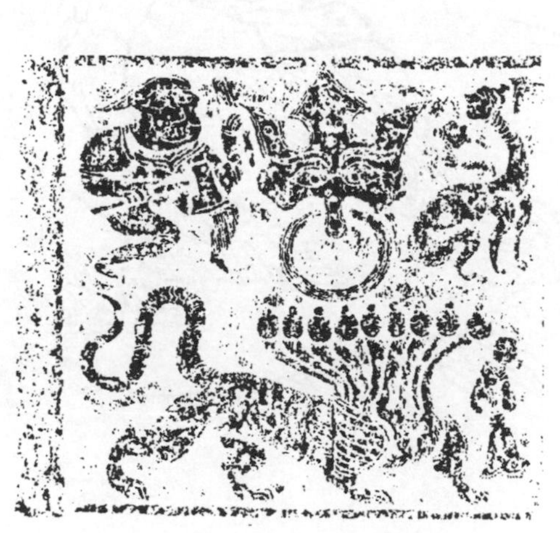

〔圖1〕人面九頭獸
①山東濟寧縣城南張漢畫像石
②山東嘉祥縣花林漢畫像石

〔圖2〕開明獸　明・蔣應鎬繪圖本

〔圖3〕開明獸　清・四川成或因繪圖本

〔圖4〕開明獸　清・汪紱圖本

〔圖5〕開明獸　清《禽蟲典》

【卷11-3】

鳳皇

【經文】

《海內西經》：

開明北有鳳皇，

鸞鳥，皆戴瞂。

【解說】

鳳皇是祥瑞禽鳥。已見《南次三經》丹穴山。開明北的鳳皇、鸞鳥，頭上戴瞂。瞂（音伐，fá），盾也，宋本作瞂，《集韻》解釋，此字或從戈。今見蔣應鎬繪圖本與成或因繪圖本的鳳皇圖，左爪抓一長矛（？），未明其解。

〔圖1－蔣應鎬繪圖本〕、〔圖2－成或因繪圖本〕。

〔圖1〕鳳皇　明·蔣應鎬繪圖本

〔圖2〕鳳皇　清・四川成或因繪圖本

【卷11-4】

窫窳

【經文】

《海內西經》：開明東有巫彭、巫抵、巫陽、巫履、巫凡、巫相，夾窫窳之尸，皆操不死之藥以距之。窫窳者，蛇身人面，貳負臣所殺也。

【解說】

窫窳原是一位蛇身人面的天神，被天神貳負和他的臣子危殺死，黃帝很生氣，命人把危（一說連同貳負）反縛在疏屬山的大樹下（見《海內西經》）。然後又命巫彭等神醫操不死之藥，把死去的窫窳救活。復活後的窫窳變成了如牛、如虎、龍首之食人怪獸（見《北山經》、《海內南經》）。本經的窫窳，人首蛇身，是此神的原貌。

〔圖1－蔣應鎬繪圖本〕、〔圖2－《神異典》〕、〔圖3－汪紱圖本〕。

〔圖1〕窫窳神　明・蔣應鎬繪圖本

〔圖2〕窫窳神　清《神異典》

窫窳

〔圖3〕窫窳　清・汪紱圖本

【卷11-5】

三頭人

【經文】

《海內西經》：服常樹，其上有三頭人，伺琅玕樹。

【解說】

昆侖山上有一種奇異的琅玕樹，樹上能長出珍珠般的美玉，十分珍貴。爲此黃帝特地派了一個名叫離朱的天神，日夜守護著它。天神離朱是黃帝時候的明目者，他的樣子很怪，長著三個腦袋，六隻眼睛。六隻眼睛輪流看守著這琅玕樹，眞可謂萬無一失了。《太平御覽》九一五卷引老子講述的一個故事，說南方有鳥，名鳳，所居積石千里。天爲生食，其樹名瓊枝，高百仞，以璆琳琅玕爲實。天又爲生離珠，一人三頭，遞臥遞起，以伺琅玕。《海外南經》也有三首國：「三首國在其東，其爲人一身三首。」

郭璞《圖讚》：「服常琅玕，昆山奇樹。丹實珠離，綠葉碧布。三頭是伺，遞望遞顧。」

〔圖1－蔣應鎬繪圖本〕、〔圖2－成或因繪圖本〕。

〔圖1〕三頭人　明·蔣應鎬繪圖本

〔圖2〕三頭人　清・四川成或因繪圖本

【卷11-6】

樹鳥

【經文】

《海內西經》：

開明南有樹鳥、六首蛟、蝮、蛇、蜼、豹……

【解說】

樹鳥是開明南的一種鳥。郝懿行對此經斷句爲：「開明南有樹（指絳樹），鳥六首（指《大荒西經》互人國之青鳥：有青鳥，身黃，赤足，名曰鸀鳥），蛟……」袁珂對此經斷句爲：「開明南有樹鳥，六首（指上述《大荒西經》之鸀鳥）；蛟、蝮、蛇……」

今見明代蔣應鎬繪圖本第56圖上有六首蛟圖，樹上有一鳥，姑且稱此鳥爲樹鳥，存疑。從上面所舉諸注家及畫工對經文理解不同，甚至斷句與標點不同，都會出現不同的神話形象，可知神話變異的現象處處可見。

〔圖1－蔣應鎬繪圖本〕。

〔圖1〕樹鳥　明・蔣應鎬繪圖本

【卷11-7】

六首蛟

【經文】

《海內西經》：開明南有樹鳥、六首蛟。

【解說】

六首蛟似蛇，蛇身蛇尾，四腳，六個腦袋，係開明南一帶的奇異動物。此圖初見於明代蔣應鎬繪圖本，其蛟形是根據郭璞的注釋（「似蛇而四腳」）而繪，反映了明代蔣應鎬等與畫工對經文的獨特理解，與後來郝懿行、袁珂等注家的解釋完全不同。清咸豐年間四川成或因的繪圖本在設圖和創意上，顯然參考了蔣氏繪圖本，但在造型上卻有自己的特點。

〔圖1－蔣應鎬繪圖本〕、〔圖2－成或因繪圖本〕。

〔圖1〕六首蛟　明・蔣應鎬繪圖本

〔圖2〕六首蛟　清・四川成或因繪圖本

第十二卷 海內北經

【卷12-1】

西王母

【經文】

《海內北經》：海內西北陬以東者。蛇巫之山，上有人操柸而東向立。一曰龜山。西王母梯几而戴勝杖，其南有三青鳥，為西王母取食。（郭璞注：又有三足烏主給使。）在昆侖虛北。

【解說】

西王母已見《西次三經》玉山。作爲司瘟疫刑罰的原始天神，作爲昆侖山、蛇巫山的山神，西王母有兩個顯著的特徵：一、其原始形貌爲戴勝、豹尾虎齒；二、有三青鳥、三足烏爲之取食與使喚，開明獸爲之守衛。本經所記昆侖虛北蛇巫山的西王母，倚在一几案旁，頭戴玉勝，持杖；右有三青鳥，左有三足烏供其遣使，構成古代神話中西王母系列原始圖像的典型畫面。

〔圖1－蔣應鎬繪圖本〕、〔圖2－成或因繪圖本〕。

〔圖1〕西王母　明．蔣應鎬繪圖本

〔圖2〕西王母　清・四川成或因繪圖本

【卷12-2】

三足烏

【經文】

《海內北經》：西王母梯几而戴勝杖，其南有三青鳥，為西王母取食。（郭璞注：又有三足烏（烏）主給使。）在昆侖虛北。

【解說】

三足烏是日中神鳥。雖未見於本經經文，卻出現於郭璞的注中。

三足烏有雙重身份：

一、三足烏作爲供西王母差遣、爲之取食的使者、侍者。《史記》司馬相如〈大人賦〉說：「亦幸有三足烏爲之使。」漢代以後，三足烏還充當人神溝通的角色，與三青鳥、九尾狐一起，作爲祥瑞的象徵，成爲西王母神話系列原始圖像中重要的組成部分。

二、三足烏作爲陽烏、日中神鳥。《大荒東經》說：「湯谷上有扶木。一日方至，一日方出，皆載于烏。」烏，即三足烏，又名踆烏、陽烏，是日中神鳥。早期的陽烏二足，到了東漢始與三足烏相合。在羿射十日的神話中，中其九日，日中九烏皆死，墮其羽翼（見《淮南子》），可知三足烏亦爲日中之精。河南南陽唐河漢墓畫像石與北京石景山八角村魏晉墓石龕內頂彩繪的三足烏圖像〔圖1〕，是日中三足神鳥的典型作品。

郭璞爲「十日」與陽烏作《圖讚》：「十日並出，草木焦枯。羿乃控弦，仰落陽烏。可謂洞感，天人懸符。」

〔圖2－蔣應鎬繪圖本〕。

①

②

〔圖1〕三足烏
①河南南陽唐河漢墓漢畫像石
②北京石景山八角村魏晉墓出土

〔圖2〕三足烏　明·蔣應鎬繪圖本

【卷12-3】

犬戎國

【經文】

《海內北經》：其東有犬封國。犬封國曰犬戎國，狀如犬。有一女子，方跪進柸食。

【解說】

犬戎國即犬封國、狗國。據《淮南子》記，狗國在建木東；據《伊尹四方令》記，在昆侖正西。傳說從前盤瓠殺戎王，高辛以美女妻之，並在會稽東海中，封地三百里，生男爲狗，女爲美人，這就是狗封國、犬封國，又稱犬戎國。楊愼在《山海經補注》中，記述了明代雲南少數民族流傳的女子跪進柸食的風俗：「今雲南百夷之地，女多美，其俗不論貴賤。人有數妻，妻妾事夫如事君，不相妒忌。夫就妾宿，雖妻亦反服役也，云重夫主也。進食更衣必跪，不敢仰視。近日姜夢賓爲兵備，親至其地，歸戲謂人曰，中國稱文王妃后不妒，百夷之婦，家家文王妃后也。跪進柸食，蓋紀其俗。」

犬戎是黃帝的後裔。《山海經》有關犬戎的記載，除本經外，《大荒北經》說：「有人名曰犬戎。黃帝生苗龍，苗龍生融吾，融吾生弄（郭注：一作卞）明，弄明生白犬，白犬有牝牡，是爲犬戎。」郭璞注：「黃帝之后卞明生白犬二頭，自相牝牡，遂爲此國，言狗國也。」《大荒北經》又說：「有犬戎國。有神（一作人），人面獸身，名曰犬戎。」這人面獸身的犬戎有可能是盤瓠的原型。晉干寶《搜神記》、《後漢書．南蠻傳》等有關盤瓠的記載與犬戎的神話也有關係。

〔圖1－蔣應鎬繪圖本〕、〔圖2－成或因繪圖本〕、〔圖3－汪紱圖本〕、〔圖4－《邊裔典》〕。

〔圖1〕犬戎國　明．蔣應鎬繪圖本

〔圖2〕犬戎國　清・四川成或因繪圖本

〔圖3〕犬戎國　清・汪紱圖本

狗國

〔圖4〕狗國　清《邊裔典》

【卷12-4】

吉量

【經文】

《海內北經》：犬戎國有文馬，縞身朱鬣，目若黃金，名曰吉量，乘之壽千歲。

【解說】

神馬吉量又名吉良、吉黃、吉皇、雞斯之乘，是一種祥瑞吉光之獸。吉良爲馬中精英，十分威武，純白的馬身，脖子上披著紅色的鬣毛，有如雞尾下垂，兩隻眼睛放射出金色的光芒，故有雞斯之乘的美稱。據說周文王時，犬戎曾獻此馬，乘上吉良馬的人可壽千歲。據史書記載，商紂王拘文王於羑里，太公與散宜生曾以千金求吉良獻紂，以解文王之囚。

郭璞《圖讚》：「金精朱鬣，龍行駮跱。拾節鴻鶩，塵不及起。是謂吉黃，釋聖牖里。」

〔圖1－蔣應鎬繪圖本〕、〔圖2－成或因繪圖本〕。

〔圖1〕吉量　明·蔣應鎬繪圖本

〔圖2〕吉量　清・四川成或因繪圖本

【卷12-5】

鬼國

【經文】

《海內北經》：

鬼國在貳負之尸北，為物人面而一目。

【解說】

鬼國即一目國，其人人面，一隻眼睛生在臉面正中央。《山海經》的一目人有三：除鬼國外，《海外北經》有一目國，《大荒北經》有威姓少昊之子。

今見三幅鬼國圖，其一目都是橫目。有二形：其一，人形，如〔圖1－蔣應鎬繪圖本〕、〔圖2－成或因繪圖本〕；其二，人面蛇，如〔圖3－《邊裔典》〕。

〔圖1〕鬼國　明・蔣應鎬繪圖本

〔圖2〕鬼國　清・四川成或因繪圖本

〔圖3〕鬼國　清《邊裔典》

【卷12-6】

貳負神

【經文】

《海內北經》：鬼國在貳負之尸北，一曰貳負神在其東，為物人面蛇身。

【解說】

貳負是一個人面蛇身的天神，傳說他曾和他的一個名叫危的臣子，把另一位人面蛇身的天神窫窳殺死，被黃帝反縛在疏屬山下（一說被縛的只有危）。貳負神的故事見本書《海內西經》貳負臣危。本經的人面蛇身神是貳負神的原始圖像。

〔圖1－蔣應鎬繪圖本〕、〔圖2－《神異典》〕、〔圖3－成或因繪圖本〕。

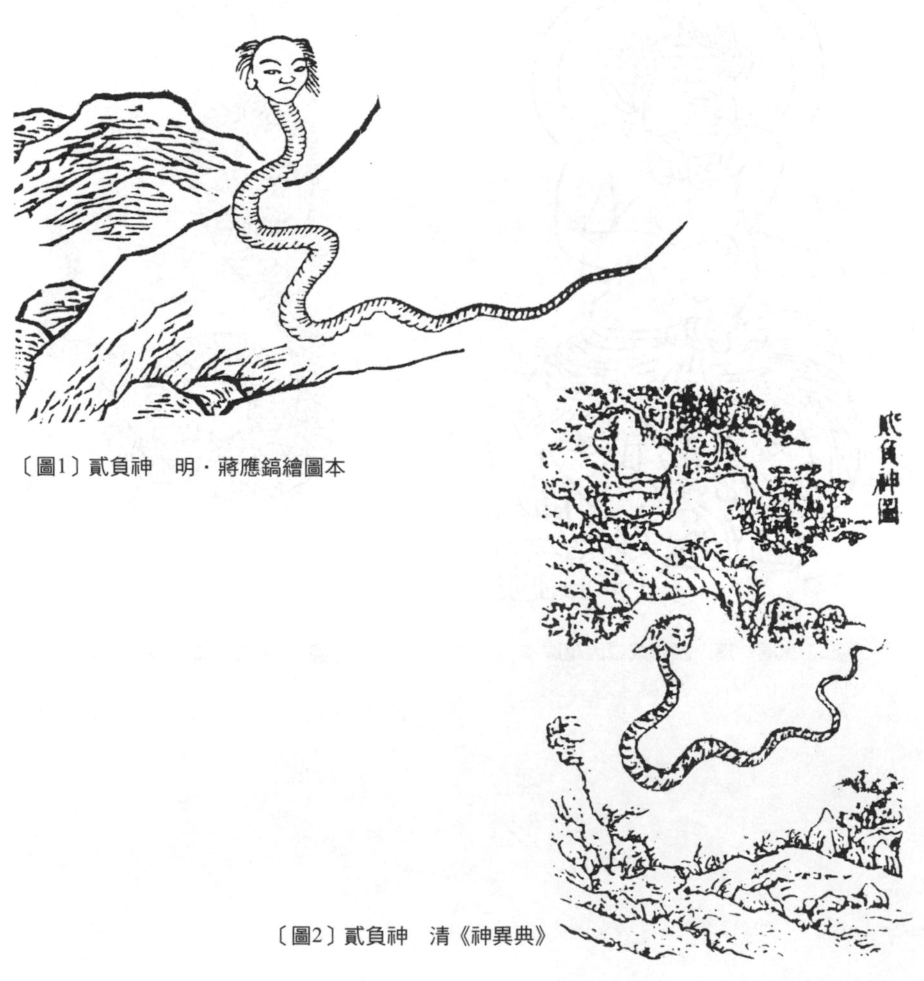

〔圖1〕貳負神　明・蔣應鎬繪圖本

〔圖2〕貳負神　清《神異典》

〔圖3〕貳負神　清・四川成或因繪圖本

【卷12-7】

蜪犬

【經文】

《海內北經》：

蜪犬如犬，青色，食人從首始。

【解說】

蜪（郭注：音陶）犬是食人畏獸，妖災之獸。樣子像狗，青色（經文中「色」字原無，袁珂從郝懿行校增）；據說蜪犬食人從腦袋開始。《說文》說，蜪犬是北方的食人獸。

郭璞《圖讚》：「鬼神蜪犬，主爲妖災。」

〔圖1－蔣應鎬繪圖本〕、〔圖2－成或因繪圖本〕。

〔圖1〕蜪犬　明．蔣應鎬繪圖本

〔圖2〕蜪犬　清．四川成或因繪圖本

【卷12-8】

窮奇

【經文】

《海內北經》：

窮奇狀如虎，有翼，食人從首始，所食被髮，在蜪犬北。一曰從足。

【解說】

窮奇是食人畏獸。關於它的形狀，各說不一：一說它像牛，一說它如虎有翼，也有說狗頭人身的（見《西次四經》）。本經的窮奇，形狀爲有翼之虎。

窮奇是四凶之一。據《太平御覽》記：「北方有獸，如虎有翼，名窮奇，即此。又窮奇、渾敦、檮杌、饕餮，是爲四凶，取此義也。」在古代大儺儀中，窮奇是十二神獸之一，與騰根一起「食蠱」。在民間信仰中，有翼虎窮奇常充當驅邪逐疫的角色〔圖1〕。窮奇的本性是食人，本經所記窮奇之食人，或從首始，或從足始；可見經文是說圖之詞，有不同的圖像才有不同的說法。由此推測，古圖也有一神二圖或一神多圖的可能。從已見的若干窮奇圖來看，都沒有見到窮奇食人的圖像。有趣的是，《神異經》所記窮奇之食人是有選擇的，專門吃忠信正直的人，而對那些惡逆不善者，還殺了獸去討好他們，其德行與人間之小人走狗無異。

窮奇圖有二形：

其一，有翼獸，不似虎，如〔圖2－蔣應鎬繪圖本〕；

其二，人面虎（？)，無翼，如〔圖3－成或因繪圖本〕。

〔圖1〕有翼虎窮奇　河南南陽漢畫像石

〔圖2〕窮奇　明・蔣應鎬繪圖本

〔圖3〕窮奇　清・四川成或因繪圖本

【卷12-9】大蠭（大蜂）

【經文】

《海內北經》：大蠭，其狀如蜂。

【解說】

大蠭即大蜂。《楚辭．招魂》：「玄蠭（一作蜂）若壺。」王逸注：「壺，乾瓠也；言曠野之中，有飛蠭腹大如壺，有蠚毒，能殺人也。」

郭璞《圖讚》：「大蜂朱蛾，群帝之臺。」

〔圖1－蔣應鎬繪圖本〕。

〔圖1〕大蠭　明．蔣應鎬繪圖本

【卷12-10】

闒非

【經文】

《海內北經》：闒非，人面而獸身，青色。

【解說】

闒（音榻，tà）非是人面獸，渾身青色。

郭璞《圖讚》：「人面獸身，是謂闒非。」

〔圖1－蔣應鎬繪圖本〕、〔圖2－成或因繪圖本〕。

〔圖1〕闒非　明・蔣應鎬繪圖本

〔圖2〕䴅非　清・四川成或因繪圖本

【卷12-11】

據比尸

【經文】

《海內北經》：

據比之尸，其為人折頸被髮，無一手。

【解說】

據比即諸比、掾比（均一聲之轉）。據比是天神，被殺後，其靈魂不死，成爲據比之尸。據比尸的樣子很怪，脖子被砍斷，被髮折頸，腦袋耷拉在後面，一隻胳臂也沒有了。袁珂按：「《淮南子．墜形篇》云：『諸比，涼風之所生也。』高誘注：『諸比，天神也。』疑即據比、掾比。」明初《永樂大典》卷九一〇所收的據比（作北字）尸圖，是目前所見最早的兩幅山海經圖（另一幅是《海外東經》的奢比尸圖）之一，此圖下面的釋文說：「海內昆侖虛北的據北（比）之尸，其人折頸披髮一手。」

郭璞《圖讚》：「被髮折頸，據比之尸。」

〔圖1－《永樂大典》〕、〔圖2－蔣應鎬繪圖本〕、〔圖3－成或因繪圖本〕。

〔圖1〕據北之尸
明初《永樂大典》卷九一〇

〔圖2〕據比尸　明・蔣應鎬繪圖本

〔圖3〕據比尸　清・四川成或因繪圖本

【卷12-12】

環狗

【經文】

《海內北經》：

環狗，其為人獸首人身。一曰蝟狀如狗，黃色。

【解說】

環狗是狗頭人，其形體爲狗頭人身。從形狀看，環狗屬於犬戎、狗封一類以狗爲信仰的族群。

〔圖1－蔣應鎬繪圖本〕、〔圖2－成或因繪圖本，狗頭似豬頭〕、〔圖3－汪紱圖本〕。

〔圖2〕環狗　清・四川成或因繪圖本

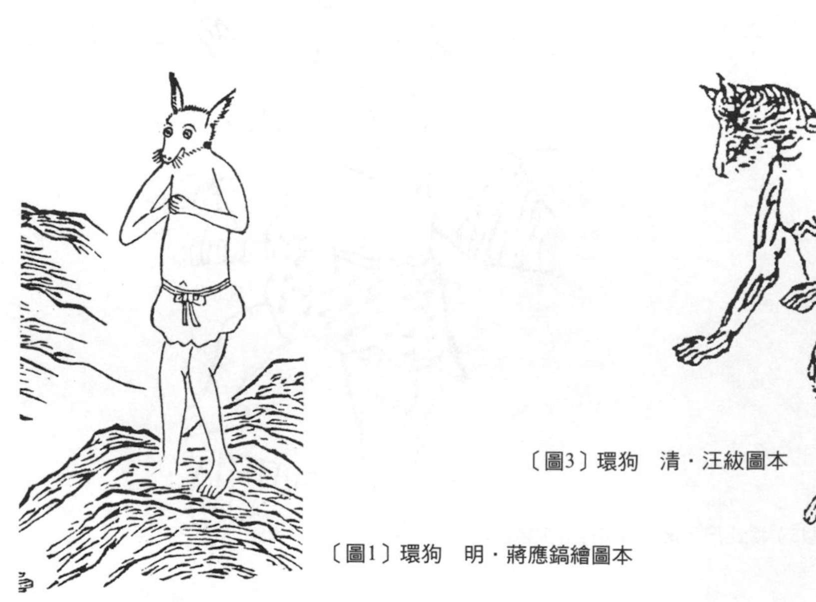

〔圖3〕環狗　清・汪紱圖本

〔圖1〕環狗　明・蔣應鎬繪圖本

【卷12-13】

袜

【經文】

《海內北經》：袜，其為物，人身黑首從目。

【解說】

袜（音妹，mèi）即鬼魅、精怪。樣子很可怕，人的身子，黑臉，眉目豎長是此怪最醒目的特點。袜是山澤惡鬼，《後漢書·禮儀志》說，在大儺中，有雄伯專門食魅。「從目」，即縱目、直目。縱目，在民族文化史和文化學上是一種象徵符號。所謂袜，可能有古代縱目族群的背景。

郭璞《圖讚》：「戎三其角，袜豎其眉。」

〔圖1－蔣應鎬繪圖本〕、〔圖2－成或因繪圖本〕、〔圖3－汪紱圖本〕。

〔圖1〕袜　明·蔣應鎬繪圖本

〔圖2〕袜　清・四川成或因繪圖本

〔圖3〕袜　清・汪紱圖本

【卷12-14】

戎

【經文】

《海內北經》：戎，其為人，人首三角。

【解說】

戎是古代族群，後來成爲古代少數民族的泛稱，把居住在西部的少數民族稱爲西戎。《山海經》說，戎的特點是腦袋上長著三隻角。從民族學的角度看，在巫師的頭（或帽子）上裝飾以動物之角，是相當普遍的一種風習，特別是何以有三角這個數字，其中必然包含著原始信仰的含義。戎人之「人首三角」可能是這種風習的原始。

郭璞《圖讚》：「戎三其角，袾豎其眉。」

〔圖1－蔣應鎬繪圖本〕、〔圖2－成或因繪圖本〕、〔圖3－汪紱圖本〕。

〔圖1〕戎　明·蔣應鎬繪圖本

〔圖3〕戎　清·汪紱圖本

〔圖2〕戎　清·四川成或因繪圖本

【卷12-15】

騶吾

【經文】

《海內北經》：林氏國有珍獸，大若虎，五采畢具，尾長于身，名曰騶吾，乘之日行千里。

【解說】

騶吾即騶虞，是一種虎狀神獸、祥瑞之獸。騶吾被奉爲聖獸、仁德忠義之獸。傳說林氏國的珍獸騶吾，其大如虎，五采畢具，尾長於身，日行千里；又說騶虞即白虎，黑文，尾長於軀，不食生物，不履生草，食自死之肉，君王有德則見（見《毛詩傳》、《埤雅》）。長沙子彈庫出土的楚帛書十二月神圖上有騶吾圖〔圖1〕。胡文煥《山海經圖》：「林氏國在海外。有仁獸，如虎五采，尾長于身，不食生物，名曰騶虞。乘之，日行千里。《六韜》云：紂囚文王，其臣閎夭求得此獸獻之，紂大悅，乃釋文王。」

自古以來，騶虞作爲仁義的象徵，其外猛而威內的品格，被歷代學者文人所讚頌。漢司馬相如〈封禪頌〉說：「般般之獸，樂我君囿。白質黑章，其儀可嘉。」後漢蔡邕有〈五靈頌〉、吳薛綜有〈騶虞頌〉、明胡儼有〈騶虞賦〉等等。最值得注意的是唐白居易的〈騶虞畫贊〉，其序曰：「騶虞，仁瑞之獸也。其所感所食，曁形狀質，文孫氏《瑞應圖》具載其事。元和九年夏，有以騶虞圖贈予者，予愛其外猛而威內，仁而信，又嗟其曠代不覿，引筆贊之。」

郭璞《圖讚》：「怪獸五彩，尾參於身。矯足千里，儵忽若神。是謂騶虞，詩歎其仁。」

經文中說，騶吾「大若虎」，只言大小似虎，未說形貌，這種不確定性，造成了山海經圖的騶吾出現了如馬、如虎二形：

其一，如馬，如〔圖2－蔣應鎬繪圖本〕、〔圖3－成或因繪圖本，身似馬，頭似豬〕；

其二，如虎，如〔圖4－胡文煥圖本〕、〔圖5－日本圖本〕、〔圖6－吳任臣近文堂圖本〕、〔圖7－汪紱圖本〕、〔圖8－《禽蟲典》〕。

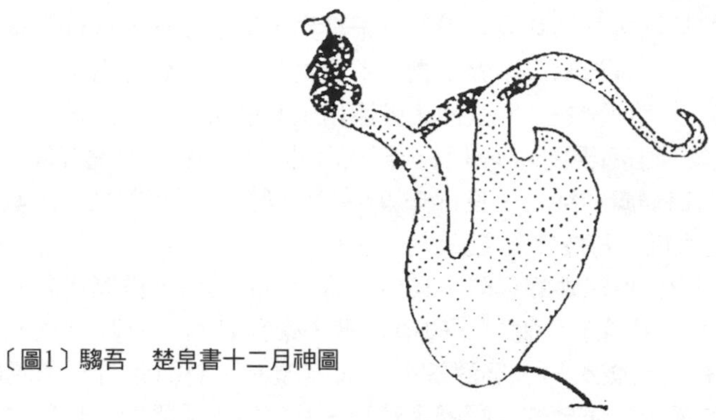

〔圖1〕騶吾　楚帛書十二月神圖

〔圖2〕騶吾　明・蔣應鎬繪圖本

〔圖3〕騶吾　清・四川成或因繪圖本

騶虞

〔圖4〕騶吾（騶虞）　明・胡文煥圖本

〔圖5〕騶虞　日本圖本

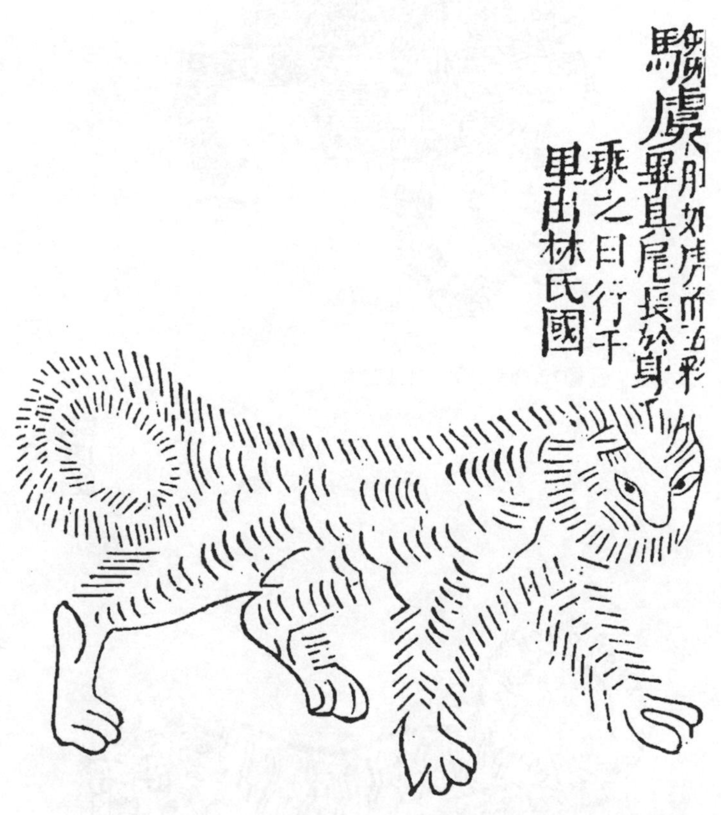

〔圖6〕騶虞　清・吳任臣近文堂圖本

〔圖7〕騶吾　清・汪紱圖本

〔圖8〕騶虞　清《禽蟲典》

【卷12-16】

冰夷（河伯）

【經文】

《海內北經》：從極之淵深三百仞，維冰夷恒都焉。冰夷人面，乘兩龍。一曰忠極之淵。

【解說】

水神冰夷，又名馮夷、無夷，即河伯。傳說河伯馮夷是華陰潼鄉人，曾服一種名叫八石的藥成仙而爲水神（見《莊子·大宗師》司馬彪注）。郭璞在《圖讚》中講述的就是這個故事。

關於河伯的形貌，一說「人面，乘兩龍」（見《海內北經》）；一說「河伯人面，乘兩龍。又曰人面魚身」（見《酉陽雜俎·諾皋記上》）；一說「白面長人魚身」（《尸子輯本》卷下）；又說「人面蛇身」（見《歷代神仙通鑒》）。由此可以看出，黃河水神的原始形態實爲魚蛇之類。有關河伯的故事很多，最著名的當推河伯娶婦與羿射河伯妻雒嬪的傳說，但均未見於《山海經》。

郭璞《圖讚》：「稟華之精，食惟八石（《百子全書》作練食石八）。乘龍隱淪，往來海若。是實（一作謂）水仙，號曰河伯。」

〔圖1－蔣應鎬繪圖本〕、〔圖2－《神異典》〕。

〔圖1〕冰夷　明·蔣應鎬繪圖本

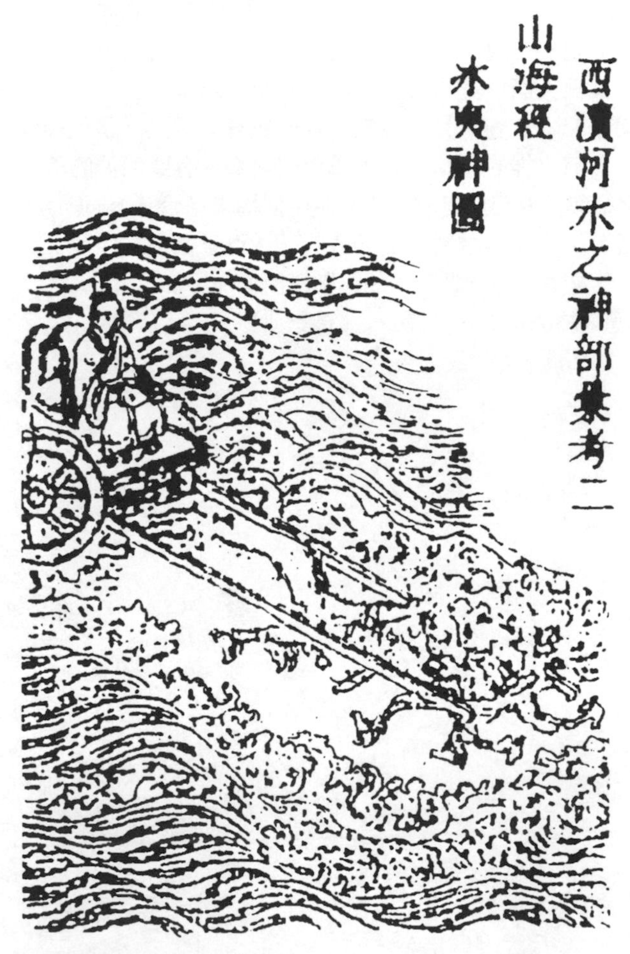

〔圖2〕冰夷神　清《神異典》

【卷12-17】列姑射山

【經文】

《海內北經》：列姑射在海河州中。姑射國在海中，屬列姑射，西南，山環之。

【解說】

列姑射即藐姑射，是海中神山，其西南群山環抱，是神話中的仙境。《東次二經》記有姑射之山、北姑射之山、南姑射之山，合稱列姑射山。《列子．黃帝》與《莊子．逍遙遊》記述了這座仙山的景致：列姑射在海河洲中，山上有神人，肌膚若冰雪，綽約若處子，吸風飲露，不食五穀。不畏不怒，不施不惠而物自足。陰陽常調，日月常明，四時常若，風雨常均，字育常時，年穀常豐。乘雲氣，御飛龍，而遊乎四海之外，其神凝，使物不疵癘而年穀熟。好一幅理想國的圖畫！

郭璞《圖讚》：「姑射之山，實棲神人。」

〔圖1－蔣應鎬繪圖本〕。

〔圖1〕列姑射山　明．蔣應鎬繪圖本

【卷12-18】

大蟹

【經文】

《海內北經》：姑射國在海中，屬列姑射，西南，山環之。大蟹在海中。

【解說】

神話中的大蟹爲千里之蟹（郭璞注），有「海水之陽，一蟹盈車」之說。

郭璞《圖讚》：「姑射之山，實棲神人。大蟹千里，亦有陵鱗。曠哉溟海，含怪（一作性）藏珍。」

〔圖1－蔣應鎬繪圖本〕、〔圖2－汪紱圖本〕。

〔圖1〕大蟹　明・蔣應鎬繪圖本

〔圖2〕大蟹　清・汪紱圖本

【卷12-19】陵魚

【經文】

《海內北經》：姑射國在海中，屬列姑射。陵魚人面，手足，魚身，在海中。

【解說】

陵魚即鯪魚，屬人魚類。陵魚人面人手、人足魚身，當生存與活動於列姑射山一帶海中。傳說陵魚出現，則風濤驟起。屈子〈天問〉說：鯪魚何所？柳宗元〈天對〉也說：鯪魚人面，通列姑射。鄧元錫《物性志》記載，近列姑射山有鯪魚，人面人手魚身，見則風濤起。

郭璞《圖讚》：「姑射之山，實棲神人。大蟹千里，亦有陵鱗。曠哉溟海，含怪（一作性）藏珍。」

〔圖1－蔣應鎬繪圖本〕、〔圖2－吳任臣康熙圖本〕、〔圖3－汪紱圖本〕、〔圖4－《禽蟲典》〕。

〔圖1〕陵魚　明・蔣應鎬繪圖本

陵魚
人面手足魚身在海中

〔圖2〕陵魚　清・吳任臣康熙圖本

〔圖3〕陵魚　清・汪紱圖本

〔圖4〕陵魚　清《禽蟲典》

【卷12-20】蓬萊山

【經文】

《海內北經》：

蓬萊山在海中。

【解說】

蓬萊山爲海中神山，雲中仙境。傳說蓬萊山在渤海中，望之如雲，上有仙人宮室，皆以金玉爲之；鳥獸盡白。又說渤海有蓬萊、方丈、瀛洲三神山，是眾仙人與不死之藥所在的地方。《列子·湯問篇》中有五神山的傳說，是古人嚮往的地方。

郭璞《圖讚》：「蓬萊之山，玉碧構林。金臺雲館，皓哉獸禽。實維靈府，王（一作玉）主甘心。」

〔圖1－蔣應鎬繪圖本〕。

〔圖1〕蓬萊山　明·蔣應鎬繪圖本

第十三卷 海內東經

【卷13-1】

雷神

【經文】

《海內東經》：雷澤中有雷神，龍身而人頭，鼓其腹則雷（「則雷」二字原無，係袁珂從《史記．五帝本紀》正義引補）。在吳西。

【解說】

雷神即雷獸、雷公，是古老的自然神，其原始形貌爲人頭龍身，鼓其腹便雷聲隆隆。《史記．五帝本紀》正義引此經說：「雷澤有雷神，龍首人頰，鼓其腹則雷。」《淮南子．墬形篇》說：「雷澤有神，龍身人頭，鼓其腹而熙。」《大荒東經》東海流波山的夔獸又名雷獸，似牛一足，出入水則必風雨。其光如日月，其聲如雷。黃帝得之，以其皮爲鼓，橛以雷獸之骨，聲聞五百里。郭璞在注中說，雷獸即雷神也，人面龍身鼓其腹者。可知，最古老的雷神是獸形、人獸合體，由於雷電必伴以風雨，而龍主風雨，故雷神人頭龍身，鼓其腹便雷聲大作；又由於隆隆雷聲使人聯想到擊鼓，只有用雷獸之骨在夔獸的皮上敲擊，才會發出震耳雷鳴。流波山上那隻似牛，出入水則必風雨，其聲如雷，其皮可爲鼓的夔獸，也是雷神的化身。

雷公的名字在漢以前已見於記載。《楚辭．遠遊》：「左雨師使徑侍兮，右雷公以爲衛。」東漢王充《論衡．雷虛》說：「圖畫之工，圖雷之狀，累累如連鼓之狀。又圖一人，若力士之容，謂之雷公，使之左手引連鼓，右手推椎，若擊之狀。其意以爲雷聲隆隆者，連鼓相扣擊之意也。」可知漢時雷神的形貌，已發展爲駕雷車、擊連鼓、推雷椎的力士形象。漢以後，雷神的形狀還經歷了猴形、豬形、雞形、鳥形的變化。

我們目前所見到的山海經圖中的雷神圖，都是雷神的古老形貌：人面龍身。有趣的是，每個雷神都有一副鳥嘴。據記載，鳥形雷神（包括鳥嘴、鳥翅、鳥爪）的出現與佛教有關，不早於唐宋。明清的《山海經》畫工把後世鳥形雷神的一個特徵（鳥喙），加諸古老的雷神身上，從一個側面說明了鳥形雷神的觀念在明清時已十分流行。

郭璞《圖讚》：「雷澤之神，鼓腹優游。」

〔圖1－蔣應鎬繪圖本〕、〔圖2－吳任臣近文堂圖本〕、〔圖3－成或因繪圖本〕、〔圖4－汪紱圖本〕。

〔圖1〕雷神　明・蔣應鎬繪圖本

雷神龍身人頭而鼓其腹在吳西

〔圖2〕雷神　清・吳任臣近文堂圖本

〔圖3〕雷神　清・四川成或因繪圖本

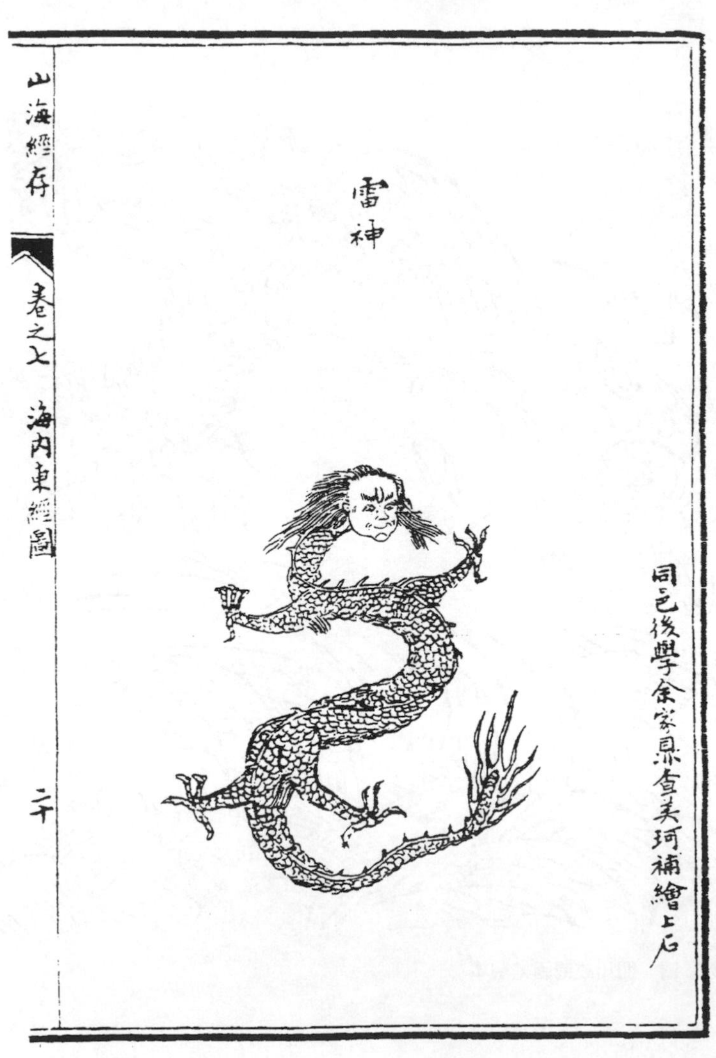

〔圖4〕雷神　清・汪紱圖本

【卷13-2】

四蛇

【經文】

《海內東經》：漢水出鮒魚之山，帝顓頊葬于陽，九嬪葬于陰，四蛇衛之。

【解說】

四蛇指四神蛇，是天帝顓頊葬地鮒魚山的守衛者。鮒魚山即附禺山（《大荒北經》）、務隅山（《海外北經》），也就是今日遼西北鎮的醫巫閭山（《爾雅·釋地》）。顓頊是北方天帝，幽都之主，又稱黑帝。《海外西經》也有四蛇：「軒轅之丘，在軒轅國北。其丘方，四蛇相繞。」四蛇是諸神與神山的守衛者。顓頊葬地與軒轅之丘的守衛者，都是四蛇。

〔圖1－蔣應鎬繪圖本〕、〔圖2－成或因繪圖本〕。

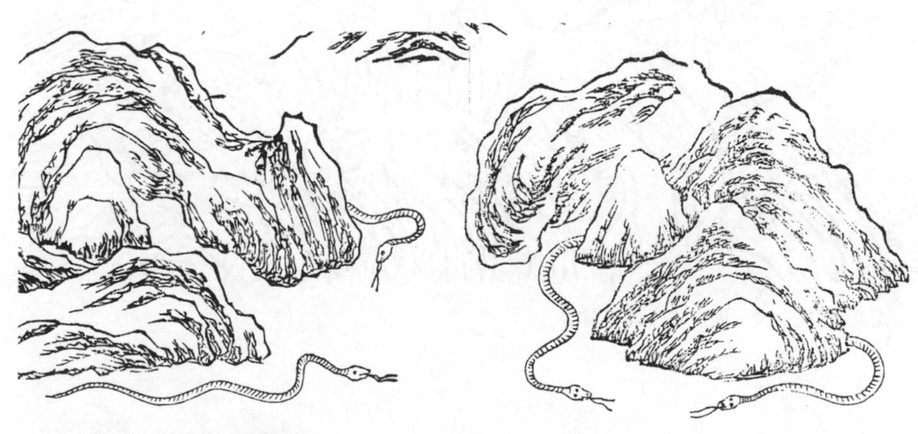

〔圖1〕四蛇　明·蔣應鎬繪圖本

〔圖2〕四蛇　清・四川成或因繪圖本

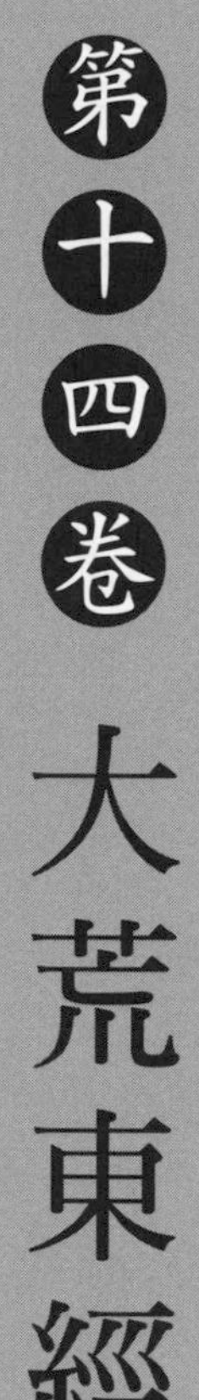

第十四卷 大荒東經

【卷14-1】

小人國

【經文】

《大荒東經》：東海之外，大荒之中，有小人國，名靖人。

【解說】

大人國的人長數丈，而小人國的人只有九寸，名靖人，即竫人、諍人。《說文》解釋：靖，細貌；故小人名靖人。《淮南子》作竫人，《列子》作諍人。《列子·湯問篇》說：東北極有人名曰諍人，長九寸。《山海經》所記這類小人有四，除本經的靖人外，《海外南經》有周饒國，《大荒南經》有焦僥國，還有名菌人的小人，都屬於侏儒一類。

郭璞《圖讚》：「焦僥極么，靖人又小。四體取具（一作足），眉目才了。大人長臂，與之共狡。」

〔圖1－蔣應鎬繪圖本〕、〔圖2－吳任臣近文堂圖本〕、〔圖3－成或因繪圖本〕、〔圖4－汪紱圖本〕、〔圖5－《邊裔典》〕、〔圖6－上海錦章圖本〕。

〔圖1〕小人國　明·蔣應鎬繪圖本

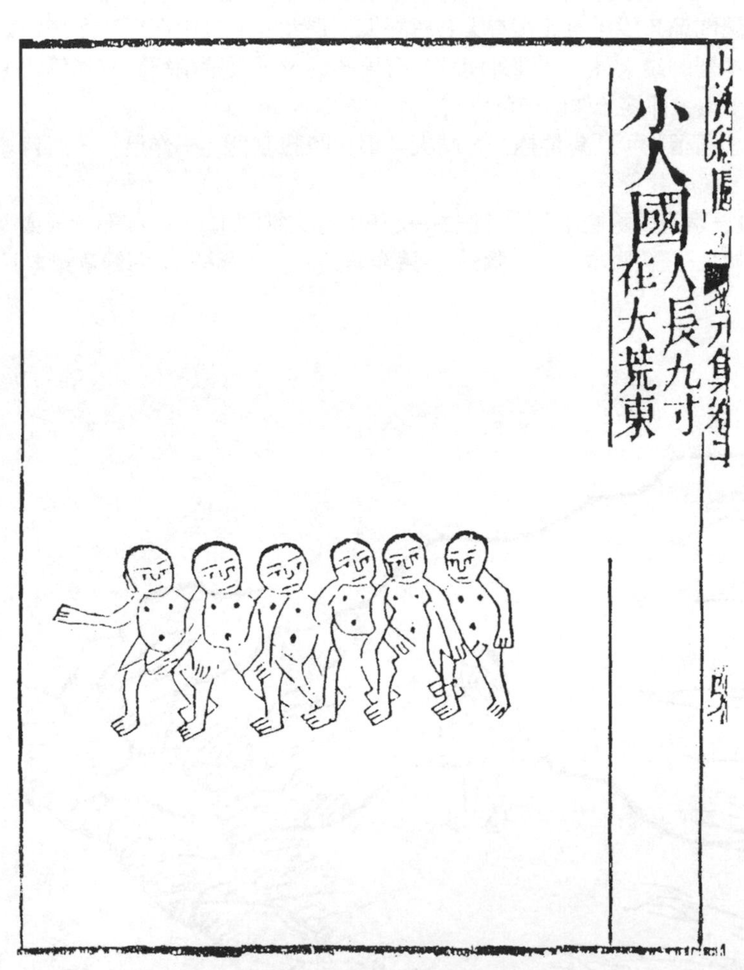

〔圖2〕小人國　清・吳任臣近文堂圖本

〔圖3〕小人國　清・四川成或因繪圖本

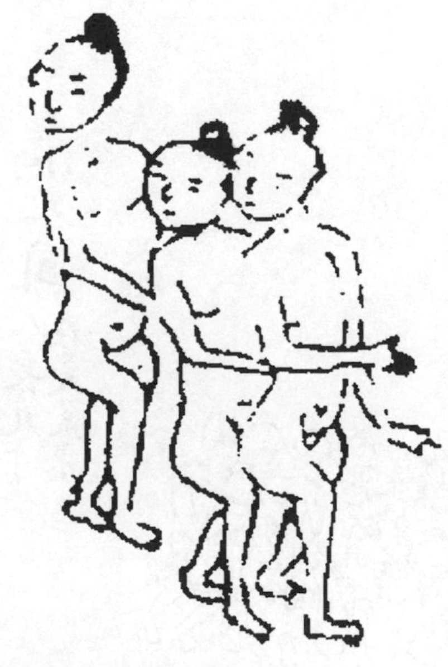

〔圖4〕小人國　清・汪紱圖本

〔圖5〕小人國　清《邊裔典》

〔圖6〕小人國　上海錦章圖本

【卷14-2】

犂䰠之尸

【經文】

《大荒東經》：有神，人面獸身，名曰犂䰠之尸。

【解說】

天神犂䰠（音靈，líng），人面獸身，被殺後靈魂不死，變成犂䰠之尸，繼續活動。

〔圖1－蔣應鎬繪圖本〕、〔圖2－《神異典》〕、〔圖3－成或因繪圖本〕、〔圖4－汪紱圖本〕。

〔圖1〕犂䰠之尸　明・蔣應鎬繪圖本

〔圖2〕犂䰠之尸　清《神異典》

〔圖3〕犂䰠之尸　清・四川成或因繪圖本

〔圖4〕犂䰠之尸　清・汪紱圖本

【卷14-3】

折丹

【經文】

《大荒東經》：大荒之中，有神（「有神」二字原無，係袁琦據郝懿行注增補）名曰折丹——東方曰折，來風曰俊——處東極以出入風。

【解說】

折丹是四方神之一，東方之神，又是東方風神。正月，時有俊風，俊風是春月之風，東方之神折丹處東極，能節宣風氣，司俊風之出入。《山海經》記有四方神、四方風神之名及其職守，如本經之東方風神折丹，《大荒南經》之南方風神因因乎，《大荒西經》之西方風神石夷，《大荒東經》之北方風神鵗。四方神的存在和流行，是四方觀念的體現。

〔圖1－汪紱圖本〕。

〔圖1〕折丹　清・汪紱圖本

【卷14-4】

禺虢

【經文】

《大荒東經》：東海之渚中，有神，人面鳥身，珥兩黃蛇，名曰禺虢。黃帝生禺虢，禺虢生禺京，禺京處北海，禺虢處東海，是惟海神。

【解說】

黃帝之子禺虢（音號，háo）是東海海神，是北海海神禺京（又名禺彊，見《海外北經》、《大荒北經》）的父親。父子二神的神職相同：都是海神；而相貌亦相同，都是人面鳥身，雙耳穿貫二蛇。

今見汪紱圖本之禺虢〔圖1〕，人面鳥身鳥翼鳥足，雙耳珥二蛇，雙爪亦踐二蛇，與其子禺京完全相同。

〔圖1〕禺虢　清·汪紱圖本

【卷14-5】

王亥

【經文】

《大荒東經》：有因民國，勾姓，黍食（原為「困民國」，「而食」，袁琦校改）。有人曰王亥，兩手操鳥，方食其頭。王亥托于有易、河伯僕牛。有易殺王亥，取僕牛。河伯念有易，有易潛出，為國于獸，方食之，名曰搖民。帝舜生戲，戲生搖民。

【解說】

神人王亥（一作該、眩、胲）是東方殷民族的高祖，是著名的畜牧之神，以擅長馴養牛著稱。王亥的形象爲「兩手操鳥」，卜辭中的亥字作鳥首人身。日本學者白川靜在《中國神話》中說：「王亥在卜辭中正是亥字在鳥形之下。這種例子見於數片骨甲，這大概畫的就是王亥的神像。」王亥與鳥的關係正好說明了殷民族與鳥的關係。

王亥僕牛與喪牛是王亥神話中最著名的故事。傳說有一次，王亥把他所馴養的牛託寄給北方的有易和河神河伯。後來，有易之君綿臣殺了王亥，把王亥的牛據爲己有。殷人的國君上甲微，借了河伯的勢力，去討伐並滅了有易，還把綿臣殺死了。牛是農耕民族的標誌，又是上古祭祀必需的犧牲，王亥僕牛、喪牛，以及上甲微復仇滅有易的故事，反映了從事農耕的殷民族爲尋求牧牛的土地與異族之間所發生的糾紛。河伯原來就和有易的關係很好，這次不得不助殷滅掉有易，心中不忍，便幫助有易的孑遺潛走。有易的孑遺變成另一個長著鳥足的民族，在遍野的禽獸中建立了一個以獸爲食的國家，叫做搖民。搖民又叫因民、嬴民，是秦國人的祖先。傳說搖民是舜的後代，帝舜生盂戲，戲生搖民。「盂戲，鳥身人言」（見《史記．秦本紀》），同是人鳥合體的子民。《邊裔典》有因民國圖〔圖1〕。《山海經》記載了王亥僕牛喪牛（見本經）、有易的後裔嬴民（見《海內經》）的故事，《海內北經》還描述了王亥慘遭殺戮，體分成七的景象。除《山海經》外，有關王亥的故事還見於《竹書紀年》，《楚辭．天問》也有更爲詳細的記載。

〔圖2－蔣應鎬繪圖本〕、〔圖3－汪紱圖本〕。

〔圖1〕因民國　清《邊裔典》

〔圖2〕王亥　明・蔣應鎬繪圖本

〔圖3〕王亥　清・汪紱圖本

【卷14-6】

五采鳥

【經文】

《大荒東經》：大荒之中，有五采之鳥，相鄉棄沙，惟帝俊下友。帝下兩壇，采鳥是司。

【解說】

五采鳥屬於鳳凰一類神鳥、祥瑞之鳥，常常自歌自舞。《大荒西經》說：「五采鳥有三名：一曰皇鳥，一曰鸞鳥，一曰鳳鳥。」帝俊是玄鳥之神，也常與五采鳥爲友。帝俊在下方的兩壇，便由五采鳥負責司理。

〔圖1－蔣應鎬繪圖本〕、〔圖2－成或因繪圖本〕、〔圖3－汪紱圖本〕。

〔圖1〕五采鳥　明·蔣應鎬繪圖本

〔圖2〕五采鳥　清・四川成或因繪圖本

〔圖3〕五采鳥　清・汪紱圖本

【卷14-7】

鵷

【經文】

《大荒東經》：東北海外，有女和月母之國。有人名曰鵷，北方曰狻，來（之）風曰狻，是處東北（原為「極」，袁琦據文義校改）隅，以止日月，使無相間出沒，司其短長。

【解說】

鵷（音婉，wǎn）爲四方神之一，是北方之神，又是北方風神。郭璞說，鵷主察日月出入，不令得相間錯，知景之短長。汪紱說，鵷負責調節日月之出入，司晝夜之短長。

《山海經》記有四方神、四方風神之名及其職守，如《大荒東經》之東方風神折丹，《大荒南經》之南方風神因因乎，《大荒西經》之西方風神石夷，本經之北方風神爲鵷。

〔圖1－汪紱圖本〕。

〔圖1〕鵷　清・汪紱圖本

【卷14-8】

應龍

【經文】

《大荒東經》：大荒東北隅中，有山名曰凶犂土丘。應龍處南極，殺蚩尤與夸父，不得復上。故下數旱，旱而為應龍之狀，乃得大雨。

【解說】

應龍爲龍之有翼者，黃帝之神龍，治水之水衛。《博雅·釋魚》根據龍的不同形狀來識別龍，說有鱗曰蛟龍，有翼曰應龍，有角曰虯龍，無角曰螭龍。龍能高能下，能小能巨，能幽能明，能短能長。應龍又是龍中的最神異者，據《述異記·龍化》記載，蛟千年化爲龍，龍五百年化爲角龍，千年化爲應龍。胡文煥《山海經圖》圖說：「恭丘山有應龍者，有翼龍也。昔蚩尤禦黃帝，帝令應龍攻於冀之野。女媧之時，乘畜車服應龍。禹治水，有應龍以尾畫地，即水衛。」

在遠古神話中，應龍是黃帝的神龍，擅長蓄水行雨，在黃帝與蚩尤的戰爭中，殺蚩尤與夸父，立下了赫赫戰功。《山海經》記下了應龍的功勞，據《大荒北經》記：「蚩尤作兵伐黃帝，黃帝乃令應龍攻之冀州之野，應龍蓄水。蚩尤請風伯雨師，縱大風雨。黃帝乃下天女曰魃，雨止，遂殺蚩尤。」「應龍已殺蚩尤，又殺夸父，乃去南方處之，故南方多雨。」應龍自此便不再上天而住在地下。傳說它到不了的地方，常鬧旱災，民間便作土龍以求雨，這就是經中所說的「旱而爲應龍之狀，乃得大雨」，郭璞注：「今之土龍本此。」《淮南子·墬形篇》有「土龍致雨」的記載，高誘注：「湯遭旱，作土龍以象龍。雲從龍，故致雨也。」可知作土龍以祈雨之俗由來已久，這裡面也有應龍行雨的神話根源。

應龍又是溝瀆之神。禹平治洪水，應龍也立下了汗馬功勞，《楚辭·天問》說：「應龍何畫？河海何曆？」王逸在注中說：「或曰禹治洪水時，有神龍以尾畫（地），導水徑所當決者，因而治之。」《拾遺記》記：「黃龍曳尾於前，玄龜負青泥於後。」這曳尾的黃龍便是應龍。

郭璞《圖讚》：「應龍禽翼，助黃弭患。用濟靈慶，南極是遷。象見兩集，口氣自然。」

〔圖1－蔣應鎬繪圖本〕、〔圖2－胡文煥圖本〕、〔圖3－汪紱圖本〕、〔圖4－《神異典》〕。

〔圖1〕應龍　明・蔣應鎬繪圖本

〔圖2〕應龍　明・胡文煥圖本

〔圖3〕應龍　清・汪紱圖本

〔圖4〕應龍　清《神異典》

【卷14-9】

夔

【經文】

《大荒東經》：東海中有流波山，入海七千里。其上有獸，狀如牛，蒼身而無角，一足，出入水則必風雨，其光如日月，其聲如雷，其名曰夔。黃帝得之，以其皮為鼓，橛以雷獸之骨，聲聞五百里，以威天下。

【解說】

夔即雷獸、雷澤之神——雷神。夔是一足奇獸。夔的形狀，歷來說法很多，以如牛、如龍、如猴三種說法流傳最廣。

其一，夔狀如牛。《大荒東經》說，夔似牛，一足而無角，蒼灰色，出入水必有風雨，能發出雷鳴之聲，並伴以日月般的光芒。《事物紺珠》說，靈夔生東海，似牛蒼身，一足無角，出入必有風雨。《莊子·秋水篇》把諸侯於東海得牛狀一足奇獸夔的故事附會到黃帝在位之時，並說此獸一足能走，出入水即風雨，目光如日月，其音如雷。胡文煥圖說：「東海中有獸，狀如牛，蒼身無角，一足，出入則有風雨，其音如雷。名曰夔。黃帝得之，以其皮冒鼓；復取其骨擊之，似雷聲，聞五百里。」

其二，夔狀如龍。《說文》：「夔，神魖也，如龍，一足。」〈東京賦〉：「夔，木石之怪，如龍，有角，鱗甲光如日月，見則其邑大旱。」

其三，夔狀如猴。《國語·魯語》：「夔一足，越人謂之山繰（㺐），人面猴身能言。」袁珂說，此猴形之夔，至唐代遂演變爲禹治水鎖系之無支祁。

夔是神獸，有關它的神話，除本經所說黃帝以其皮作鼓，橛以雷獸之骨，聲震五百里外，在黃帝與蚩尤的戰爭中也立過功勞。夔又是堯、舜之臣，樂正。傳說夔效山林溪谷之音以歌，具有「擊石拊石，百獸率舞」的神力（《呂氏春秋·古樂》、《書·舜典》）。神話中的一足神獸夔，與傳說中具有非凡樂識、令孔子讚歎「有一足矣」的樂正夔，就其發生的根源來說，是不同的兩個神話傳說形象；但也不排除在聲震五百里的一足神獸夔與有著「擊石拊石、百獸率舞」神力的樂正夔之間，有著某種神話的葛藤。

郭璞《圖讚》：「剝夔□鼓，雷骨作桴。聲震五百，響駭九州。神武以濟，堯炎平尤。」

今見《山海經》古圖之夔均作牛狀：

〔圖1－蔣應鎬繪圖本〕、〔圖2－胡文煥圖本〕、〔圖3－吳任臣康熙圖本〕、〔圖4－成或因繪圖本〕、〔圖5－汪紱圖本〕。

〔圖1〕夔　明・蔣應鎬繪圖本

夔

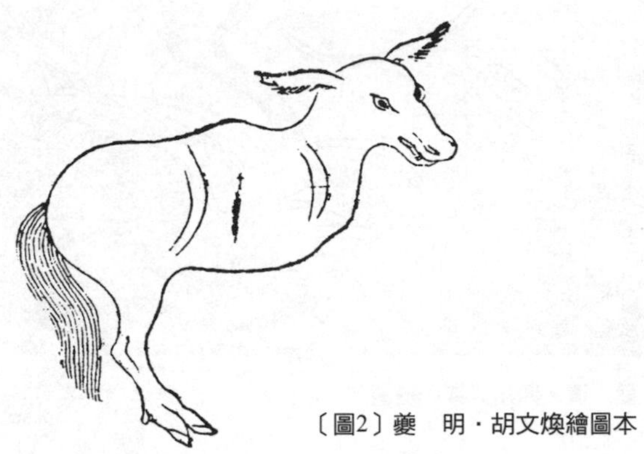

〔圖2〕夔　明・胡文煥繪圖本

〔圖3〕夔　清・吳任臣康熙圖本

〔圖4〕夔　清・四川成或因繪圖本

〔圖5〕夔　清・汪紱圖本

第十五卷 大荒南經

【卷15-1】

跊踢

【經文】

《大荒南經》：南海之外，赤水之西，流沙之東，有獸，左右有首，名曰跊踢。

【解說】

跊（音術，chù）踢是一種左右有首的雙頭奇獸。《海外西經》巫咸東有前後有首的雙頭奇獸并封，《大荒西經》有左右有首的雙頭怪獸屏蓬。這類雙頭怪獸實際上是獸牝牡相合之象。

〔圖1－蔣應鎬繪圖本〕、〔圖2－吳任臣近文堂圖本〕、〔圖3－成或因繪圖本〕、〔圖4－汪紱圖本〕、〔圖5－《禽蟲典》〕。

〔圖1〕跊踢　明·蔣應鎬繪圖本

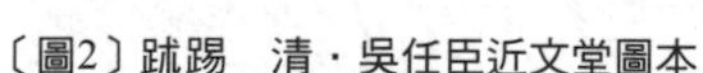

〔圖2〕跊踢　清・吳任臣近文堂圖本

〔圖3〕跊踢　清・四川成或因繪圖本

跊踢

〔圖4〕跊踢　清・汪紱圖本

〔圖5〕跊踢　清《禽蟲典》

【卷15-2】

雙雙

【經文】

《大荒南經》：南海之外，赤水之西，流沙之東，有三青獸（汪紱本作「三青鳥」）相並，名曰雙雙。

【解說】

雙雙是多體合一的奇獸或奇鳥。雙雙有鳥形與獸形兩種：

其一，三青鳥合體，汪紱本稱雙雙爲三青鳥相並，郝懿行注所引之雙雙爲鳥名，說雙雙之鳥，一身二首，尾有雌雄，隨便而偶；常不離散，故以喻焉。如〔圖1－蔣應鎬繪圖本〕、〔圖2－成或因繪圖本〕；

其二，三青獸合體，如〔圖3－吳任臣康熙圖本〕、〔圖4－《禽蟲典》〕、〔圖5－上海錦章圖本〕。

郭璞《圖讚》：「赤水之東，獸有雙雙。厥體雖合，心實不同。動必方軀，走則齊蹤。」

〔圖1〕雙雙　明·蔣應鎬繪圖本

〔圖2〕雙雙　清・四川成或因繪圖本

〔圖3〕雙雙　清・吳任臣康熙圖本

〔圖4〕雙雙　清《禽蟲典》

〔圖5〕雙雙　上海錦章圖本

【卷15-3】

玄蛇

【經文】

《大荒南經》：黑水之南，有玄蛇（汪紱本作元蛇），食麈。有巫山者，西有黃鳥。帝藥，八齋。黃鳥于巫山，司此玄蛇。

【解說】

玄蛇可食麈（麋之大者），是一種巨蛇。玄蛇又稱元蛇，出沒於巫山，巫山是天帝不死仙藥的存放地，玄蛇不僅食麈，還會偷食仙藥，故有黃鳥在此，專門看守此玄蛇。汪紱在注中說：「巫山即今巴東巫峽之巫山也，巫山以西巴蜀之地多出藥草，故言帝藥八齋，麈好食藥草，元蛇能食麈，而黃鳥又主此元蛇也。」在《山海經》裡，玄蛇、麈、黃鳥三者共同構成了一個相互制約的生物網，一物降一物。

郭璞《圖讚》：「赤水所注，極乎氾天。帝藥八齋，越在巫山。司蛇之鳥，四達之淵。」

〔圖1－蔣應鎬繪圖本〕。

〔圖1〕玄蛇　明・蔣應鎬繪圖本

【卷15-4】麈

【經文】

《大荒南經》：有榮山，榮水出焉。黑水之南，有玄蛇，食麈。

【解說】

麈是巨鹿（已見《中次八經》）。本經所說，麈是大鹿，好食蘗草；而玄蛇能食麈，其蛇想必也是龐然大物，但卻受黃鳥管轄。三者生活在以巫山爲背景的共同的生物鏈之中。

〔圖1－蔣應鎬繪圖本〕、〔圖2－成或因繪圖本〕。

〔圖1〕麈　明·蔣應鎬繪圖本

〔圖2〕麈　清・四川成或因繪圖本

【卷15-5】

黃鳥

【經文】

《大荒南經》：有巫山者，西有黃鳥。帝藥，八齋。黃鳥于巫山，司此玄蛇。

【解說】

黃鳥是司蛇的神鳥。巴蜀之巫山多產藥草，是天帝仙藥的存放地，有一種獸名麈，好食藥草，玄蛇能食麈；但玄蛇也並不老實，故有神鳥黃鳥在此，專門看守玄蛇，以防其竊食天帝神藥。黃鳥即皇鳥，屬鳳凰一類神鳥。

郭璞《圖讚》：「赤水所注，極乎氾天。帝藥八齋，越在巫山。司蛇之鳥，四達之淵。」

〔圖1－汪紱圖本〕。

〔圖1〕黃鳥　清·汪紱圖本

【卷15-6】卵民國

【經文】

《大荒南經》：有卵民之國，其民皆生卵。

【解說】

《海外南經》有羽民國，其民卵生。此羽民國有可能就是卵民國。

〔圖1－《邊裔典》〕。

〔圖1〕卵民國　清《邊裔典》

【卷15-7】

盈民國

【經文】

《大荒南經》：大荒之中，有盈民之國，於姓，黍食，又有人方食木葉。

【解說】

盈民國人以黍爲食。傳說這個國家的人吃一種樹木的葉，食之可成仙。《呂氏春秋·本味篇》記，中容之國，有赤木玄木之葉。高誘注：赤木玄木，其葉皆可食，食之而仙也。

〔圖1－汪紱圖本〕。

〔圖1〕盈民國　清·汪紱圖本

【卷15-8】不廷胡余

【經文】

《大荒南經》：南海渚中，有神，人面，珥兩青蛇，踐兩赤蛇，曰不廷胡余。

【解說】

不廷胡余是南海渚中的海神。他的名字很怪，有學者說是古代巴人的方言土語（呂子方《中國科學技術史論文集》下，四川人民出版社，1984年）；他的樣子也怪：雙耳穿貫兩條青蛇，腳踐兩條赤蛇。

〔圖1－蔣應鎬繪圖本〕、〔圖2－《神異典》〕、〔圖3－成或因繪圖本〕、〔圖4－汪紱圖本〕。

〔圖1〕不廷胡余　明·蔣應鎬繪圖本

〔圖2〕不廷胡余　清《神異典》

〔圖3〕不廷胡余　清・四川成或因繪圖本

〔圖4〕不廷胡余　清・汪紱圖本

【卷15-9】

因因乎

【經文】

《大荒南經》：有神名曰因因乎，南方曰因乎，來（原作夸，袁珂據其他三方風神句例改）風曰乎民，處南極以出入風。

【解說】

因因乎是四方風神之一，南方之神，又是南方風神。汪紱注：「言此神南方人，謂之因乎，在夷風則曰乎民。此山實處南極，以主出入南風也。」《山海經》記有四方神、四方風神之名及其職守，如《大荒東經》之東方風神折丹，本經之南方風神因因乎，《大荒西經》之西方風神石夷，《大荒東經》之北方風神鳧。

郭璞《圖讚》：「人號因乎，風氣是宣。」

〔圖1－汪紱圖本〕。

〔圖1〕因因乎　清・汪紱圖本

【卷15-10】

季釐國

【經文】

《大荒南經》：有襄山。又有重陰之山。有人食獸，曰季釐。帝俊生季釐，故曰季釐之國。

【解說】

季釐國是帝俊的後裔，這個國家的人以食獸爲生。

〔圖1－汪紱圖本〕。

〔圖1〕季釐國　清・汪紱圖本

【卷15-11】蜮民國

【經文】

《大荒南經》：有蜮山者，有蜮民之國，桑姓，食黍，射蜮是食。有人方扜弓射黃蛇，名曰蜮人。

【解說】

蜮民國是一個奇特的國家，這裡的人姓桑，吃小米，還捕射一種名叫「蜮」的生物來吃。蜮又名短弧（狐）、射工蟲、水弩，是一種生長在江南山溪中的毒蟲，樣子似鱉，一說三足，長一二寸，口中有弩形，能噴出毒氣射人，中者生瘡，重者致死。《詩經・小雅・何人斯》說：「為鬼為蜮，則不可得。」《楚辭・大招》也說：「魂乎無南，蜮傷躬只！」俗稱鬼蜮之地或鬼蜮成災，其恐怖之狀以及對人之危害，可想而知。這個國家的人卻專門射蜮來吃，故稱為蜮人；他們還彎弓射殺黃蛇，都是些射箭能手呢！

典籍中對蜮的記載不少：郭璞注：「蜮，短狐也，似鱉，含沙射人，中之則病死。」《說文》：「蜮，短狐也，似鱉，三足，以氣射害人。」《博物志・異蟲》說：「江南山溪中，水射工蟲，甲類也，長一二寸，口中有弩形，氣射人影，隨所著處發瘡，不治則殺人。」

郭璞《圖讚》：「蜮惟怪□，短狐災氣。南越是珍，蜮人斯貴。惟性所安，孰知正味。」

蜮民國圖因所射之蜮的形狀不同而有二形：

其一，所射之蜮似獸，如〔圖1－成或因繪圖本〕、〔圖2－《邊裔典》〕；

其二，所射之蜮似鱉，如〔圖3－汪紱圖本〕。

〔圖1〕蜮民國　清・四川成或因繪圖本

〔圖2〕蜮民國　清《邊裔典》

〔圖3〕蜮民國　清・汪紱圖本

【卷15-12】

育蛇

【經文】

《大荒南經》：有宋山者，有赤蛇，名曰育蛇，有木生山上，名曰楓木。楓木，蚩尤所棄其桎梏，是為楓木。

【解說】

宋山上的育蛇，赤色，盤於楓樹之上。楓木又稱楓香樹，傳說黃帝與蚩尤大戰於涿鹿之野，蚩尤被殺，死後有人摘下他身上的枷栲，棄於大荒之中。這枷鐐登時化作一片楓林，楓木上那鮮紅的楓葉，至今還流淌著枷鐐上蚩尤的斑斑血跡。蚩尤的故事見《大荒北經》。

〔圖1－汪紱圖本〕。

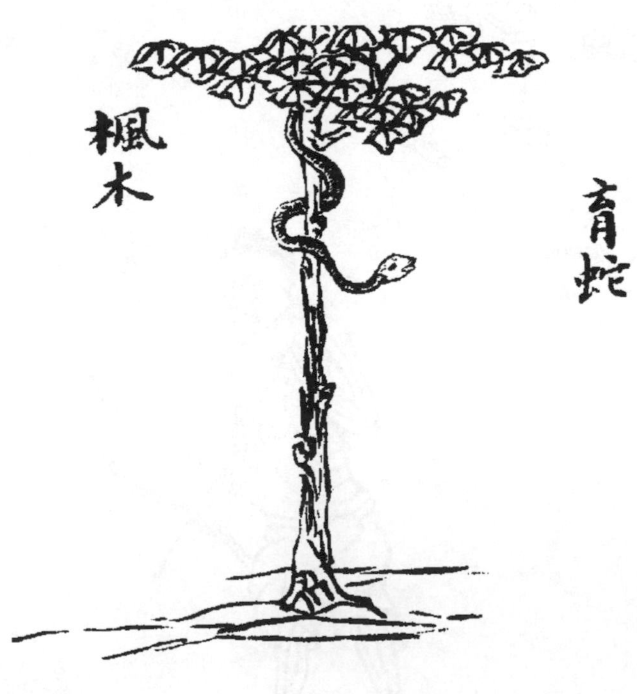

〔圖1〕育蛇　清·汪紱圖本

【卷15-13】祖狀之尸

【經文】

《大荒南經》：有人方齒虎尾，名曰祖狀之尸。

【解說】

祖（音渣，zhā）狀尸是人虎共體的怪神，人面人身，方齒虎尾。祖狀尸屬尸象，說的是天神被殺，其靈魂不死，以尸的形態繼續活動。

〔圖1－蔣應鎬繪圖本〕、〔圖2－成或因繪圖本〕、〔圖3－汪紱圖本〕。

〔圖1〕祖狀之尸　明・蔣應鎬繪圖本

〔圖2〕祖狀之尸　清・四川成或因繪圖本

〔圖3〕祖狀之尸　清・汪紱圖本

【卷15-14】
焦僥國

【經文】

《大荒南經》：有小人，名曰焦僥之國，幾姓，嘉穀是食。

【解說】

焦僥國即周饒國、小人國。焦僥國人姓幾，皆長三尺（郭璞注），以糧穀爲食。《山海經》所記這類小人有四，均有圖。除焦僥國外，還有《海外南經》的周饒國、《大荒東經》的小人國名靖人、本經的菌人，都屬侏儒一類。

〔圖1－蔣應鎬繪圖本〕。

〔圖1〕焦僥國　明·蔣應鎬繪圖本

【卷15-15】

張弘國

【經文】

《大荒南經》：有人名曰張弘，在海上捕魚。海中有張弘之國，食魚，使四鳥。

【解說】

張弘即長肱亦即長臂。張弘國即長臂國，以捕魚爲生，食魚。《穆天子傳》：「天子乃封長肱于黑水之西河。」郭璞注：「即長臂人也，見《山海經》。」成或因繪圖本與《邊裔典》的張弘國人鳥喙有翼，手上抓魚。

〔圖1－成或因繪圖本〕、〔圖2－《邊裔典》〕。

〔圖1〕張弘國　清・四川成或因繪圖本

〔圖2〕張弘國　清《邊裔典》

【卷15-16】

羲和浴日

【經文】

《大荒南經》：東（原有南字，袁珂據《太平御覽》引刪）海之外，甘水之間，有羲和之國。有女子名曰羲和，方浴日（原作「日浴」，袁珂從宋本改）于甘淵。羲和者，帝俊之妻，生十日。

【解說】

羲和是東方天帝帝俊的妻子。帝俊有三個妻子：一是生十日、浴日的羲和（見本經）；二是生十二月、浴月的常羲（見《大荒西經》）；三是生三身國的娥皇（見《大荒南經》）。

羲和是十個太陽的母親，十個太陽原來住在東方海外的湯谷，湯谷又名暘谷、甘淵，這裡的海水滾燙滾燙的，是十個太陽洗澡的地方。湯谷上有一棵神樹，叫扶桑，樹高數千丈，是天帝的太陽兒子居住的地方；九個太陽住在下面的枝條上，一個太陽住在上面的枝條上，兄弟十個輪流出現在天空，一個回來了，另一個才去值班，每次都由他們的母親羲和駕著車子接送。《海外東經》記：「湯谷上有扶桑，十日所浴，在黑齒國北。居水中，有大木，九日居下枝，一日居上枝。」《大荒東經》又說：「湯谷上有扶木，一日方至，一日方出。」《楚辭·離騷》：「吾令羲和弭節兮。」王逸注：「羲和，日御也。」洪興祖補注：「日乘車駕以六龍，羲和御之。」

羲和又是主日月之神，據本經郭璞注：「羲和蓋天地始生，主日月者也。故堯因此而立羲和之官，以主四時，其後世遂爲此國。」〔圖1－《邊裔典》，羲和國圖〕。

郭璞《圖讚》：「渾沌始制，羲和御日。消息晦明，察其出入。世異厥象，不替先術。」

〔圖2－汪紱圖本〕。

〔圖1〕羲和國　清《邊裔典》

〔圖2〕羲和浴日　清・汪紱圖本

【卷15-17】菌人

【經文】《大荒南經》：有小人名曰菌人。

【解說】

菌人屬小人一類。《山海經》所記這類小人有四：除菌人外，還有《海外南經》的周饒國、《大荒東經》的小人國名靖人、本經的焦僥國，都屬侏儒家族。

〔圖1－汪紱圖本〕。

〔圖1〕菌人　清・汪紱圖本

第十六卷 大荒西經

【卷16-1】

女媧

【經文】

《大荒西經》：有神十人，名曰女媧之腸，化為神，處栗廣之野，橫道而處。

【解說】

女媧是中國神話中最古老的始祖母神、大母神、化萬物者和文化英雄。《說文》十二云：「女媧，古之神聖女，化萬物者也。」女媧的功績主要在於：化生人類、摶土造人和創建各種文化業績（如補天、治水、置神媒、製笙簧等）。女媧是化生人類的大母神，《大荒西經》所記，有神十人，是女媧之腸（一說腹）所化。郭璞注：「女媧，古神女而帝者，人面蛇身，一日中七十變，其腹化爲此神。」汪紱注：「言女媧氏死，而其腸化爲此十神，處此野當道中也。」明確指出此十神是女媧屍體中的一部分（腸）所化生。《楚辭·天問》：「女媧有體，孰制匠之？」王逸注：「傳言女媧人頭蛇身，一日七十化，其體如此，誰所制匠而圖之乎？」《淮南子·說林篇》也記述了女媧七十化的故事：「黃帝生陰陽，上駢生耳目，桑林生臂手：此女媧所以七十化也。」高誘注：「黃帝，古天神也，始造人之時，化生陰陽。上駢、桑林，皆神名。」化是化生、化育的意思，同時也包含有變化、變易的因素在其中。

郭璞爲「有神十人」作《圖讚》：「女媧靈洞，變化無主。腸爲十神，中道橫處。尋之靡狀，誰者能睹。」

女媧圖有二形：

其一，取女媧人頭蛇身之原始圖像，如〔圖1－蔣應鎬繪圖本〕、〔圖2－成或因繪圖本〕、〔圖3－《神異典》〕；

其二，取女媧之腸十人圖像，以示女媧所化。從其服飾來看，顯然是後來之作，如〔圖4－汪紱圖本〕。

〔圖1〕女媧　明·蔣應鎬繪圖本

〔圖2〕女媧　清・四川成或因繪圖本

〔圖3〕女媧　清《神異典》

〔圖4〕女媧之腸十人　清・汪紱圖本

【卷16-2】

石夷

【經文】

《大荒西經》：有人名曰石夷，來風曰韋，處西北隅以司日月之長短。

【解說】

石夷爲四方神之一，西方之神，又是西方風神。石夷處西北隅，以司日月之長短。郝懿行注：「西北隅爲日月所不到，然其流光餘景，亦有晷度短長，故應有主司之者也。」《山海經》記有四方神、四方風神之名及其職守，如《大荒東經》之東方風神折丹，《大荒南經》之南方風神因因乎，本經之西方風神石夷，《大荒東經》之北方風神䳐。

〔圖1－汪紱圖本〕。

〔圖1〕石夷　清・汪紱圖本

【卷16-3】狂鳥

【經文】

《大荒西經》：有五采之鳥，有冠，名曰狂鳥。

【解說】

狂鳥又名狂夢鳥、五采之鳥，屬鳳凰一類吉祥之鳥。《爾雅・釋鳥》：「狂夢鳥，狂鳥，五色，有冠，見《山海經》。疏云：夢鳥，一名狂，五采之鳥也。」

〔圖1－蔣應鎬繪圖本〕、〔圖2－成或因繪圖本〕、〔圖3－汪紱圖本〕。

〔圖1〕狂鳥　明・蔣應鎬繪圖本

〔圖2〕狂鳥　清・四川成或因繪圖本

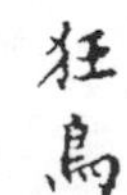

〔圖3〕狂鳥　清・汪紱圖本

【卷16-4】北狄之國

【經文】

《大荒西經》：有北狄之國。黃帝之孫曰始均，始均生北狄。

【解說】

北狄國是黃帝的後裔。北狄，一作狄，亦作「翟」，是我國古代的北方民族。春秋以前居於河西、太行山一帶。《竹書紀年》：「（商）武乙三十五年，周王季伐西落鬼、戎，俘二十翟王。」《孟子》：「（周）大王居邠，狄人侵之。」春秋初，屢與晉交兵，並向東進發，進入華北地區，東與齊、魯、衛為界，居今陝西、河北、山東等省的山谷地帶。以遊牧爲業，善騎戰，南滅邢、衛、溫，兵及齊、魯、宋諸國。周襄王二十四年（前628年），狄人內亂，分爲赤狄、白狄、長狄、眾狄等部，各有支系。西元前六世紀後，大部先後敗亡於晉，唯白狄之鮮虞人於春秋末建中山國。

〔圖1－汪紱圖本〕。

〔圖1〕北狄　清・汪紱圖本

【卷16-5】

太子長琴

【經文】

《大荒西經》：有芒山。有桂山。有榣山。其上有人，號曰太子長琴。顓頊生老童，老童生祝融，祝融生太子長琴，是處榣山，始作樂風。

【解說】

太子長琴是顓頊的後裔，祝融之子，相傳是原始音樂的創始者之一。他的祖父叫老童，也就是《西次三經》騩山上的神耆童。老童說起話來就像敲鐘擊磬，聲音十分洪亮；據說他的孫子太子長琴能創制樂風，與其祖父老童頗有樂感大有關係。

郭璞《圖讚》：「祝融光照，子號長琴。騩山是處，創樂理音。」

〔圖1－汪紱圖本〕。

〔圖1〕太子長琴　清・汪紱圖本

【卷16-6】

十巫

【經文】

《大荒西經》：大荒之中，有靈山。巫咸、巫即、巫朌、巫彭、巫姑、巫真、巫禮、巫抵、巫謝、巫羅十巫，從此升降，百藥爰在。

【解說】

靈山即《大荒南經》之巫山，又即《海外西經》巫咸國之登葆山，都是神話中的天梯，是群巫上下於天的通道，又是仙藥存放之所，群巫上下採藥的地方。十巫以巫咸爲首，是天帝的使者，人神溝通的中介，又是採藥爲民治病的巫醫。

郭璞《圖讚》：「群巫爰集，采藥靈林。」另，郭璞爲《海外西經》之巫咸作讚：「群有十巫，巫咸所統。經技是搜，術藝是綜。采藥靈山，隨時登降。」

〔圖1－汪紱圖本〕。

〔圖1〕十巫　清・汪紱圖本

【卷16-7】

嗚鳥

【經文】

《大荒西經》：有弇州之山，五采之鳥仰天，名曰鳴鳥。爰有百樂歌儛之風。

【解說】

嗚鳥屬鳳凰類，是五采之鳥、吉祥之鳥；常張口噓天，它所到之處，響起百樂歌舞，一片祥和之風。《山海經》所記這類五采之吉鳥，除本經之鳴鳥外，還有《海內西經》的孟鳥、《海外西經》的滅蒙鳥、《大荒西經》的狂鳥。

郭璞《圖讚》：「有鳥五采，噓天淩風。」

〔圖1－汪紱圖本〕。

〔圖1〕鳴鳥　清·汪紱圖本

【卷16-8】弇茲

【經文】

《大荒西經》：西海陼中，有神人面鳥身，珥兩青蛇，踐兩赤蛇，名曰弇茲。

【解說】

弇（音淹，yān）茲是西海渚（音主，zhǔ；與陼同，水中的小洲）中的海神。其形狀爲人面鳥身，雙耳穿貫二青蛇，雙足踐繞二赤蛇，樣子和北方海神禺彊（見《海外北經》）、東方海神禺虢（見《大荒東經》）相似。

郭璞《圖讚》：「弇茲之靈，人頰鳥躬。鼓翅海峙，翻飛雲中。」

〔圖1－蔣應鎬繪圖本〕、〔圖2－成或因繪圖本〕、〔圖3－汪紱圖本〕。

〔圖1〕弇茲　明・蔣應鎬繪圖本

〔圖2〕弇茲　清・四川成或因繪圖本

〔圖3〕弇茲　清・汪紱圖本

【卷16-9】

噓

【經文】

《大荒西經》：大荒之中，有山名曰日月山，天樞也。吳姖天門，日月所入。有神，人面無臂，兩足反屬于頭上（原作山，袁珂從郝本等校改），名曰噓。顓頊生老童，老童生重及黎，帝令重獻上天，令黎邛下地，下地是生噎，處於西極，以行日月星辰之行次。

【解說】

噓即噎，亦即《海內經》之噎鳴（「后土生噎鳴」），是主管日月星辰行次的時間之神。大荒之中的日月山是天樞，是日月出入的地方，也是神噓（噎）活動的處所。神噓（噎）是顓頊的後代，是顓頊命重黎絕天地通以後，黎到了人間所生。此神的樣子很怪，長著一張人臉，沒有手臂，兩隻腳反轉過來架在頭頂上。

郭璞《圖讚》：「腳屬於頭，人面無手。厥號曰噓，重黎其後。處運三光，以襲氣母。」

〔圖1－蔣應鎬繪圖本〕、〔圖2－《神異典》〕、〔圖3－成或因繪圖本〕、〔圖4－汪紱圖本〕。

〔圖1〕噓　明・蔣應鎬繪圖本

〔圖2〕噓　清《神異典》

〔圖3〕噓　清・四川成或因繪圖本

〔圖4〕噓噎　清・汪紱圖本

【卷16-10】天虞

【經文】

《大荒西經》：有人反臂，名曰天虞。

【解說】

天虞是個怪神，手臂反生在後。郭璞說，天虞即尸虞。

〔圖1－汪紱圖本〕。

〔圖1〕天虞　清．汪紱圖本

【卷16-11】

常羲浴月

【經文】

《大荒西經》：有女子方浴月。帝俊妻常羲，生月十有二，此始浴之。

【解說】

常羲又名常儀、尙儀，是帝俊之妻。帝俊有三個妻子：其一是生日浴日的羲和（見《大荒南經》）；其二是生月浴月的常羲（見本經）；其三是生三身民的娥皇（見《大荒南經》）。

〔圖1－汪紱圖本〕。

〔圖1〕常羲浴月　清・汪紱圖本

【卷16-12】五色鳥

【經文】

《大荒西經》：有玄丹之山。有五色之鳥，人面有髮。爰有青鴍，黃鷔，青鳥、黃鳥，其所集者其國亡。

【解說】

玄丹山的五色鳥是一種人面鳥、凶鳥、禍鳥。這裡的青鳥、黃鳥即「人面有髮」的五色之鳥青鴍、黃鷔，也就是《海外西經》的鶬鳥、鶬鳥，都是亡國之兆。

五色鳥是黃鳥的一種。《山海經》所記黃鳥有三類：一是治妒之鳥（見《北次三經》），二是鎮守神藥的神鳥（見《大荒南經》），三是《海外西經》及本經之鶬鳥、鶬鳥、青鴍、黃鷔是禍鳥，是亡國之兆。

〔圖1－蔣應鎬繪圖本〕、〔圖2－成或因繪圖本〕、〔圖3－汪紱圖本〕。

〔圖1〕五色鳥　明·蔣應鎬繪圖本

〔圖2〕五色鳥　清・四川成或因繪圖本

〔圖3〕五色鳥　清・汪紱圖本

【卷16-13】

屏蓬

【經文】

《大荒西經》：有獸，左右有首，名曰屏蓬。

【解說】

屏蓬是雙頭奇獸，左右各有一頭，寓有牝牡合體之義。《海外西經》有并封，前後各有一首，《大荒南經》有䟣踢，左右各有一首，都是獸類牝牡相合之象。

〔圖1－蔣應鎬繪圖本〕、〔圖2－成或因繪圖本〕、〔圖3－汪紱圖本〕。

〔圖1〕屏蓬　明・蔣應鎬繪圖本

〔圖2〕屏蓬　清・四川成或因繪圖本

〔圖3〕屏蓬　清・汪紱圖本

【卷16-14】

白鳥

【經文】

《大荒西經》：有巫山者，有白鳥，青翼，黃尾，玄喙。

【解說】

白鳥是一種奇鳥，青色的雙翼，黃色的尾巴，紅色的嘴喙。郭璞的注只有「奇鳥」二字。袁珂按：「《山海經》係據圖爲文之書，此正解說圖像之辭，確係『奇鳥』。然說圖者及注釋者均已無能爲名矣。」由此可見《山海經》據圖爲文的古老傳統。今見汪紱圖本之白鳥圖，未見其奇；然則郭璞所見之圖，能見其奇，會是怎樣的一幅圖呢？

〔圖1－汪紱圖本〕。

〔圖1〕白鳥　清·汪紱圖本

【卷16-15】

天犬

【經文】

《大荒西經》：有巫山者，有赤犬，名曰天犬，其所下者有兵。

【解說】

天犬是狗狀凶獸，紅色，兵災之兆。郭璞注：「《周書》云：『天狗所止地盡傾，餘光燭天爲流星，長數十丈，其疾如風，其聲如雷，其光如電。』吳楚七國反時吠過梁國者是也。」故胡文煥圖說云：「天門山，有赤犬，名日天犬。其所現處，主有兵，乃天狗之星光飛流注而生。所生之日，或數十。其行如風，聲如雷，光如（閃）電。吳楚七國叛時，嘗吠過梁野。」《西次三經》有天狗，是一種禦凶辟邪、禳災除害之獸，與本經之天犬在形狀與功能上均不同，不是一類獸。

郭璞《圖讚》：「鬫鬫天犬，光爲飛星。所經邑滅，所下城傾。七國作變，吠過梁城。」

〔圖1－蔣應鎬繪圖本〕、〔圖2－胡文煥圖本〕、〔圖3－成或因繪圖本〕、〔圖4－汪紱圖本〕。

〔圖1〕天犬　明・蔣應鎬繪圖本

〔圖2〕天犬　明・胡文煥圖本

〔圖3〕天犬　清・四川成或因繪圖本

〔圖4〕天犬　清・汪紱圖本

【卷16-16】

人面虎身神（昆侖神）

【經文】

《大荒西經》：西海之南，流沙之濱，赤水之後，黑水之前，有大山，名曰昆侖之丘。有神——人面虎身，文尾（原作「有文有尾」，袁珂據《太平御覽》引校改）皆白——處之。

【解說】

昆侖丘上的人面虎身神，尾巴上有白色點駁，是昆侖山神。此神與《西次三經》的陸吾、《海內西經》的開明獸是同一個神，三者都是人面虎身神，其神職同是昆侖山的山神，又是昆侖之守衛神。

〔圖1－成或因繪圖本〕、〔圖2－汪紱圖本〕。

〔圖1〕人面虎身神　清・四川成或因繪圖本

〔圖2〕昆侖神　清・汪紱圖本

【卷16-17】

壽麻

【經文】

《大荒西經》：有壽麻之國，南嶽娶州山女，名曰女虔。女虔生季格，季格生壽麻。壽麻正立無景，疾呼無響。爰有大暑，不可以往。

【解說】

壽麻又作壽靡，屬神人、仙人一類。壽麻是南嶽的後裔，屬黃帝系人氏（吳任臣注引：「黃帝鴻初爲南嶽之官，故名南嶽」）。壽麻與常人不同：正立無景，疾呼無響，均仙人之象。《淮南子．墬形篇》說：「建木在都廣，眾帝所自上下，日中無景，呼而無響。」壽麻國極熱，又無水源，人不可以往。郭璞注：「言熱炙殺人也。」

郭璞《圖讚》：「壽靡之人，靡景靡響。受氣自然，稟之無象。玄俗是微，驗之于往。」

〔圖1－汪紱圖本〕。

〔圖1〕壽麻　清．汪紱圖本

【卷16-18】

夏耕尸

【經文】

《大荒西經》：有人無首，操戈盾立，名曰夏耕之尸。故成湯伐夏桀于章山，克之，斬耕厥前。耕既立，無首，丢厥咎，乃降于巫山。

【解說】

夏耕是夏代最後一位君主夏桀手下鎮守章山的一員大將。傳說夏桀昏庸而淫暴，在成湯伐夏桀之時，夏耕鎮守章山，不堪一擊，被湯王一刀砍下了腦袋。丢了腦袋的夏耕爲了逃避罪咎，竄到了巫山。夏耕雖死，其靈魂卻活著，成了夏耕尸，沒有了腦袋，仍然手操戈盾，站立盡職。夏耕尸講述的是不死的靈魂──尸的故事。

〔圖1－蔣應鎬繪圖本〕、〔圖2－成或因繪圖本〕、〔圖3－汪紱圖本〕。

〔圖1〕夏耕尸　明・蔣應鎬繪圖本

〔圖2〕夏耕尸　清・四川成或因繪圖本

〔圖3〕夏耕尸　清・汪紱圖本

【卷16-19】

三面人

【經文】

《大荒西經》：大荒之中，有山名曰大荒之山，日月所入。有人焉三面，是顓頊之子，三面一臂，三面之人不死，是謂大荒之野。

【解說】

三面人，即三面一臂人，大荒之野的異形人，是顓頊之子。這裡的人一個腦袋三張臉，只有一右胳臂（郭注：無左臂也），能長生不死。

郭璞《圖讚》：「稟形一軀，氣有存變。長體有益，無若三面。不勞傾睇，可以並見。」

〔圖1－蔣應鎬繪圖本〕、〔圖2－吳任臣近文堂圖本〕、〔圖3－汪紱圖本〕、〔圖4－上海錦章圖本〕。

〔圖1〕三面人　明・蔣應鎬繪圖本

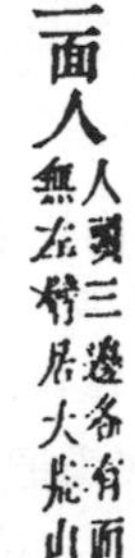

〔圖2〕三面人　清・吳任臣近文堂圖本

〔圖3〕三面人　清・汪紱圖本

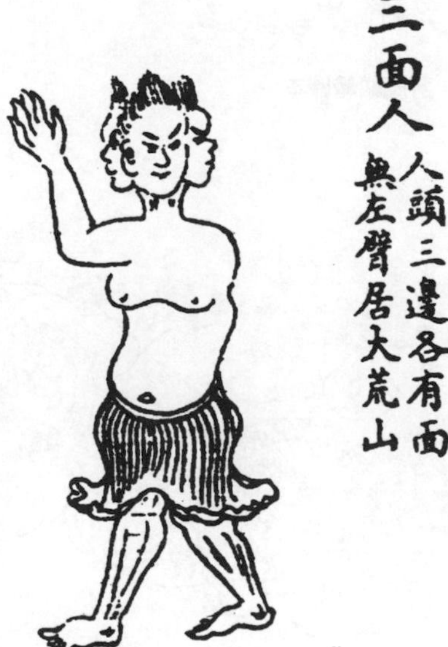

〔圖4〕三面人　上海錦章圖本

【卷16-20】

夏后開

【經文】

《大荒西經》：西南海之外，赤水之南，流沙之西，有人珥兩青蛇，乘兩龍，名曰夏后開。開上三嬪于天，得《九辯》與《九歌》以下。此天穆之野，高二千仞，開焉得始歌《九招》。

【解說】

夏后開即夏后啓，禹之子啓。啓是禹妻塗山氏變成的石頭開裂而生，取名啓，因漢景帝名啓，漢人避諱，故改啓爲開。作爲人王的夏后啓，已見《海外西經》。本經的夏后開，是一位神性英雄，雙耳穿貫兩條青蛇，駕著雙龍上下於天。傳說他曾三度駕龍上天，到天帝那裡作客，還把天宮的樂章《九辯》和《九歌》記下，在天穆之野演奏，這便是後來的樂舞《九招》、《九代》。

〔圖1－蔣應鎬繪圖本〕、〔圖2－成或因繪圖本〕。

〔圖1〕夏后開　明·蔣應鎬繪圖本

〔圖2〕夏后開　清·四川成或因繪圖本

【卷16-21】

互人

【經文】

《大荒西經》：有互人之國。炎帝之孫，名曰靈恝。靈恝生互人，是能上下于天。

【解說】

互人國即《海內南經》氐人國（郝懿行注：氐、互二字因形近而訛）。互人是炎帝的後裔，人面魚身，沒有腳，卻頗有神通，能上下於天，是人神的溝通者。

〔圖1－汪紱圖本〕。

〔圖1〕互人　清・汪紱圖本

【卷16-22】

魚婦

【經文】

《大荒西經》：有魚偏枯，名曰魚婦。顓頊死即復蘇。風道北來，天乃大水泉，蛇乃化為魚，是為魚婦。顓頊死即復蘇。

【解說】

魚婦半人半魚，是顓頊死而復生後所變。傳說大風從北方吹來，地下的泉水因風暴而溢出地面的時候，蛇會變化爲魚；那死去的顓頊便附在魚的身上，死而復生。這種半人半魚的生物，叫做魚婦。《淮南子‧墜形篇》也記載了一則后稷死後，半體化生爲魚的故事：「后稷壟在建木西，其人死復蘇，其半爲魚。」

〔圖1－汪紱圖本〕。

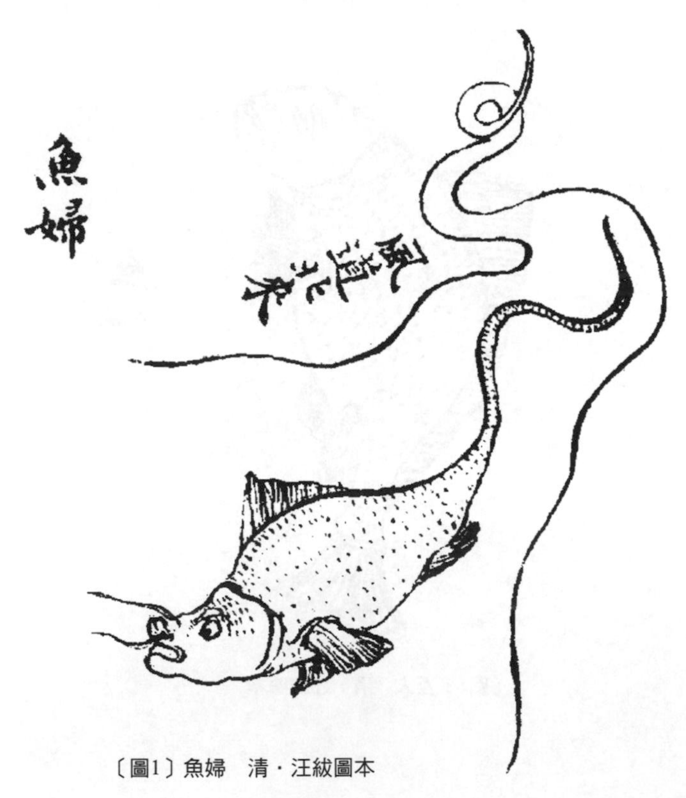

〔圖1〕魚婦　清‧汪紱圖本

【卷16-23】

鸀鳥

【經文】

《大荒西經》：有互人之國，有青鳥，身黃，赤足，六首，名曰鸀鳥。

【解說】

鸀（音蜀，shǔ）鳥是六首奇鳥，身黃，足紅。《爾雅・釋鳥》說，鸀即山烏。郭璞注：此鳥似烏而小，赤嘴，穴乳，出西方。

〔圖1－蔣應鎬繪圖本〕、〔圖2－吳任臣康熙圖本〕、〔圖3－成或因繪圖本〕、〔圖4－汪紱圖本〕、〔圖5－《禽蟲典》〕。

〔圖1〕鸀鳥　明・蔣應鎬繪圖本

〔圖2〕鸀鳥　清・吳任臣康熙圖本

〔圖3〕鸀鳥　清・四川成或因繪圖本

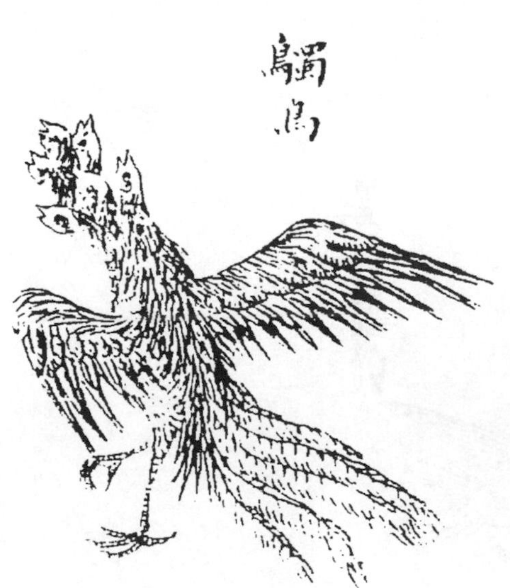

〔圖4〕鸀鳥　清・汪紱圖本

〔圖5〕鸀鳥　清《禽蟲典》

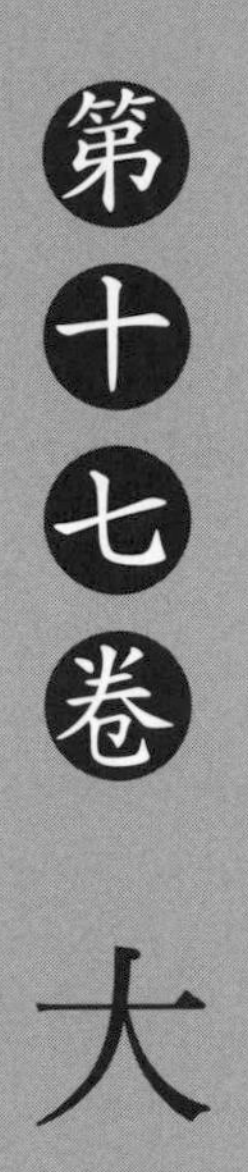

第十七卷 大荒北經

【卷17-1】

蜚蛭

【經文】

《大荒北經》：

大荒之中，有山，名曰不咸。有蜚蛭，四翼。

【解說】

蜚（飛）蛭是四翼飛蟲。

〔圖1－汪紱圖本〕。

〔圖1〕蜚蛭　清・汪紱圖本

【卷17-2】

琴蟲

【經文】

《大荒北經》：大荒之中，有山，名曰不咸。有蟲，獸首蛇身，名曰琴蟲。

【解說】

琴蟲是一種蛇獸合體的怪蛇，獸首而蛇身。郭璞注，琴蟲屬蛇類。郝懿行解釋說，南山人以蟲爲蛇，見《海外南經》。

郭璞《圖讚》：「爰有琴蟲，蛇身獸頭。」

〔圖1－成或因繪圖本〕、〔圖2－汪紱圖本〕。

〔圖1〕琴蟲　清·四川成或因繪圖本

〔圖2〕琴蟲　清·汪紱圖本

【卷17-3】

猎猎

【經文】

《大荒北經》：大荒之中，有山名曰衡天。有先民之山。有黑蟲如熊狀，名曰猎猎。

【解說】

猎猎（音夕，xì）是一種熊狀黑獸。經中說「黑蟲」，古時蟲、獸通名，郝懿行注：「《廣韻》亦云獸名，引此經。蓋蟲、獸通名耳。」《事物紺珠》記：猎猎如熊，黑色。

郭璞《圖讚》：「猎猎如熊，丹山霞起。」

〔圖1－汪紱圖本〕、〔圖2－《禽蟲典》〕。

〔圖1〕猎猎　清·汪紱圖本

〔圖2〕猎猎　清《禽蟲典》

【卷17-4】

儋耳國

【經文】

《大荒北經》：

有儋耳之國，任姓，禺號（貌）子，食穀。

【解說】

儋耳國即聶耳國（見《海外北經》）。郭璞說，其人耳大下儋，垂在肩上。儋耳國人姓任，是東海海神禺䝞（即禺號）之子，禺䝞是黃帝之子，故儋耳也是黃帝的後裔。這裡人人都長著一對長長的耳朵，走路時只好用雙手托著。他們以穀爲食。

〔圖1－蔣應鎬繪圖本〕。

〔圖1〕儋耳國　明·蔣應鎬繪圖本

【卷17-5】

禺彊

【經文】

《大荒北經》：北海之渚中，有神，人面鳥身，珥兩青蛇，踐兩赤蛇，名曰禺彊。

【解說】

禺彊即禺京、禺強，字玄冥，北海海神（已見《海外北經》），是東海海神禺虢（見《大荒東經》）的兒子，父子二神都是人面鳥身、珥蛇踐蛇。蔣應鎬繪圖本用兩幅圖來講述禺彊的故事。在圖畫造型上，《海外北經》的禺彊爲人形神；本經之禺彊是鳥形神。在構圖上，兩圖的側重點不同，前者著重表現海神禺彊駕龍遨遊山水雲海的英姿，是一幅有情節的動態情景畫；而後者則突出作爲海神的禺彊的神性特徵：人面鳥身、珥蛇踐蛇，屬靜態描寫。

〔圖1－蔣應鎬繪圖本〕。

〔圖1〕禺彊　明・蔣應鎬繪圖本

【卷17-6】

九鳳

【經文】

《大荒北經》：大荒之中，有山名曰北極天櫃，海水北注焉。有神，九首人面鳥身，名曰九鳳。

【解說】

九鳳是九首人面鳥。生活於大荒之中、北海之濱「北極天櫃」山一帶，是北方地區民眾信仰與崇拜的鳥神。九頭鳥也是楚民族信奉的神鳥，楚人崇鳳崇九。楚地奉九鳳爲神的信仰，有著十分古老的淵源，這種信仰在楚地楚人心中打下了深深的烙印。直到如今，「天上九頭鳥，地下湖北佬」的俗語，仍然在湖北廣泛流傳，九頭鳥是他們心目中的神鳥。漢代以後，出現了一種名叫奇鶬的九頭神鳥，郝懿行根據郭璞在〈江賦〉中「奇鶬九頭」一說，懷疑奇鶬即九鳳。奇鶬是民間流傳很廣的九頭鳥，此鳥又名鬼車、鬼鳥、姑獲鳥，是一種能攝人魂魄的凶鳥，但此類惡鳥九頭而非人面，與九鳳在形貌與性能上都不相同。但在漫長的歷史過程中，二者常被混淆，在各種版本的山海經圖中也有反映。

郭璞《圖讚》：「九鳳軒翼，北極是跱。」

九鳳圖有二形：

其一，九頭人面鳥，如〔圖1－蔣應鎬繪圖本〕、〔圖2－成或因繪圖本〕、〔圖3－汪紱圖本〕；

其二，九頭鳥，如〔圖4－吳任臣近文堂圖本〕、〔圖5－上海錦章圖本〕。

〔圖1〕九鳳　明・蔣應鎬繪圖本

〔圖2〕九鳳　清・四川成或因繪圖本

〔圖3〕九鳳　清・汪紱圖本

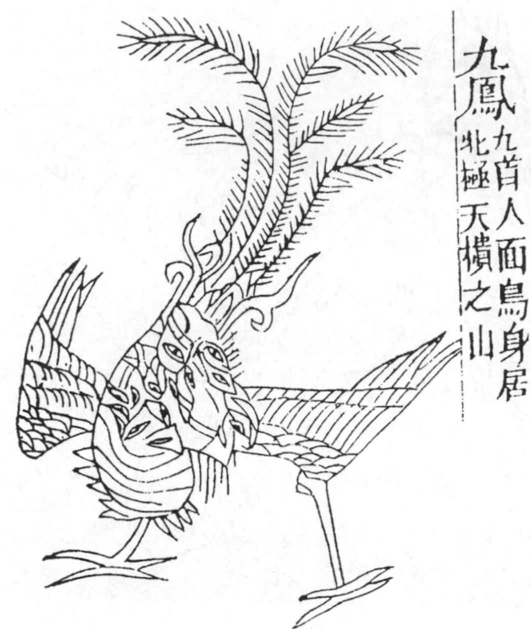

〔圖4〕九鳳　清・吳任臣近文堂圖本

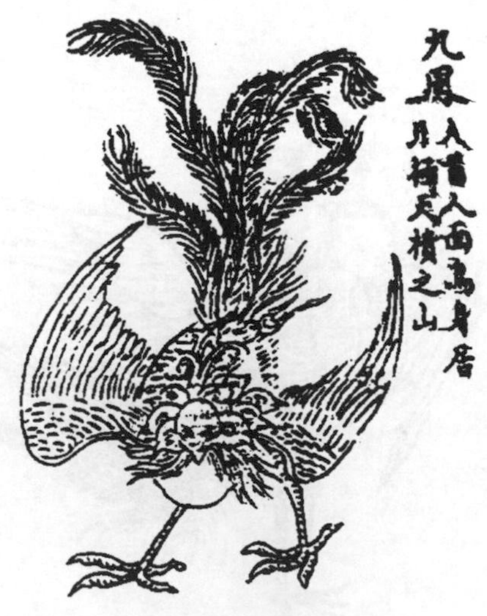

〔圖5〕九鳳　上海錦章圖本

【卷17-7】彊良

【經文】

《大荒北經》：大荒之中，有山名曰北極天櫃，海水北注焉。有神，名曰九鳳。又有神銜蛇操蛇，其狀虎首人身，四蹄長肘，名曰彊良。

【解說】

彊良又作強梁，是人虎共體的奇獸、可辟邪之畏獸，是古時候大儺逐疫的十二神、十二獸之一。《後漢書．禮儀志》說，「強梁、祖明共食磔死寄生。」彊良的神容為：虎首人身，四足為獸蹄，前蹄（手肘）特長，口中銜蛇，前蹄纏繞著蛇。郭璞說：「亦在畏獸畫中。」

郭璞《圖讚》：「仡仡強梁，虎頭四蹄。妖厲是禦，唯鬼咀魑。銜蛇奮猛，畏獸之奇。」

彊良圖有二形：

其一，銜蛇操蛇之虎首人身獸蹄神，如〔圖1－蔣應鎬繪圖本〕、〔圖2－成或因繪圖本〕、〔圖3－汪紱圖本〕；

其二，只銜蛇不操蛇之虎首人身獸蹄神，如〔圖4－胡文煥圖本〕、〔圖5－日本圖本〕、〔圖6－吳任臣康熙圖本〕、〔圖7－上海錦章圖本〕。

〔圖1〕彊良　明．蔣應鎬繪圖本

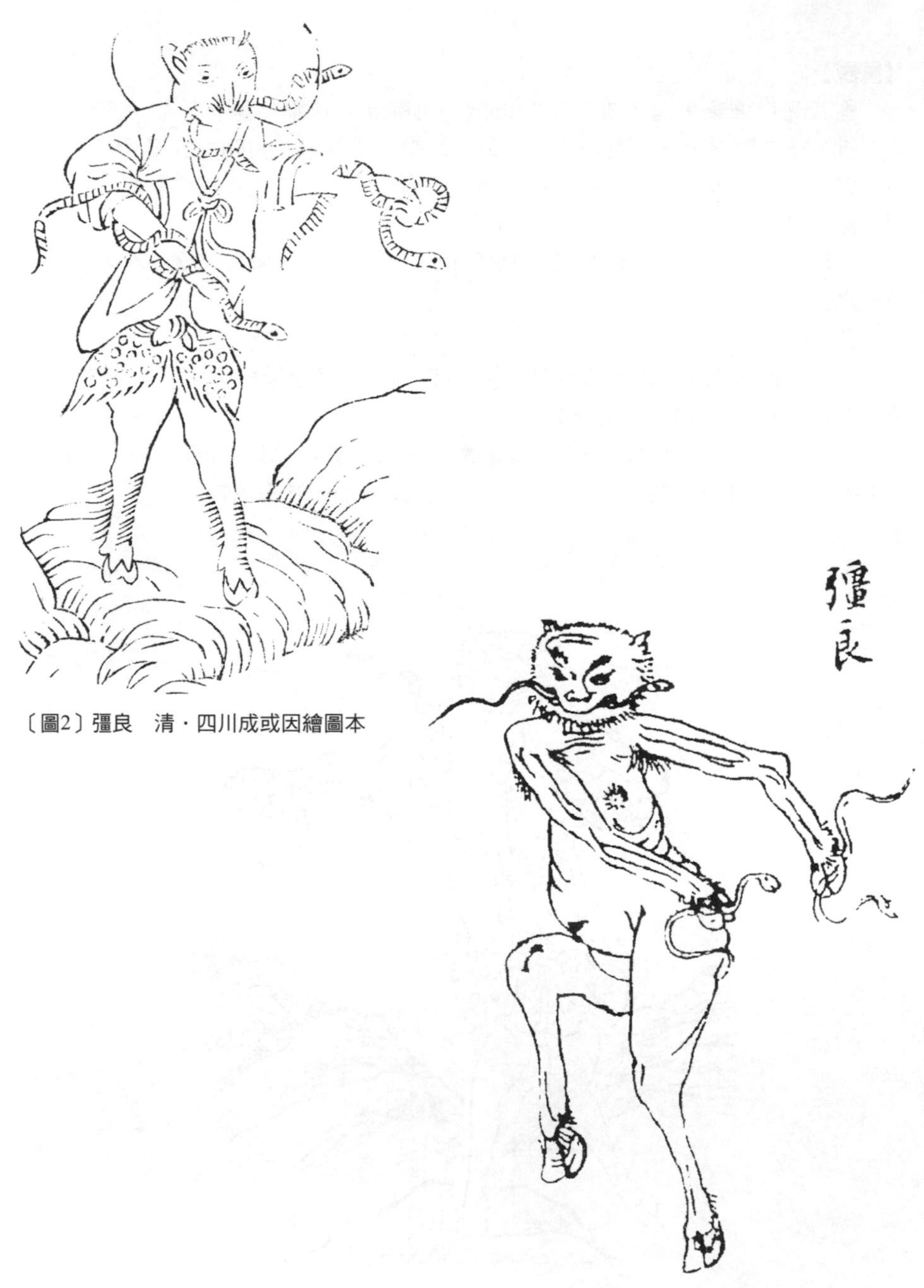

〔圖2〕彊良　清・四川成或因繪圖本

〔圖3〕彊良　清・汪紱圖本

〔圖4〕彊良（強良）　明・胡文煥圖本

〔圖5〕彊良　日本圖本

〔圖6〕彊良　清・吳任臣康熙圖本

〔圖7〕彊良　上海錦章圖本

【卷17-8】

黃帝女魃

【經文】

《大荒北經》：大荒之中，有山名曰不句，海水北入焉。有係昆之山者，有共工之臺，射者不敢北鄉。有人衣青衣，名曰黃帝女魃。蚩尤作兵伐黃帝。黃帝乃令應龍攻之冀州之野。應龍畜水，蚩尤請風伯雨師，從大風雨。黃帝乃下天女曰魃，雨止，遂殺蚩尤。魃不得復上，所居不雨。叔均言之帝，後置之赤水之北。叔均乃為田祖。魃時亡之。所欲逐之者，令曰：「神北行！」先除水道，決通溝瀆。

【解說】

黃帝女魃又作女妭、旱魃，是黃帝之女。傳說女魃住在係昆山的共工之臺上，禿頭無髮，常穿青色的衣裳；所居之處，天不下雨。在蚩尤作兵伐黃帝的戰爭中，黃帝命應龍蓄水，蚩尤請來風伯雨師，刮起了暴風雨；這時候，黃帝搬出了他的女兒女魃，止住了暴雨，蚩尤大敗，被黃帝所殺。女魃儘管在作戰中立了功，但由於她所在的地方，滴雨不至，災禍連年，民眾痛恨，故主持耕種的田祖之神叔均（五穀之神后稷之孫）向黃帝反映了這一情況，黃帝便下令把她安置在赤水之北，不得亂動。但女魃是個不安分的傢伙，常四處逃竄，她所到之處，百姓只好舉行逐旱魃的活動。在逐魃之前，先疏竣水道，決通溝渠，然後向她祝禱說：「神啊，回到赤水以北你的老家去吧！」據說逐魃以後便會喜得甘霖。郭璞注：「言逐之必得雨，故見先除水道，今之逐魃是也。」這種逐魃求雨之俗以及逐魃所用咒語一直沿續至今。

《神異經》記有古時之逐魃之俗：「南方有人長二三尺，袒身而目在頂上，走行如風，名曰魃，所見之國大旱，赤地千里。一名狢。遇者得之，投溷中乃死，旱災消。」《神異經》記，魃如人，長三尺，其目在頂，行走如飛，見者獲之，以投廁中，則旱災止。

郭璞《圖讚》：「蚩尤作丘，從禦風雨。帝命應龍，爰下天女。厥謀無方，所謂神武。」

〔圖1－汪紱圖本〕，其圖像爲一天女牽一禿頂之旱魃。

〔圖1〕女魃　清・汪紱圖本

【卷17-9】蚩尤

【經文】

《大荒北經》：蚩尤作兵伐黃帝，黃帝乃令應龍攻之冀州之野。應龍畜水，蚩尤請風伯雨師，從大風雨，黃帝乃下天女曰魃，雨止，遂殺蚩尤。

【解說】

戰神蚩尤屬炎帝裔，居住在南方。傳說蚩尤是一個人獸合體的巨人家族，有八十一或七十二兄弟，個個威武無比。蚩尤獸身人語，銅頭鐵額，以沙石、鐵石爲食；一說蚩尤人身牛蹄，四目六手，頭有角（見《龍魚河圖》、《述異記》）。

蚩尤是古代的戰神，是作戰能手，善於製造各種兵器，《世本》載：「蚩尤作五兵：戈、矛、戟、酋矛、夷矛。」有關他的故事，最著名的當推本經所記載的蚩尤作兵伐黃帝的神話了。傳說黃帝與蚩尤戰於涿鹿之野，黃帝命應龍蓄水攻之（見《大荒東經》），蚩尤請出風伯雨師，刮起暴風急雨；黃帝不能抵擋，便搬來自己的女兒女魃出陣，止住了暴雨。蚩尤大敗，被黃帝殺於青丘（見《歸藏·啓筮》）。今見汪紱圖本蚩尤圖上的蚩尤便是被殺後身首異處的景象。《山海經》還記述了蚩尤被殺，其身上的枷鐐棄之於大荒之中，登時化作一片楓林（見《大荒南經》），那殷紅的楓葉上流淌著的斑斑血跡，寄託著後人對蚩尤的無限思念。後世民間有蚩尤血、蚩尤戲、蚩尤城、蚩尤塚、蚩尤祠、蚩尤旗、蚩尤像之說，並已形成習俗。

〔圖1－汪紱圖本〕。

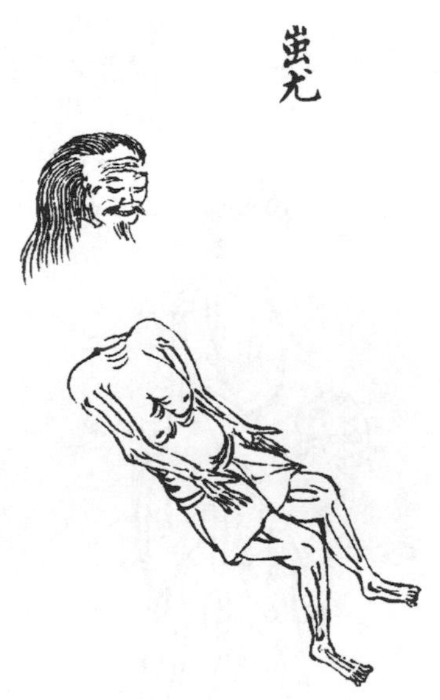

〔圖1〕蚩尤　清·汪紱圖本

【卷17-10】

赤水女子獻

【經文】

《大荒北經》：有鍾山者，有女子衣青衣，名曰赤水女子獻。

【解說】

赤水女子獻疑即徙居赤水北的黃帝女魃。吳承志說：「獻當作魃。上文有人衣青衣，名曰黃帝女魃，後置之赤水之北，赤水女子獻即黃帝女魃也。」郭璞注：「神女也。」從郭璞的注以及圖讚來看，這位江邊的窈窕豔人，似乎和那位因旱虐被趕至赤水之北的禿頂女魃，在外形和品格上都有著相當大的距離。

郭璞《圖讚》：「江有窈窕，水生豔濱。彼美靈獻，可以寤神。交甫喪佩，無思遠人。」

〔圖1－蔣應鎬繪圖本〕、〔圖2－成或因繪圖本〕、〔圖3－汪紱圖本〕。

〔圖1〕赤水女子獻　明・蔣應鎬繪圖本

〔圖2〕赤水女子獻　清・四川成或因繪圖本

〔圖3〕赤水女子獻　清・汪紱圖本

【卷17-11】
犬戎

【經文】

《大荒北經》：大荒之中，有山名曰融父山，順水入焉。有人名曰犬戎。黃帝生苗龍，苗龍生融吾，融吾生弄明，弄明生白犬，白犬有牝牡，是為犬戎，肉食。有犬戎國，有人（原作神，袁珂從郝懿行校改），人面獸身，名曰犬戎。

【解說】

犬戎，古代民族。據《民族詞典》：犬戎，歷史上也被稱作「畎戎」、「畎夷」、「昆夷」、「緄夷」、「混夷」。商周時，遊牧於涇渭流域的今陝西彬縣歧山一帶，常以馬匹等與周人交易，也時有爭戰。周穆王時，勢力強大，爲周朝西邊勁敵，並阻礙周朝與西北各部族的往來。穆王率兵西征，曾「獲其五王」，並迫遷其一批部眾至太原，從而打開通向西北之路，加強了與西北各族的聯繫。周幽王十一年（前771年），其首領聯合申侯攻殺幽王於驪山下，迫使周室東遷。春秋初，曾與秦、虢作戰。此後，一部北遷，一部與當地各族一起併入秦國。

據經文所示，犬戎國即犬封國、狗國，已見於《海內北經》。傳說犬戎是黃帝的子孫，其人人面而犬身。黃帝的玄孫弄明生了一雌一雄兩隻白犬，這兩隻白犬相互交配，繁衍了犬戎這個國家。

郭璞《圖讚》：「犬戎之先，出自白狗。厥育有二，自相配偶。實犬豕心，稟氣所受。」

〔圖1－蔣應鎬繪圖本〕、〔圖2－成或因繪圖本〕。

〔圖1〕犬戎　明·蔣應鎬繪圖本

〔圖2〕犬戎　清・四川成或因繪圖本

【卷17-12】戎宣王尸

【經文】

《大荒北經》：大荒之中，有山名曰融父山，順水入焉。有人名曰犬戎。黃帝生苗龍，苗龍生融吾，融吾生弄明，弄明生白犬，白犬有牝牡，是為犬戎，肉食。有赤獸，馬狀無首，名曰戎宣王尸。

【解說】

戎宣王尸指的是戎宣王被殺，其靈魂不死，以尸的形態繼續活動，名爲戎宣王尸。它的形狀很怪，樣子像馬，紅色，卻沒有腦袋。歷代注家對戎宣王尸的解釋有二：一、郭璞認爲，戎宣王尸是「犬戎之神名也」。二、袁珂認爲，這一「馬狀無首」之神，有可能是「遭刑戮以後之鯀」，據《海內經》：「黃帝生駱明，駱明生白馬，白馬是爲鯀」，這無頭的白馬成了以白犬爲祖先的犬戎神。袁珂解釋說：白犬生犬戎與白馬是爲鯀這兩則神話，「疑亦當是同一神話之分化，彼經之『白犬』即當於此經之『白馬』也」。

〔圖1－汪紱圖本〕、〔圖2－《禽蟲典》〕。

〔圖1〕戎宣王尸　清・汪紱圖本

〔圖2〕戎宣王尸　清《禽蟲典》

【卷17-13】

威姓少昊之子

【經文】

《大荒北經》：有人一目，當面中生，一曰是威姓，少昊之子，食黍。

【解說】

威姓少昊之子即一目國人。一目國是《淮南子》所記海外三十六國之一，其民曰一目民，一隻眼睛生在臉面正中，姓威，是少昊之子，以黍穀爲食。《山海經》所記獨眼人，除本經外，還有《海外北經》之一目國，《海內北經》之鬼國（鬼、威音近，亦當是此國）。

〔圖1－蔣應鎬繪圖本〕。

〔圖1〕威姓少昊之子　明・蔣應鎬繪圖本

【卷17-14】

苗民

【經文】

《大荒北經》：西北海外，黑水之北，有人有翼，名曰苗民。顓頊生驩頭，驩頭生苗民，苗民釐姓，食肉。

【解說】

苗民即三苗之民。三苗國是《淮南子》所記海外三十六國之一，三苗國又名三毛國。據《海外南經》：「三苗國在赤水東，其爲人相隨。一曰三毛國。」郭璞注：「昔堯以天下讓舜，三苗之君非之，帝殺之，有苗之民，叛入南海，爲三苗國。」苗民有翼，卻不能飛，以肉食爲生。《神異經·西荒經》記：「西方荒中有人，面目手足皆人形，而胳下有翼，不能飛；爲人饕餮，淫逸無理，名曰苗民。」

苗民是顓頊的後裔，是驩頭之子。驩頭國即丹朱國，丹朱是堯的兒子，傳說他爲人狠惡，所以堯把天下讓給了舜，而把丹朱流放到南方的丹水做諸侯。當地三苗的首領與丹朱聯合抗堯被誅，三苗的首領被殺，丹朱自投南海而死，他的靈魂不死，化身爲鴸鳥，他的後代在南海建立了一個國家，這就是丹朱國，亦即驩頭國（見《南次二經》、《海外南經》，又見《大荒南經》），苗民便是驩頭的後代。由於驩頭、苗民都與丹朱（鴸鳥）有關，所以他的後代仍保留著鳥類的形態，長著一對翅膀，只是不能飛而已。

〔圖1－蔣應鎬繪圖本〕、〔圖2－成或因繪圖本〕、〔圖3－《邊裔典》〕。

〔圖1〕苗民　明·蔣應鎬繪圖本

〔圖2〕苗民　清・四川成或因繪圖本

〔圖3〕苗民國　清《邊裔典》

【卷17-15】

燭龍

【經文】

《大荒北經》：西北海之外，赤水之北，有章尾山。有神，人面蛇身而赤，直目正乘，其瞑乃晦，其視乃明，不食不寢不息，風雨是謁。是燭九陰，是謂燭龍。

【解說】

燭龍即燭陰（已見《海外北經》），是中國神話中的創世神，又是鍾山、章尾山的山神。燭龍身長千里，人面蛇身，紅色；眼睛是直的，閉起來就是一條直縫。他的眼睛一張一合，便是白天黑夜；他不食不睡不息，只以風雨爲食。傳說燭龍銜火精以照天門中，把九陰之地都照亮了，故又稱燭九陰、燭陰。

〔圖1－蔣應鎬繪圖本〕、〔圖2－成或因繪圖本〕。

〔圖1〕燭龍　明·蔣應鎬繪圖本

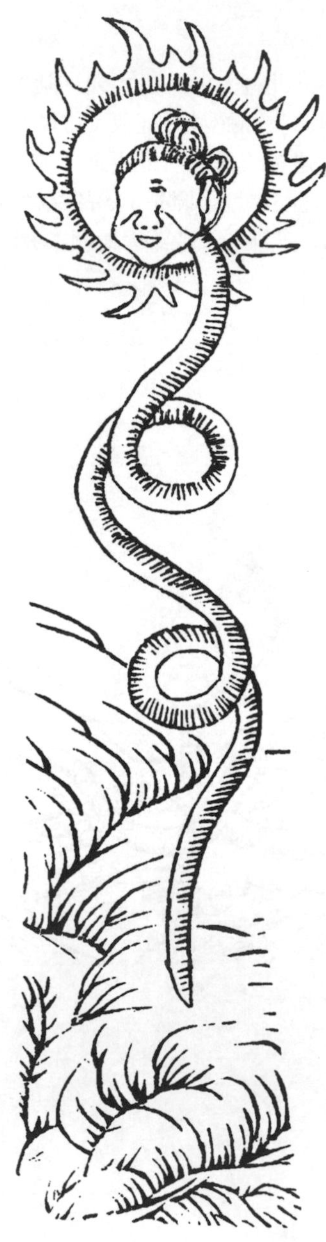

〔圖2〕燭龍　清・四川成或因繪圖本

第十八卷
海內經

【卷18-1】

韓流

【經文】

《海內經》：流沙之東，黑水之西，有朝雲之國、司彘之國。黃帝妻雷祖，生昌意，昌意降處若水，生韓流。韓流擢首、謹耳、人面、豕喙、麟身、渠股、豚止，取淖子曰阿女，生帝顓頊。

【解說】

韓流是黃帝之孫、顓頊之父。傳說黃帝的妻子雷祖生了昌意，昌意做了錯事被貶降，居於四川若水，生下韓流。韓流是一個人獸合體的怪神：長腦袋、小耳朵、人的臉、豬的嘴、麒麟的身子、雙腿跰生，還長著豬的蹄子。韓流娶了淖子氏的女兒爲妻，生下顓頊。顓頊是北方天帝，曾命大神重和黎絕地天通，建立了功勳。

〔圖1－蔣應鎬繪圖本〕、〔圖2－成或因繪圖本〕、〔圖3－汪紱圖本〕。

〔圖1〕韓流　明・蔣應鎬繪圖本

〔圖2〕韓流　清・四川成或因繪圖本

〔圖3〕韓流　清・汪紱圖本

【卷18-2】

柏高

【經文】

《海內經》：華山青水之東，有山名曰肇山，有人名曰柏高，柏高上下于此，至于天。

【解說】

柏高是仙人之名，一名伯高、柏子高；是遠古時代的巫師。傳說柏高是黃帝之臣，《管子．地數篇》有黃帝問於伯高的記載。又說柏高是仙者，帝乘龍鼎湖而伯高從之。仙人柏高是人神的中介，可緣天梯肇山，上下於天。從《管子》所記黃帝與柏高關於採礦與祭祀山神的問答，可知伯高是遠古掌握礦產知識的巫師一類的智者。

郭璞《圖讚》：「子高恍惚，乘雲升霞。翺翔天際，下集嵩華。眇焉難希，求之誰家。」

〔圖1－成或因繪圖本〕、〔圖2－汪紱圖本〕。

柏高

〔圖1〕柏高　清．四川成或因繪圖本

〔圖2〕柏高　清．汪紱圖本

【卷18-3】

蝡蛇

【經文】

《海內經》：有靈山，有赤蛇在木上，名曰蝡蛇，木食。

【解說】

蝡（音儒，rú）蛇即蠕蛇。靈山是「十巫從此升降」（見《大荒西經》）的天梯神山，此山之蝡蛇爲神蛇，紅色，以木爲食，不食禽獸。

郭璞《圖讚》：「赤蛇食木，有夷鳥首。」

〔圖1－汪紱圖本〕。

〔圖1〕蝡蛇　清．汪紱圖本

【卷18-4】

鳥氏

【經文】

《海內經》：有鹽長之國。有人焉鳥首，名曰鳥氏。

【解說】

鳥氏即古書所記之鳥夷，一個東方的原始部落，傳說鳥夷鳥首人身。史書中有「東有鳥夷」、「鳥夷皮服」的記載。《秦本紀》記，大費生子二人，一曰大廉，實鳥俗氏。據說鳥俗氏鳥身人言。

郭璞《圖讚》：「赤蛇食木，有夷鳥首。」

〔圖1－蔣應鎬繪圖本〕、〔圖2－成或因繪圖本〕、〔圖3－汪紱圖本〕、〔圖4－《邊裔典》，名鹽長國〕。

〔圖1〕鳥氏　明．蔣應鎬繪圖本

〔圖2〕鳥氏　清・四川成或因繪圖本

烏氏

〔圖3〕烏氏　清・汪紱圖本

〔圖4〕鹽長國　清《邊裔典》

【卷18-5】

黑蛇

【經文】

《海內經》：又有朱卷之國。有黑蛇，青首，食象。

【解說】

黑蛇即巴蛇，已見於《海內南經》。本經之黑蛇青首，也與巴蛇一樣食象。〔圖1－汪紱圖本〕。

〔圖1〕黑蛇　清・汪紱圖本

【卷18-6】黑人

【經文】

《海內經》：南方，又有黑人，虎首鳥足，兩手持蛇，方啖之。

【解說】

黑人可能是居住在南方的一個開化較晚的古代部族或群種。持蛇與啗蛇是他們的信仰與生活方式的重要標誌。楊慎《補注》說：「今南中有夷名娥昌（即今阿昌族——引者），其人手持蛇啖之。其采樵歸，籠中捕蛇數十，蛇亦不能去，不知何術也，疑即此類。」經中所說虎首鳥足、吃蛇的黑人，可能是以虎首之皮和雞狀足爪裝扮起來的神靈或巫師。經文「方啗之」是記圖之詞。

黑人圖有二形：

其一，虎首鳥足、兩手持蛇，如〔圖1－蔣應鎬繪圖本〕、〔圖2－成或因繪圖本〕、〔圖3－汪紱圖本，黑人兩手各抓一蛇，右手正舉蛇入口〕；

其二，虎首人身人足、雙手持蛇，左手舉蛇入口，如〔圖4－胡文煥圖本〕。胡氏圖說云：「南海之內，巴遂山中有黑人，虎首，兩手持兩蛇啖之。」

〔圖1〕黑人　明・蔣應鎬繪圖本

〔圖2〕黑人　清・四川成或因繪圖本

〔圖3〕黑人　清・汪紱圖本

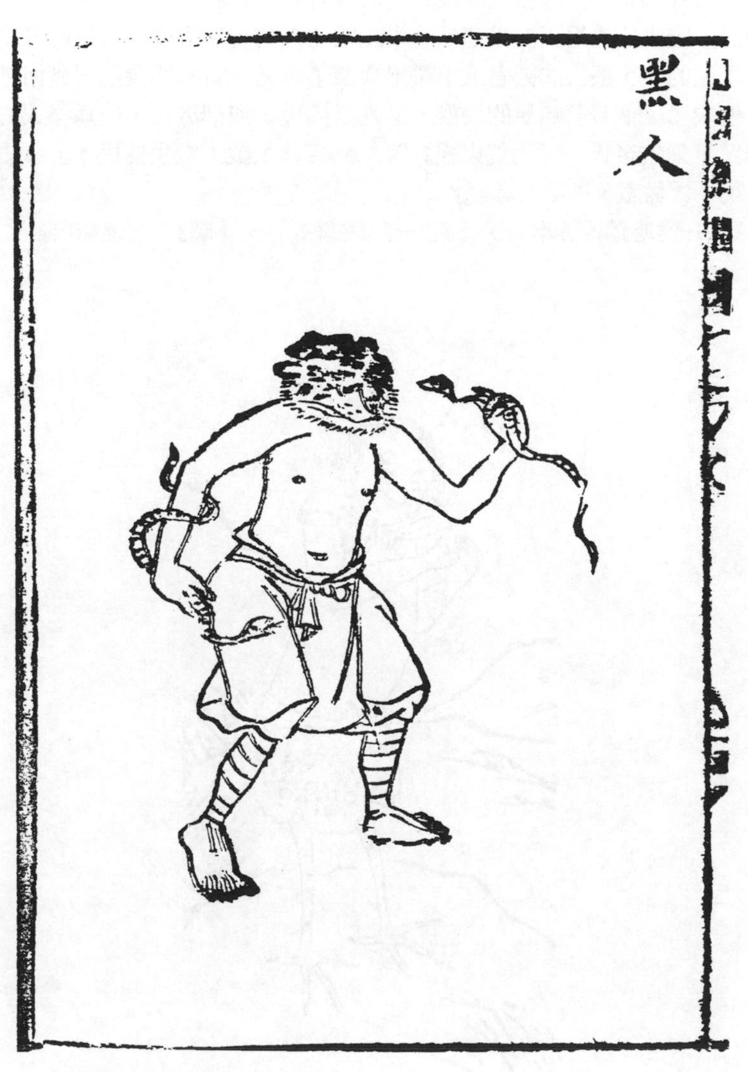

〔圖4〕黑人　明・胡文煥圖本

【卷18-7】

嬴民

【經文】

《海內經》：有嬴民，鳥足。

【解說】

嬴（音盈，yíng）民即搖民（嬴、搖一音之轉），舜的後裔，秦人的先祖。嬴民人面人身鳥足，與該古代部族的鳥信仰有關。我們在《大荒東經》王亥的神話中講過，殷人的先祖王亥曾把他的牛託給北方的有易寄養，有易的君主殺了王亥，搶了他的牛，殷人的國君上甲微出兵滅了有易。有易的殘部得到河神河伯的幫助，變成了一個長著鳥足的民族，這就是搖民，或稱嬴民，成為秦人的祖先。傳說搖民是舜的後代，《大荒東經》說：「帝舜生戲，戲生搖民。」《史記·秦本紀》說：「孟戲，鳥身人言。」

〔圖1－蔣應鎬繪圖本〕、〔圖2－汪紱圖本〕、〔圖3－《邊裔典》〕。

〔圖1〕嬴民　明·蔣應鎬繪圖本

〔圖2〕嬴民　清・汪紱圖本

嬴民國

〔圖3〕嬴民　清《邊裔典》

【卷18-8】

封豕

【經文】

《海內經》：有嬴民，鳥足。有封豕。

【解說】

封豕即大豕、封豨，野豬，是古時候的害獸。《淮南子．本經篇》說：「堯之時，封豨修蛇皆為民害，堯乃使羿擒封豨於桑林。」高誘注：「封豨，大豕也；楚人謂豕為豨也。」

郭璞《圖讚》：「有物貪婪，號曰封豕。薦食無厭，肆其殘毀。羿乃飲羽，獻帝效技。」

〔圖1－汪紱圖本〕。

〔圖1〕封豕　清．汪紱圖本

【卷18-9】

延維

【經文】

《海內經》：有人曰苗民。有神焉，人首蛇身，長如轅，左右有首，衣紫衣，冠旃冠，名曰延維，人主得而饗食之，伯天下。

【解說】

延維即委蛇、委維，澤神。延維是人面雙首蛇身神，左右有頭，紫衣朱冠。《莊子．達生篇》記載了齊桓公田於大澤與管仲見委蛇的故事，還描述了委蛇的樣子：「委蛇其大如轂，其長如轅，紫衣而朱冠；其爲物也，惡聞雷車之聲，見則捧其首而立，見之者殆乎霸。」聞一多《伏羲考》中說延維、委蛇，即漢畫象中交尾之伏羲、女媧，是南方苗族之祖神。

郭璞《圖讚》：「委蛇霸祥，桓見致病。管子雅曉，窮理折命。吉凶由人，安有咎慶。」

〔圖1－蔣應鎬繪圖本〕、〔圖2－《神異典》〕、〔圖3－成或因繪圖本〕、〔圖4－汪紱圖本〕。

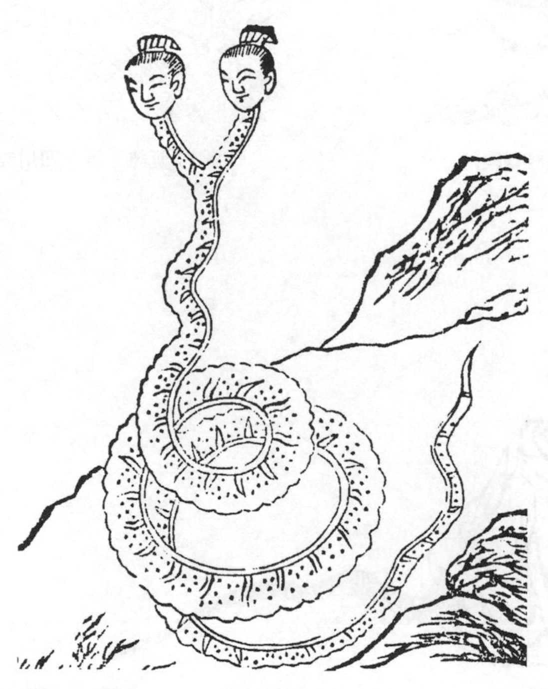

〔圖1〕延維　明．蔣應鎬繪圖本

〔圖2〕延維　清《神異典》

〔圖3〕延維　清・四川成或因繪圖本

〔圖4〕延維　清・汪紱圖本

【卷18-10】菌狗

【經文】

《海內經》：又有青獸如菟，名曰菌狗。

【解說】

菌（音菌，jùn）狗是兔狀的青獸。郝懿行注：「菌狗者，《周書·王會篇》載〈伊尹四方令〉云：『正南以菌鶴短狗為獻。』疑即此物也。」

〔圖1－汪紱圖本〕、〔圖2－《禽蟲典》〕。

〔圖1〕菌狗　清·汪紱圖本

〔圖2〕菌狗　清《禽蟲典》

【卷18-11】孔鳥

【經文】

《海內經》：有翠鳥。有孔鳥。

【解說】

孔鳥即孔雀。李時珍《本草綱目》說：「孔雀，交趾雷羅諸州甚多，生高山喬木之上，大如雁，高三四尺，不減於鶴，細頸隆背，頭栽三毛長寸許。數十群飛，棲遊岡陵。雌者尾短，無金翠；雄者三年尾尚小，五年乃長二三尺。夏則脫毛，至春復生。自背至尾有圓文，五色金翠，相繞如錢。」

〔圖1－汪紱圖本〕、〔圖2－《禽蟲典》〕。

〔圖1〕孔雀　清・汪紱圖本

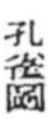

〔圖2〕孔雀　清《禽蟲典》

【卷18-12】

翳鳥

【經文】

《海內經》：北海之內，有蛇山者，有五采之鳥，飛蔽一鄉，名曰翳鳥。

【解說】

翳鳥屬鳳凰類神鳥、吉祥之鳥。《廣雅》說：「翳鳥，鸞鳥，鳳凰屬也。」郭璞注：「漢宣帝元康元年，五色鳥以萬數，過蜀都，即此鳥也。」

郭璞《圖讚》：「五采之鳥，飛蔽一邑。翳惟鳳屬，有道翔集。」

〔圖1－蔣應鎬繪圖本〕、〔圖2－成或因繪圖本〕、〔圖3－汪紱圖本〕。

〔圖1〕翳鳥　明·蔣應鎬繪圖本

〔圖2〕翳鳥　清・四川成或因繪圖本

〔圖3〕翳鳥　清・汪紱圖本

【卷18-13】相顧尸

【經文】

《海內經》：北海之內，有反縛盜械、帶戈常倍之佐，名曰相顧之尸。

【解說】

相顧尸是貳負及其臣危殺窫窳神話（見《海內西經》貳負臣危及窫窳）的一種異文。郭璞注：「亦貳負臣危之類也。」傳說貳負是一個人面蛇身的天神，有一次，他和他的臣子危把另一個人面蛇身的天神窫窳殺死了。黃帝知道以後，命人把危（一說貳負）綁在疏屬山上，給他的右腳上了枷，反綁了雙手，拴在大樹下。《海內經》所記這一身帶枷械、雙手反縛、帶戈之相顧之尸也就是被黃帝上刑的貳負臣危。

郭璞《圖讚》：「盜械之尸，誰者所執。」

〔圖1－汪紱圖本〕。

〔圖1〕相顧之尸　清．汪紱圖本

【卷18-14】

氐羌

【經文】

《海內經》：伯夷父生西嶽，西嶽生先龍，先龍是始生氐羌，氐羌乞姓。

【解說】

羌人是古代民族。氐羌爲氐地之羌人。古羌人，亦作羌戎。其名最早見於甲骨文卜辭。商周時，已廣泛分佈在今青海、甘肅、新疆南部和四川西部一帶，部分曾入中原定居。商末，隨周武王伐紂。居處分散，均以遊牧爲主。其中與漢人雜處者，則早在戰國、秦漢時已逐漸定居農耕。東晉至北宋間，先後建立過後秦、西夏等政權，後逐漸融合於西北地區的漢族及其他民族。

〔圖1－汪紱圖本〕。

〔圖1〕氐羌　清・汪紱圖本

【卷18-15】

玄豹

【經文】

《海內經》：北海之內，有山，名曰幽都之山，黑水出焉。其上有玄（元）豹。

【解說】

玄豹即元豹，是一種珍獸。玄豹又稱黑豹，虎身白點。幽燕東北，實多美裘，元豹、元狐、元貂尤爲珍貴。傳說文王囚羑里，散宜生得玄豹，獻於紂王，紂王大悅，文王得以解救。

〔圖1－胡文煥圖本〕、〔圖2－汪紱圖本〕。

〔圖1〕玄豹　明・胡文煥圖本

〔圖2〕元豹　清・汪紱圖本

【卷18-16】玄虎

【經文】

《海內經》：北海之內，有山，名曰幽都之山，黑水出焉。其上有玄（元）虎。

【解說】

玄虎即元虎、黑虎。《爾雅·釋獸》：「虪，黑虎。晉永嘉四年，建平秭歸縣檻得之，狀如小虎而黑，毛深者爲斑。《山海經》云，幽都山多黑虎、黑豹也。黑虎，一名虪。」

〔圖1－汪紱圖本〕。

元虎

〔圖1〕元虎　清·汪紱圖本

【卷18-17】

玄狐

【經文】

《海內經》：北海之內，有山，名曰幽都之山，黑水出焉。其上有玄（元）狐蓬尾。

【解說】

玄狐即元狐、黑狐，亦屬神獸、珍獸、瑞獸。汪紱說，元狐珍獸，蓬尾，尾大，蓬蓬然也。李時珍《本草綱目》有黑狐：「狐，南北皆有之，北方最多，有黃、黑、白三種。」胡文煥圖說：「北山有黑狐者，神獸也。王者能致太平，則此獸見，四夷來貢。周成王時嘗有之。」

〔圖1－胡文煥圖本〕、〔圖2－汪紱圖本〕。

〔圖1〕黑狐　明・胡文煥圖本

〔圖2〕元狐　清・汪紱圖本

【卷18-18】玄丘民

【經文】

《海內經》：北海之內，有大玄之山，有玄（元）丘之民。

【解說】

玄丘民即元丘民。郭璞注：「言丘上人物盡黑也。」郝懿行注：「人物盡黑，疑本在經中，今脫去之。《水經·溫水》注云，林邑國人以黑爲美，所謂玄國，亦斯類也。」

〔圖1－汪紱圖本〕、〔圖2－《邊裔典》〕。

〔圖1〕元丘民　清·汪紱圖本

〔圖2〕玄丘民　清《邊裔典》

【卷18-19】赤脛民

【經文】《海內經》：北海之內有山，名曰幽都之山，黑水出焉。有大幽之國。有赤脛之民。

【解說】

赤脛民在幽都山之大幽國，其民曰幽民，膝以下爲正赤色，穴居無衣。

郭璞《圖讚》：「或黑其股，或赤其脛。形不虛授，皆循厥性。智周萬類，通之惟聖。」

〔圖1－汪紱圖本〕。

〔圖1〕赤脛民　清・汪紱圖本

【卷18-20】

釘靈國

【經文】

《海內經》：有釘靈之國，其民從膝已下有毛，馬蹄，善走。

【解說】

釘靈國一作丁靈、丁零、丁令，又作馬脛國。其人爲馬人，膝以上爲人頭人身，膝以下爲馬腿馬蹄；不騎馬，卻健走如馬。《三國志·魏志·東夷傳》注引《魏略》說：「烏孫長老言：北丁令有馬脛國，其人聲似雁鶩，從膝以上身頭，人也；膝以下生毛，馬脛馬蹄，不騎馬而走疾馬。」《異域志》卷下記：「丁靈國，其爲在（北）海內，人從膝下生毛，馬蹄，善走。自鞭其腳，一日可行三百里。」汪紱注：「釘靈國亦作丁零，出貂。其人多毛，以皮爲足衣，如馬蹄而便走，即後世之靴是矣，非眞馬蹄也。」汪紱的解釋頗有民族學眼光，釘靈國的形象，顯然是古人對北方騎馬民族半人半馬的幻想寫照。

郭璞《圖讚》：「馬蹄之羌，揮鞭自策。厥步如馳，難與等跡。體無常形，惟理所適。」

〔圖1－蔣應鎬繪圖本〕、〔圖2－吳任臣近文堂圖本〕、〔圖3－成或因繪圖本〕、〔圖4－汪紱圖本〕、〔圖5－《邊裔典》〕。

〔圖1〕釘靈國　明·蔣應鎬繪圖本

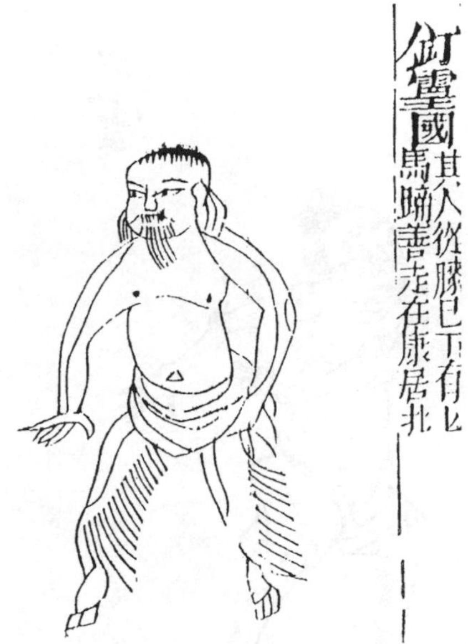

〔圖2〕釘靈國　清・吳任臣近文堂圖本

〔圖3〕釘靈國　清・四川成或因繪圖本

〔圖4〕釘靈國　清・汪紱圖本

〔圖5〕釘靈國　清《邊裔典》

圖　目

第一卷　南山經（161圖）

[3] 清・四川成或因繪圖本
[4] 清・汪紱圖本
[5] 明・胡文煥圖本
[6] 清・吳任臣近文堂圖本
[7] 上海錦章圖本

卷1-9　猼訑
[1] 明・蔣應鎬繪圖本
[2] 清・吳任臣近文堂圖本
[3] 清・四川成或因繪圖本
[4] 清・汪紱圖本
[5] 清《禽蟲典》

卷1-10　鵸鵂
[1] 明・蔣應鎬繪圖本
[2] 明・胡文煥圖本
[3] 清・四川成或因繪圖本
[4] 清・汪紱圖本
[5] 上海錦章圖本

卷1-11　九尾狐
[1] 九尾狐　青銅器與漢畫像石圖像
[2] 明・蔣應鎬繪圖本
[3] 明・胡文煥圖本
[4] 日本圖本
[5] 清・四川成或因繪圖本
[6] 清・汪紱圖本《海外東經》圖
[7] 清《禽蟲典》

卷1-12　灌灌
[1] 明・蔣應鎬繪圖本
[2] 清・四川成或因繪圖本
[3] 清《禽蟲典》

卷1-13　赤鱬
[1] 明・蔣應鎬繪圖本
[2] 清・吳任臣康熙圖本
[3] 清・四川成或因繪圖本
[4] 清《禽蟲典》
[5] 上海錦章圖本
[6] 清・汪紱圖本

卷1-14　鳥身龍首神
[1] 明・蔣應鎬繪圖本
[2] 清《古今圖書集成・神異典》
[3] 清・四川成或因繪圖本
[4] 明・胡文煥圖本，名鵲神
[5] 日本圖本，名鵲神
[6] 清・汪紱圖本，名南山神

卷1-15　狸力
[1] 明・蔣應鎬繪圖本
[2] 清・四川成或因繪圖本
[3] 清・汪紱圖本
[4] 清《禽蟲典》

卷1-16　鴸
[1] 明・蔣應鎬繪圖本
[2] 清・四川成或因繪圖本
[3] 清・汪紱圖本
[4] 明・胡文煥圖本
[5] 日本圖本
[6] 清・畢沅圖本
[7] 上海錦章圖本

卷1-17　長右
[1] 明・蔣應鎬繪圖本
[2] 清・吳任臣近文堂圖本
[3] 清・汪紱圖本
[4] 清《禽蟲典》

[5] 上海錦章圖本
[6] 清・四川成或因繪圖本

卷1-18　猾褢
[1] 明・蔣應鎬繪圖本
[2] 明・胡文煥圖本
[3] 清・四川成或因繪圖本
[4] 清・畢沅圖本
[5] 清・汪紱圖本
[6] 上海錦章圖本

卷1-19　彘
[1] 明・蔣應鎬繪圖本
[2] 明・胡文煥圖本，名長彘
[3] 清・吳任臣近文堂圖本
[4] 清《禽蟲典》
[5] 上海錦章圖本
[6] 日本圖本，名長彘
[7] 清・四川成或因繪圖本
[8] 清・汪紱圖本

卷1-20　鴛魚
[1] 明・蔣應鎬繪圖本
[2] 清・汪紱圖本
[3] 清・汪紱圖本《北次二經》圖
[4] 清《禽蟲典》

卷1-21　䴅
[1] 明・蔣應鎬繪圖本
[2] 明・胡文煥圖本
[3] 日本圖本
[4] 清・畢沅圖本
[5] 清・汪紱圖本

卷1-22　蠱雕
[1] 明・蔣應鎬繪圖本
[2] 清・汪紱圖本
[3] 明・胡文煥圖本
[4] 清・吳任臣康熙圖本
[5] 清・吳任臣近文堂圖本
[6] 上海錦章圖本
[7] 鷹嘴獸身神　陝西神木高兔村戰國晚期匈奴墓出土

卷1-23　龍身鳥首神
[1] 明・蔣應鎬繪圖本
[2] 清《神異典》
[3] 清・四川成或因繪圖本
[4] 清・汪紱圖本，名南山神

卷1-24　犀
[1] 明・蔣應鎬繪圖本
[2] 清・汪紱圖本
[3] 「犀牛望月」　清《禽蟲典》

卷1-25　兕
[1] 獵兕圖　河南輝縣琉璃閣戰國墓出土
[2] 明・蔣應鎬繪圖本《海內南經》圖
[3] 明・胡文煥圖本
[4] 清・汪紱圖本
[5] 清《禽蟲典》

卷1-26　象
[1] 清・四川成或因繪圖本
[2] 清・汪紱圖本

卷1-27　瞿如
[1] 明・蔣應鎬繪圖本
[2] 清《禽蟲典》
[3] 明・胡文煥圖本

[4] 日本圖本
[5] 清・汪紱圖本
[6] 清・郝懿行圖本
[7] 上海錦章圖本

卷1-28 虎蛟
[1] 明・蔣應鎬繪圖本
[2] 清・四川成或因繪圖本
[3] 清・汪紱圖本

卷1-29 鳳皇
[1] 清・汪紱圖本
[2] 清《禽蟲典》

卷1-30 鱄魚
[1] 明・蔣應鎬繪圖本
[2] 清・四川成或因繪圖本
[3] 清・汪紱圖本
[4] 清《禽蟲典》

卷1-31 顒
[1] 明・蔣應鎬繪圖本
[2] 清《禽蟲典》
[3] 明・胡文煥圖本
[4] 清・四川成或因繪圖本
[5] 清・畢沅圖本
[6] 上海錦章圖本
[7] 清・汪紱圖本

卷1-32 龍身人面神
[1] 明・蔣應鎬繪圖本
[2] 清《神異典》
[3] 清・四川成或因繪圖本
[4] 清・汪紱圖本，名南山神

第二卷 西山經（347圖）

卷2-1 羬羊
[1] 明・蔣應鎬繪圖本
[2] 明・胡文煥圖本
[3] 清・四川成或因繪圖本
[4] 清・汪紱圖本
[5] 清・郝懿行圖本

卷2-2 螐渠
[1] 明・蔣應鎬繪圖本
[2] 清・四川成或因繪圖本
[3] 清・汪紱圖本
[4] 清《禽蟲典》

卷2-3 肥𧔥（蛇）
[1] 明・蔣應鎬繪圖本
[2] 清・四川成或因繪圖本
[3] 清・汪紱圖本
[4] 清・畢沅圖本
[5] 上海錦章圖本

卷2-4 㸰牛
[1] 清・四川成或因繪圖本
[2] 清・汪紱圖本

卷2-5 赤鷩
[1] 清・汪紱圖本

卷2-6 葱聾
[1] 明・蔣應鎬繪圖本
[2] 明・胡文煥圖本
[3] 日本圖本
[4] 清・吳任臣近文堂圖本

[5] 清・四川成或因繪圖本
[6] 清・汪紱圖本
[7] 上海錦章圖本

卷2-7 鴖
[1] 明・蔣應鎬繪圖本
[2] 清・四川成或因繪圖本
[3] 清・汪紱圖本
[4] 清《禽蟲典》

卷2-8 鮮魚
[1] 明・胡文煥圖本
[2] 清・吳任臣近文堂圖本
[3] 清《禽蟲典》
[4] 上海錦章圖本

卷2-9 肥遺（鳥）
[1] 明・蔣應鎬繪圖本
[2] 清・四川成或因繪圖本
[3] 清・汪紱圖本
[4] 清《禽蟲典》

卷2-10 人魚
[1] 鯢魚紋 甘肅甘谷西坪出土彩陶瓶
[2] 鯢 清《爾雅音圖》
[3] 明・蔣應鎬繪圖本《北次三經》圖
[4] 清・四川成或因繪圖本
[5] 明・胡文煥圖本
[6] 清・吳任臣近文堂圖本
[7] 清《禽蟲典》
[8] 清・汪紱圖本
[9] 清・汪紱圖本

卷2-11 豪彘
[1] 河南密縣漢畫像磚
[2] 明・蔣應鎬繪圖本
[3] 明・胡文煥圖本
[4] 清・吳任臣近文堂圖本
[5] 清・四川成或因繪圖本
[6] 清・汪紱圖本

卷2-12 囂（獸）
[1] 明・蔣應鎬繪圖本
[2] 清・四川成或因繪圖本
[3] 清・汪紱圖本
[4] 清《禽蟲典》
[5] 明・胡文煥圖本
[6] 日本圖本

卷2-13 橐𩇯
[1] 明・蔣應鎬繪圖本
[2] 明・胡文煥圖本
[3] 清・吳任臣近文堂圖本
[4] 清・汪紱圖本
[5] 上海錦章圖本
[6] 清・四川成或因繪圖本

卷2-14 猛豹
[1] 明・蔣應鎬繪圖本
[2] 明・胡文煥圖本
[3] 日本圖本
[4] 清・四川成或因繪圖本
[5] 清・汪紱圖本

卷2-15 尸鳩
[1] 明・王崇慶《山海經釋義》圖本
[2] 清・四川成或因繪圖本
[3] 清・汪紱圖本
[4] 清《禽蟲典》

卷2-16　熊
[1] 清・汪紱圖本

卷2-17　羆
[1] 清・汪紱圖本

卷2-18　白翰
[1] 清・汪紱圖本

卷2-19　谿邊
[1] 清・四川成或因繪圖本
[2] 清・汪紱圖本
[3] 清《禽蟲典》

卷2-20　玃如
[1] 明・蔣應鎬繪圖本
[2] 明・胡文煥圖本
[3] 清・吳任臣近文堂圖本
[4] 清・四川成或因繪圖本
[5] 清・汪紱圖本
[6] 清《禽蟲典》

卷2-21　數斯
[1] 明・蔣應鎬繪圖本
[2] 明・胡文煥圖本
[3] 日本圖本
[4] 清・四川成或因繪圖本
[5] 清・汪紱圖本
[6] 清《禽蟲典》

卷2-22　擎
[1] 明・蔣應鎬繪圖本
[2] 清・四川成或因繪圖本
[3] 清・汪紱圖本

卷2-23　鸚䳇
[1] 明・蔣應鎬繪圖本
[2] 清《禽蟲典》

卷2-24　旄牛
[1] 明・蔣應鎬繪圖本
[2] 明・胡文煥圖本
[3] 清・汪紱圖本
[4] 清《禽蟲典》

卷2-25　䍺
[1] 清・吳任臣康熙圖本
[2] 清・汪紱圖本
[3] 上海錦章圖本

卷2-26　麢
[1] 清・汪紱圖本
[2] 清《禽蟲典》

卷2-27　鸓
[1] 明・蔣應鎬繪圖本
[2] 明・胡文煥圖本
[3] 清・吳任臣近文堂圖本
[4] 清・郝懿行圖本
[5] 清・汪紱圖本
[6] 清・四川成或因繪圖本

卷2-28　羭山神
[1] 清・汪紱圖本，名羭西山神

卷2-29　鸞鳥
[1] 明・蔣應鎬繪圖本
[2] 明・胡文煥圖本
[3] 日本圖本
[4] 清・四川成或因繪圖本

[5] 清·汪紱圖本

卷2-30 鳧徯
[1] 明·蔣應鎬繪圖本
[2] 明·胡文煥圖本
[3] 日本圖本
[4] 清·四川成或因繪圖本
[5] 清·吳任臣近文堂圖本
[6] 上海錦章圖本
[7] 清·汪紱圖本

卷2-31 朱厭
[1] 明·蔣應鎬繪圖本
[2] 清·汪紱圖本
[3] 清《禽蟲典》
[4] 清·四川成或因繪圖本

卷2-32 虎
[1] 清·汪紱圖本

卷2-33 麋
[1] 清·汪紱圖本
[2] 清《禽蟲典》

卷2-34 鹿
[1] 清·汪紱圖本
[2] 清《禽蟲典》

卷2-35 人面馬身神
[1] 明·蔣應鎬繪圖本
[2] 清·四川成或因繪圖本
[3] 清·汪紱圖本

卷2-36 人面牛身神
[1] 明·蔣應鎬繪圖本
[2] 清·四川成或因繪圖本
[3] 清·汪紱圖本，名西山七神
[4] 清《神異典》，名飛獸神

卷2-37 舉父
[1] 明·蔣應鎬繪圖本
[2] 清·四川成或因繪圖本
[3] 清·吳任臣近文堂圖本
[4] 清·汪紱圖本
[5] 上海錦章圖本

卷2-38 蠻蠻（比翼鳥）
[1] 明·蔣應鎬繪圖本
[2] 明·胡文煥圖本，名比翼鳥
[3] 日本圖本，名比翼鳥
[4] 清·四川成或因繪圖本
[5] 清·畢沅圖本
[6] 清·汪紱圖本

卷2-39 鼓（鍾山神）
[1] 明·蔣應鎬繪圖本
[2] 明·胡文煥圖本，名鍾山神
[3] 日本圖本，名皷
[4] 清《神異典》
[5] 清·吳任臣近文堂圖本
[6] 清·四川成或因繪圖本
[7] 清·汪紱圖本，名鍾山子鼓

卷2-40 欽䲹
[1] 明·蔣應鎬繪圖本
[2] 清·四川成或因繪圖本
[3] 清·汪紱圖本
[4] 清《禽蟲典》

卷2-41 鵕鳥

[1] 清・汪紱圖本

卷2-42　文鰩魚
[1] 明・蔣應鎬繪圖本
[2] 明・胡文煥圖本
[3] 清・四川成或因繪圖本
[4] 清・汪紱圖本
[5] 上海錦章圖本

卷2-43　英招
[1] 明・蔣應鎬繪圖本
[2] 清《神異典》
[3] 清・吳任臣康熙圖本
[4] 清・吳任臣近文堂圖本
[5] 清・四川成或因繪圖本
[6] 清・汪紱圖本

卷2-44　天神
[1] 明・蔣應鎬繪圖本
[2] 清《神異典》
[3] 清・四川成或因繪圖本
[4] 清・汪紱圖本

卷2-45　陸吾
[1] 明・蔣應鎬繪圖本
[2] 清《神異典》
[3] 清・四川成或因繪圖本
[4] 清・汪紱圖本
[5] 明・胡文煥圖本，名神陸
[6] 日本圖本，名神陸
[7] 清・畢沅圖本

卷2-46　土螻
[1] 明・蔣應鎬繪圖本
[2] 明・胡文煥圖本
[3] 清・吳任臣近文堂圖本
[4] 清・汪紱圖本
[5] 清《禽蟲典》

卷2-47　欽原
[1] 明・蔣應鎬繪圖本
[2] 清・四川成或因繪圖本
[3] 清・汪紱圖本
[4] 清《禽蟲典》

卷2-48　鯖魚
[1] 明・蔣應鎬繪圖本
[2] 清・四川成或因繪圖本
[3] 清・汪紱圖本之鯛魚
[4] 清《禽蟲典》
[5] 上海錦章圖本

卷2-49　長乘
[1] 明・蔣應鎬繪圖本
[2] 清《神異典》
[3] 清・四川成或因繪圖本
[4] 清・汪紱圖本

卷2-50　西王母
[1] 明・蔣應鎬繪圖本
[2] 清・汪紱圖本

卷2-51　狡
[1] 明・蔣應鎬繪圖本
[2] 明・胡文煥圖本
[3] 清・汪紱圖本
[4] 清《禽蟲典》

卷2-52　胜遇
[1] 明・蔣應鎬繪圖本

[2] 清・四川成或因繪圖本
[3] 清・汪紱圖本
[4] 清《禽蟲典》

卷2-53　神磈氏（少昊）
[1] 清・汪紱圖本

卷2-54　猙
[1] 明・蔣應鎬繪圖本
[2] 明・胡文煥圖本
[3] 日本圖本
[4] 清・吳任臣近文堂圖本
[5] 清・四川成或因繪圖本
[6] 清・汪紱圖本
[7] 清《禽蟲典》
[8] 上海錦章圖本

卷2-55　畢方
[1] 明・蔣應鎬繪圖本
[2] 明・胡文煥圖本
[3] 日本圖本
[4] 清・四川成或因繪圖本
[5] 清・汪紱圖本
[6] 人面畢方　清《禽蟲典》本《海外南經》圖

卷2-56　天狗
[1] 明・蔣應鎬繪圖本
[2] 明・胡文煥圖本
[3] 日本圖本
[4] 清・吳任臣近文堂圖本
[5] 清・四川成或因繪圖本
[6] 清・汪紱圖本
[7] 上海錦章圖本

卷2-57　江疑
[1] 清・汪紱圖本

卷2-58　三青鳥
[1] 明・蔣應鎬繪圖本
[2] 清・汪紱圖本

卷2-59　獓狠
[1] 明・蔣應鎬繪圖本
[2] 清・吳任臣康熙圖本
[3] 清・四川成或因繪圖本
[4] 清・汪紱圖本
[5] 清《禽蟲典》
[6] 上海錦章圖本

卷2-60　鴟
[1] 明・蔣應鎬繪圖本
[2] 明・胡文煥圖本，名鵜
[3] 日本圖本，名鵜
[4] 清・四川成或因繪圖本
[5] 清・畢沅圖本
[6] 清・汪紱圖本
[7] 清《禽蟲典》

卷2-61　耆童
[1] 清・汪紱圖本

卷2-62　帝江
[1] 明・蔣應鎬繪圖本
[2] 明・胡文煥圖本
[3] 日本圖本
[4] 清・汪紱圖本
[5] 清《神異典》
[6] 清・四川成或因繪圖本
[7] 上海錦章圖本

卷2-63　蓐收（紅光）
[1] 明・蔣應鎬繪圖本
[2] 清・四川成或因繪圖本
[3] 清・汪紱圖本

卷2-64　讙
[1] 明・蔣應鎬繪圖本
[2] 清・吳任臣康熙圖本
[3] 清・四川成或因繪圖本
[4] 清・汪紱圖本
[5] 清《禽蟲典》
[6] 上海錦章圖本
[7] 明・胡文煥圖本，名貆
[8] 日本圖本，名貆

卷2-65　鵸鵌
[1] 明・蔣應鎬繪圖本
[2] 明・胡文煥圖本
[3] 日本圖本
[4] 清・吳任臣近文堂圖本
[5] 清・四川成或因繪圖本
[6] 清・汪紱圖本
[7] 上海錦章圖本

卷2-66　羊身人面神
[1] 明・蔣應鎬繪圖本
[2] 清《禽蟲典》
[3] 清・四川成或因繪圖本
[4] 清・汪紱圖本，名西山神

卷2-67　白鹿
[1] 清・汪紱圖本

卷2-68　當扈
[1] 明・蔣應鎬繪圖本
[2] 清・四川成或因繪圖本
[3] 清・汪紱圖本
[4] 明・胡文煥圖本
[5] 清《禽蟲典》

卷2-69　白猿
[1] 清・汪紱圖本

卷2-70　白虎
[1] 清・汪紱圖本

卷2-71　神魄
[1] 明・蔣應鎬繪圖本
[2] 清《神異典》
[3] 明・胡文煥圖本，名神魃
[4] 日本圖本，名神魃
[5] 清・吳任臣近文堂圖本
[6] 清・四川成或因繪圖本
[7] 清・汪紱圖本
[8] 上海錦章圖本

卷2-72　蠻蠻（獸）
[1] 明・蔣應鎬繪圖本
[2] 明・胡文煥圖本
[3] 清・吳任臣近文堂圖本
[4] 清・四川成或因繪圖本
[5] 清・汪紱圖本
[6] 清《禽蟲典》

卷2-73　冉遺魚
[1] 明・蔣應鎬繪圖本
[2] 明・胡文煥圖本
[3] 清・四川成或因繪圖本
[4] 清・汪紱圖本
[5] 清《禽蟲典》

[6] 上海錦章圖本

卷2-74　駮
[1] 明・蔣應鎬繪圖本
[2] 明・胡文煥圖本
[3] 日本圖本
[4] 清・四川成或因繪圖本
[5] 清・汪紱圖本
[6] 明・蔣應鎬繪圖本《海外北經》圖

卷2-75　窮奇
[1] 明・蔣應鎬繪圖本
[2] 明・胡文煥圖本
[3] 日本圖本
[4] 清・四川成或因繪圖本
[5] 清・汪紱圖本
[6] 清《禽蟲典》

卷2-76　蠃魚
[1] 清・吳任臣康熙圖本
[2] 清・四川成或因繪圖本
[3] 清・汪紱圖本
[4] 清《禽蟲典》

卷2-77　鳥鼠同穴
[1] 明・蔣應鎬繪圖本
[2] 明・胡文煥圖本
[3] 清・吳任臣康熙圖本
[4] 清・四川成或因繪圖本

卷2-78　鰠魚
[1] 明・蔣應鎬繪圖本
[2] 清・四川成或因繪圖本
[3] 清・汪紱圖本
[4] 清《禽蟲典》，名鱃

卷2-79　絮魮魚
[1] 明・蔣應鎬繪圖本
[2] 清・汪紱圖本
[3] 清・畢沅圖本
[4] 清《禽蟲典》
[5] 上海錦章圖本

卷2-80　孰湖
[1] 明・蔣應鎬繪圖本
[2] 清・四川成或因繪圖本
[3] 清・汪紱圖本
[4] 清《禽蟲典》

卷2-81　人面鴞
[1] 明・蔣應鎬繪圖本
[2] 清・四川成或因繪圖本
[3] 清・汪紱圖本，名為「名自號」
[4] 明・胡文煥圖本
[5] 清・吳任臣近文堂圖本
[6] 上海錦章圖本

第三卷　北山經（262圖）

卷3-1　滑魚
[1] 明・蔣應鎬繪圖本
[2] 清・四川成或因繪圖本
[3] 清・汪紱圖本
[4] 清《禽蟲典》

卷3-2　水馬
[1] 明・胡文煥圖本
[2] 清・汪紱圖本

卷3-3　䑏疏

[1] 明・蔣應鎬繪圖本
[2] 明・胡文煥圖本，名臛踈
[3] 清・四川成或因繪圖本
[4] 清・畢沅圖本
[5] 清・汪紱圖本
[6] 上海錦章圖本
[7] 日本圖本，名臛踈

卷3-4　鵸䳜
[1] 明・蔣應鎬繪圖本
[2] 清・四川成或因繪圖本
[3] 清・汪紱圖本
[4] 清《禽蟲典》

卷3-5　儵魚
[1] 明・蔣應鎬繪圖本
[2] 清・四川成或因繪圖本
[3] 明・胡文煥圖本
[4] 清・汪紱圖本
[5] 清・吳任臣康熙圖本
[6] 清・吳任臣近文堂圖本
[7] 清《禽蟲典》
[8] 上海錦章圖本

卷3-6　何羅魚
[1] 明・蔣應鎬繪圖本
[2] 明・胡文煥圖本，名阿羅魚
[3] 清・四川成或因繪圖本
[4] 清・汪紱圖本
[5] 清・郝懿行圖本

卷3-7　孟槐
[1] 明・蔣應鎬繪圖本
[2] 明・胡文煥圖本，名猛槐
[3] 日本圖本，名猛槐
[4] 清・四川成或因繪圖本
[5] 清・汪紱圖本
[6] 清《禽蟲典》

卷3-8　鰼鰼魚
[1] 明・蔣應鎬繪圖本
[2] 明・胡文煥圖本
[3] 清・吳任臣近文堂圖本
[4] 清・四川成或因繪圖本
[5] 清・汪紱圖本
[6] 清《禽蟲典》

卷3-9　橐駝
[1] 明・蔣應鎬繪圖本
[2] 清・汪紱圖本

卷3-10　寓（鳥）
[1] 明・蔣應鎬繪圖本
[2] 清・吳任臣康熙圖本
[3] 清・吳任臣近文堂圖本
[4] 清・四川成或因繪圖本
[5] 清・汪紱圖本
[6] 上海錦章圖本

卷3-11　耳鼠
[1] 明・蔣應鎬繪圖本
[2] 清・四川成或因繪圖本
[3] 明・胡文煥圖本
[4] 清・汪紱圖本
[5] 清《禽蟲典》

卷3-12　孟極
[1] 明・蔣應鎬繪圖本
[2] 清・汪紱圖本
[3] 清・四川成或因繪圖本

[4] 清《禽蟲典》

卷3-13　幽頞
[1] 明・蔣應鎬繪圖本
[2] 清・四川成或因繪圖本
[3] 清・汪紱圖本
[4] 明・胡文煥圖本
[5] 清《禽蟲典》

卷3-14　足訾
[1] 明・蔣應鎬繪圖本
[2] 清・四川成或因繪圖本
[3] 清・汪紱圖本
[4] 清《禽蟲典》

卷3-15　鵁
[1] 明・蔣應鎬繪圖本
[2] 清・四川成或因繪圖本
[3] 清・汪紱圖本
[4] 清《禽蟲典》，名鳽

卷3-16　諸犍
[1] 明・蔣應鎬繪圖本
[2] 明・胡文煥圖本
[3] 清・吳任臣近文堂圖本
[4] 清・四川成或因繪圖本
[5] 清・汪紱圖本
[6] 清《禽蟲典》
[7] 上海錦章圖本

卷3-17　白鵺
[1] 明・蔣應鎬繪圖本
[2] 明・胡文煥圖本
[3] 清・四川成或因繪圖本
[4] 清・汪紱圖本
[5] 清《禽蟲典》

卷3-18　那父
[1] 明・蔣應鎬繪圖本
[2] 清・四川成或因繪圖本
[3] 清・汪紱圖本
[4] 清《禽蟲典》

卷3-19　竦斯
[1] 明・蔣應鎬繪圖本
[2] 清・四川成或因繪圖本
[3] 清・汪紱圖本
[4] 明・胡文煥圖本，名踈斯
[5] 日本圖本，名踈斯
[6] 清・吳任臣康熙圖本
[7] 上海錦章圖本

卷3-20　長蛇
[1] 明・蔣應鎬繪圖本
[2] 明・胡文煥圖本
[3] 清・吳任臣近文堂圖本
[4] 清・四川成或因繪圖本
[5] 清・汪紱圖本
[6] 清《禽蟲典》
[7] 上海錦章圖本

卷3-21　赤鮭
[1] 清・汪紱圖本
[2] 清《禽蟲典》

卷3-22　窫窳
[1] 明・蔣應鎬繪圖本
[2] 清・四川成或因繪圖本
[3] 清・汪紱圖本
[4] 人面牛身的窫窳　清《禽蟲典》

[5] 羿射陽烏、殺猰貐之特寫　湖北隨縣曾侯乙戰國墓出土衣箱上的漆畫

卷3-23　鱳魚

[1] 明・蔣應鎬繪圖本
[2] 清・吳任臣康熙圖本
[3] 清・吳任臣近文堂圖本
[4] 清・四川成或因繪圖本
[5] 清・汪紱圖本
[6] 上海錦章圖本

卷3-24　山獋

[1] 明・蔣應鎬繪圖本
[2] 明・胡文煥圖本
[3] 清・四川成或因繪圖本
[4] 清・汪紱圖本
[5] 清・畢沅圖本
[6] 上海錦章圖本

卷3-25　諸懷

[1] 明・蔣應鎬繪圖本
[2] 清・汪紱圖本
[3] 清・吳任臣近文堂圖本
[4] 清《禽蟲典》
[5] 清・四川成或因繪圖本

卷3-26　鮨魚

[1] 明・蔣應鎬繪圖本
[2] 清・吳任臣近文堂圖本
[3] 清・四川成或因繪圖本
[4] 清・汪紱圖本
[5] 清《禽蟲典》
[6] 上海錦章圖本

卷3-27　肥遺（蛇）

[1] 商周青銅器上的一首雙身龍蛇紋
[2] 長沙子彈庫出土楚帛書十二月神圖
[3] 明・蔣應鎬繪圖本
[4] 清・吳任臣康熙圖本
[5] 清・吳任臣近文堂圖本
[6] 清・汪紱圖本
[7] 上海錦章圖本
[8] 清《禽蟲典》
[9] 清・四川成或因繪圖本
[10] 明・胡文煥圖本，名蟹蠙
[11] 日本圖本，名蟹蠙

卷3-28　狕

[1] 明・蔣應鎬繪圖本
[2] 清・四川成或因繪圖本
[3] 清・汪紱圖本
[4] 清《禽蟲典》

卷3-29　龍龜

[1] 明・蔣應鎬繪圖本
[2] 清・四川成或因繪圖本
[3] 清・汪紱圖本

卷3-30　人面蛇身神

[1] 明・蔣應鎬繪圖本
[2] 清《神異典》
[3] 清・四川成或因繪圖本
[4] 清・汪紱圖本，名北山神

卷3-31　閭

[1] 清・汪紱圖本

卷3-32　騂馬

[1] 明・蔣應鎬繪圖本
[2] 清・吳任臣康熙圖本

[3] 清・四川成或因繪圖本
[4] 清・汪紱圖本
[5] 清《禽蟲典》

卷3-33　狍鴞
[1] 明・蔣應鎬繪圖本
[2] 清・吳任臣近文堂圖本
[3] 清・四川成或因繪圖本
[4] 清・郝懿行圖本
[5] 清・汪紱圖本
[6] 清《禽蟲典》

卷3-34　獨㹰
[1] 明・蔣應鎬繪圖本
[2] 清・四川成或因繪圖本
[3] 清・汪紱圖本
[4] 清《禽蟲典》

卷3-35　鷩鶥
[1] 明・蔣應鎬繪圖本
[2] 清・四川成或因繪圖本
[3] 清・吳任臣康熙圖本
[4] 清・吳任臣近文堂圖本
[5] 上海錦章圖本
[6] 清・汪紱圖本

卷3-36　居暨
[1] 明・蔣應鎬繪圖本
[2] 清・四川成或因繪圖本
[3] 清・汪紱圖本
[4] 清《禽蟲典》

卷3-37　囂（鳥）
[1] 明・蔣應鎬繪圖本
[2] 清・四川成或因繪圖本
[3] 清・吳任臣康熙圖本
[4] 清・吳任臣近文堂圖本
[5] 上海錦章圖本
[6] 清・汪紱圖本

卷3-38　蛇身人面神
[1] 清・汪紱圖本，名北山神

卷3-39　䍺
[1] 明・蔣應鎬繪圖本
[2] 清・汪紱圖本
[3] 清・四川成或因繪圖本
[4] 明・胡文煥圖本
[5] 清・郝懿行圖本

卷3-40　鶌
[1] 明・蔣應鎬繪圖本
[2] 清・吳任臣康熙圖本
[3] 清・吳任臣近文堂圖本
[4] 上海錦章圖本
[5] 清・四川成或因繪圖本

卷3-41　天馬
[1] 明・蔣應鎬繪圖本
[2] 明・胡文煥圖本
[3] 日本圖本
[4] 清・吳任臣近文堂圖本
[5] 清・四川成或因繪圖本
[6] 清・汪紱圖本

卷3-42　鶌鶋
[1] 明・蔣應鎬繪圖本
[2] 清・汪紱圖本
[3] 清《禽蟲典》

卷3-43　飛鼠
[1] 明・蔣應鎬繪圖本
[2] 清・四川成或因繪圖本
[3] 清・汪紱圖本
[4] 明・胡文煥圖本
[5] 日本圖本
[6] 清・吳任臣近文堂圖本
[7] 上海錦章圖本

卷3-44　領胡
[1] 明・蔣應鎬繪圖本
[2] 清・汪紱圖本
[3] 清《禽蟲典》

卷3-45　象蛇
[1] 明・蔣應鎬繪圖本
[2] 清・四川成或因繪圖本
[3] 清・汪紱圖本
[4] 清《禽蟲典》

卷3-46　䱻父魚
[1] 明・蔣應鎬繪圖本
[2] 清・四川成或因繪圖本
[3] 清・汪紱圖本
[4] 清《禽蟲典》

卷3-47　酸與
[1] 明・蔣應鎬繪圖本
[2] 清・吳任臣康熙圖本
[3] 清・吳任臣近文堂圖本
[4] 清・汪紱圖本
[5] 清・四川成或因繪圖本

卷3-48　鴣鸐
[1] 清《禽蟲典》

卷3-49　黃鳥
[1] 清・汪紱圖本

卷3-50　白蛇
[1] 清・汪紱圖本

卷3-51　精衛
[1] 明・蔣應鎬繪圖本
[2] 明・胡文煥圖本
[3] 日本圖本
[4] 清・四川成或因繪圖本
[5] 清・汪紱圖本

卷3-52　鱯
[1] 清・汪紱圖本

卷3-53　黽
[1] 清・汪紱圖本

卷3-54　辣辣
[1] 明・蔣應鎬繪圖本
[2] 明・胡文煥圖本
[3] 日本圖本
[4] 清・四川成或因繪圖本
[5] 清・汪紱圖本
[6] 清・畢沅圖本

卷3-55　獂
[1] 明・蔣應鎬繪圖本
[2] 清・四川成或因繪圖本
[3] 清・汪紱圖本
[4] 清《禽蟲典》

卷3-56　羆（羆九）
[1] 明・蔣應鎬繪圖本

[2] 清・郝懿行圖本
[3] 清・汪紱圖本
[4] 清《禽蟲典》

卷3-57　大蛇
[1] 明・蔣應鎬繪圖本
[2] 清・四川成或因繪圖本
[3] 清・汪紱圖本

卷3-58　馬身人面廿神
[1] 明・蔣應鎬繪圖本
[2] 清・四川成或因繪圖本
[3] 清・汪紱圖本，名北山神

卷3-59　十四神
[1] 明・蔣應鎬繪圖本
[2] 清・汪紱圖本，名北山十四神

卷3-60　彘身八足神
[1] 明・蔣應鎬繪圖本
[2] 清・汪紱圖本，名北山十神

第四卷　東山經（150圖）

卷4-1　鱅鱅魚
[1] 明・蔣應鎬繪圖本
[2] 清・四川成或因繪圖本
[3] 清・汪紱圖本
[4] 清《禽蟲典》

卷4-2　從從
[1] 明・蔣應鎬繪圖本
[2] 清・吳任臣康熙圖本
[3] 清・四川成或因繪圖本
[4] 清・汪紱圖本
[5] 清《禽蟲典》
[6] 上海錦章圖本

卷4-3　蚩鼠
[1] 明・蔣應鎬繪圖本
[2] 明・胡文煥圖本
[3] 日本圖本
[4] 清・吳任臣近文堂圖本
[5] 清・畢沅圖本
[6] 清・汪紱圖本

卷4-4　箴魚
[1] 清《禽蟲典》

卷4-5　鱤魚
[1] 清・汪紱圖本

卷4-6　條蟰
[1] 明・蔣應鎬繪圖本
[2] 清・四川成或因繪圖本
[3] 清・郝懿行圖本
[4] 清・汪紱圖本
[5] 清《禽蟲典》

卷4-7　狪狪
[1] 明・蔣應鎬繪圖本
[2] 清・汪紱圖本
[3] 清《禽蟲典》

卷4-8　人身龍首神
[1] 明・蔣應鎬繪圖本
[2] 清《神異典》
[3] 清・四川成或因繪圖本
[4] 清・汪紱圖本，名東山神

卷4-9　軨軨
[1] 明・蔣應鎬繪圖本
[2] 清・四川成或因繪圖本
[3] 清・汪紱圖本

卷4-10　珠蟞魚
[1] 明・蔣應鎬繪圖本
[2] 清・四川成或因繪圖本
[3] 清・汪紱圖本
[4] 清・吳任臣康熙圖本
[5] 清・郝懿行圖本
[6] 上海錦章圖本
[7] 明・胡文煥圖本
[8] 清《禽蟲典》

卷4-11　犰狳
[1] 明・蔣應鎬繪圖本
[2] 清・四川成或因繪圖本
[3] 清・汪紱圖本
[4] 清《禽蟲典》

卷4-12　朱獳
[1] 明・蔣應鎬繪圖本
[2] 明・胡文煥圖本
[3] 清・吳任臣近文堂圖本
[4] 清・四川成或因繪圖本
[5] 清・汪紱圖本
[6] 日本圖本

卷4-13　鵹鶘
[1] 明・蔣應鎬繪圖本
[2] 清・四川成或因繪圖本
[3] 清・汪紱圖本
[4] 清《禽蟲典》

卷4-14　獙獙
[1] 明・蔣應鎬繪圖本
[2] 明・胡文煥圖本，名獘
[3] 清・吳任臣近文堂圖本
[4] 清・四川成或因繪圖本
[5] 清・汪紱圖本
[6] 清《禽蟲典》

卷4-15　蠪蛭
[1] 明・蔣應鎬繪圖本
[2] 明・胡文煥圖本
[3] 日本圖本
[4] 清・吳任臣近文堂圖本
[5] 清・四川成或因繪圖本
[6] 清・汪紱圖本
[7] 清《禽蟲典》

卷4-16　峳峳
[1] 明・蔣應鎬繪圖本
[2] 清・四川成或因繪圖本
[3] 清・畢沅圖本
[4] 清・汪紱圖本
[5] 清《禽蟲典》
[6] 上海錦章圖本

卷4-17　絜鉤
[1] 明・蔣應鎬繪圖本
[2] 明・胡文煥圖本
[3] 日本圖本
[4] 清・四川成或因繪圖本
[5] 清・汪紱圖本
[6] 清《禽蟲典》

卷4-18　獸身人面神
[1] 明・蔣應鎬繪圖本

[2] 清《神異典》
[3] 清・四川成或因繪圖本
[4] 清・汪紱圖本，名東山神

卷4-19　嬰胡
[1] 明・蔣應鎬繪圖本
[2] 清・四川成或因繪圖本
[3] 清・汪紱圖本
[4] 清《禽蟲典》

卷4-20　鱣
[1] 清・四川成或因繪圖本
[2] 清《禽蟲典》

卷4-21　鮪
[1] 清・汪紱圖本
[2] 清《禽蟲典》

卷4-22　蠵龜
[1] 明・胡文煥圖本
[2] 清・汪紱圖本
[3] 清《禽蟲典》

卷4-23　鮯鮯魚
[1] 明・蔣應鎬繪圖本
[2] 明・胡文煥圖本
[3] 清・四川成或因繪圖本
[4] 清・畢沅圖本
[5] 清・汪紱圖本
[6] 清《禽蟲典》

卷4-24　精精
[1] 明・蔣應鎬繪圖本
[2] 清・四川成或因繪圖本
[3] 清・汪紱圖本
[4] 清《禽蟲典》

卷4-25　人身羊角神
[1] 明・蔣應鎬繪圖本
[2] 清《神異典》
[3] 清・四川成或因繪圖本
[4] 清・汪紱圖本，名東山神

卷4-26　猲狙
[1] 明・蔣應鎬繪圖本
[2] 清・四川成或因繪圖本
[3] 清・汪紱圖本
[4] 清《禽蟲典》

卷4-27　鬿雀
[1] 明・蔣應鎬繪圖本
[2] 清・四川成或因繪圖本
[3] 清・汪紱圖本
[4] 清《禽蟲典》

卷4-28　鱃魚
[1] 明・蔣應鎬繪圖本
[2] 清・四川成或因繪圖本
[3] 清・汪紱圖本

卷4-29　茈魚
[1] 清・汪紱圖本

卷4-30　薄魚
[1] 明・蔣應鎬繪圖本
[2] 清・吳任臣近文堂圖本
[3] 清・四川成或因繪圖本
[4] 清・汪紱圖本
[5] 清《禽蟲典》
[6] 上海錦章圖本

卷4-31　當康
[1] 明・蔣應鎬繪圖本
[2] 明・胡文煥圖本，名當庚
[3] 清・四川成或因繪圖本
[4] 清・汪紱圖本
[5] 清《禽蟲典》
[6] 日本圖本，名當庚

卷4-32　鮹魚
[1] 明・蔣應鎬繪圖本
[2] 明・胡文煥圖本
[3] 清・四川成或因繪圖本
[4] 清・畢沅圖本
[5] 清・汪紱圖本
[6] 清《禽蟲典》

卷4-33　合窳
[1] 明・蔣應鎬繪圖本
[2] 清・四川成或因繪圖本
[3] 清・汪紱圖本
[4] 清《禽蟲典》

卷4-34　蜚
[1] 明・蔣應鎬繪圖本
[2] 清・吳任臣近文堂圖本
[3] 清・四川成或因繪圖本
[4] 清・畢沅圖本
[5] 清・汪紱圖本
[6] 清《禽蟲典》
[7] 上海錦章圖本

第五卷　中山經（248圖）

卷5-1　難
[1] 明・蔣應鎬繪圖本
[2] 清・汪紱圖本
[3] 清《禽蟲典》

卷5-2　豪魚
[1] 明・蔣應鎬繪圖本
[2] 清・四川成或因繪圖本
[3] 清・汪紱圖本
[4] 清《禽蟲典》

卷5-3　飛魚
[1] 明・蔣應鎬繪圖本
[2] 清・四川成或因繪圖本
[3] 清・汪紱圖本

卷5-4　朏朏
[1] 明・蔣應鎬繪圖本
[2] 清・四川成或因繪圖本
[3] 清・汪紱圖本
[4] 清《禽蟲典》

卷5-5　鴖
[1] 清・汪紱圖本
[2] 清《禽蟲典》

卷5-6　鳴蛇
[1] 明・蔣應鎬繪圖本
[2] 清・吳任臣康熙圖本
[3] 清・四川成或因繪圖本
[4] 清・汪紱圖本
[5] 清《禽蟲典》

卷5-7　化蛇
[1] 明・蔣應鎬繪圖本
[2] 清・四川成或因繪圖本
[3] 清・汪紱圖本

[4] 清·畢沅圖本
[5] 清《禽蟲典》
[6] 上海錦章圖本

卷5-8　蠪蚔
[1] 明·蔣應鎬繪圖本
[2] 清·四川成或因繪圖本
[3] 清·汪紱圖本
[4] 清《禽蟲典》

卷5-9　馬腹
[1] 明·蔣應鎬繪圖本
[2] 明·胡文煥圖本，名馬腸
[3] 清·四川成或因繪圖本
[4] 清·畢沅圖本
[5] 清·汪紱圖本
[6] 上海錦章圖本

卷5-10　人面鳥身神
[1] 清·汪紱圖本，名中山神

卷5-11　熏池
[1] 清·汪紱圖本

卷5-12　夫諸
[1] 明·蔣應鎬繪圖本
[2] 清·四川成或因繪圖本
[3] 清·汪紱圖本
[4] 清《禽蟲典》

卷5-13　䰠武羅
[1] 明·蔣應鎬繪圖本
[2] 清《神異典》
[3] 清·四川成或因繪圖本
[4] 清·汪紱圖本

卷5-14　䲹
[1] 明·蔣應鎬繪圖本
[2] 明·胡文煥圖本
[3] 清《禽蟲典》

卷5-15　飛魚
[1] 明·蔣應鎬繪圖本
[2] 清·四川成或因繪圖本
[3] 清·汪紱圖本
[4] 明·胡文煥圖本
[5] 清·畢沅圖本
[6] 清《禽蟲典》
[7] 上海錦章圖本

卷5-16　泰逢
[1] 明·蔣應鎬繪圖本
[2] 明·胡文煥圖本
[3] 清《神異典》
[4] 清·吳任臣近文堂圖本
[5] 清·四川成或因繪圖本
[6] 清·汪紱圖本
[7] 上海錦章圖本

卷5-17　䴅
[1] 明·蔣應鎬繪圖本
[2] 清·四川成或因繪圖本
[3] 清·汪紱圖本
[4] 清《禽蟲典》

卷5-18　犀渠
[1] 明·蔣應鎬繪圖本
[2] 清·四川成或因繪圖本
[3] 清·汪紱圖本
[4] 清《禽蟲典》

卷5-19　㺊
[1] 明・蔣應鎬繪圖本
[2] 清・吳任臣近文堂圖本
[3] 清・汪紱圖本
[4] 清《禽蟲典》
[5] 上海錦章圖本
[6] 清・四川成或因繪圖本

卷5-20　獸身人面神
[1] 明・蔣應鎬繪圖本
[2] 清《神異典》
[3] 清・四川成或因繪圖本
[4] 清・汪紱圖本，名中山神

卷5-21　䲃鳥
[1] 明・蔣應鎬繪圖本
[2] 清・吳任臣康熙圖本
[3] 清・吳任臣近文堂圖本
[4] 上海錦章圖本
[5] 清・四川成或因繪圖本
[6] 清・汪紱圖本

卷5-22　驕蟲
[1] 明・蔣應鎬繪圖本
[2] 明・胡文煥圖本
[3] 清《神異典》
[4] 清・四川成或因繪圖本
[5] 清・畢沅圖本
[6] 清・汪紱圖本
[7] 上海錦章圖本

卷5-23　鴒䳶
[1] 明・蔣應鎬繪圖本
[2] 清・四川成或因繪圖本
[3] 清・汪紱圖本
[4] 清《禽蟲典》

卷5-24　旋龜
[1] 明・蔣應鎬繪圖本
[2] 清・四川成或因繪圖本
[3] 清・汪紱圖本

卷5-25　脩辟魚
[1] 清・汪紱圖本
[2] 清《禽蟲典》

卷5-26　山膏
[1] 清・汪紱圖本
[2] 清《禽蟲典》

卷5-27　天愚
[1] 清・汪紱圖本

卷5-28　文文
[1] 清・汪紱圖本
[2] 清《禽蟲典》

卷5-29　三足龜
[1] 明・蔣應鎬繪圖本
[2] 清・郝懿行圖本
[3] 上海錦章圖本

卷5-30　鯩魚
[1] 明・蔣應鎬繪圖本
[2] 清・四川成或因繪圖本
[3] 清・汪紱圖本
[4] 清《禽蟲典》

卷5-31　䲢魚
[1] 清・汪紱圖本

[2] 清《禽蟲典》

卷5-32 豕身人面十六神
[1] 明・蔣應鎬繪圖本
[2] 清・四川成或因繪圖本
[3] 清・汪紱圖本，名中山十六神

卷5-33 人面三首神
[1] 明・蔣應鎬繪圖本
[2] 清・四川成或因繪圖本
[3] 清・汪紱圖本，名苦山石室神

卷5-34 文魚
[1] 清・汪紱圖本

卷5-35 犛牛
[1] 清・汪紱圖本

卷5-36 豹
[1] 清・汪紱圖本

卷5-37 鮫魚
[1] 明・蔣應鎬繪圖本
[2] 清・四川成或因繪圖本
[3] 清・汪紱圖本
[4] 清《禽蟲典》

卷5-38 蟲圍
[1] 明・蔣應鎬繪圖本
[2] 清《神異典》
[3] 清・四川成或因繪圖本
[4] 清・汪紱圖本
[5] 清・吳任臣近文堂圖本
[6] 清《禽蟲典》
[7] 上海錦章圖本

卷5-39 麂
[1] 清・汪紱圖本

卷5-40 鴆
[1] 明・蔣應鎬繪圖本
[2] 清・四川成或因繪圖本
[3] 清・汪紱圖本
[4] 清《禽蟲典》

卷5-41 計蒙
[1] 明・蔣應鎬繪圖本
[2] 清《神異典》
[3] 清・吳任臣近文堂圖本
[4] 清・四川成或因繪圖本
[5] 清・汪紱圖本
[6] 上海錦章圖本

卷5-42 涉蟲
[1] 明・蔣應鎬繪圖本
[2] 清《神異典》
[3] 清・四川成或因繪圖本
[4] 清・汪紱圖本

卷5-43 鳥身人面神
[1] 明・蔣應鎬繪圖本
[2] 清《神異典》
[3] 清・四川成或因繪圖本
[4] 清・汪紱圖本，名中山神

卷5-44 鼉
[1] 明・蔣應鎬繪圖本
[2] 清・四川成或因繪圖本
[3] 清・汪紱圖本
[4] 清《禽蟲典》

卷5-45　夔牛

[1] 清・汪紱圖本

卷5-46　怪蛇

[1] 清・汪紱圖本

卷5-47　竊脂

[1] 明・蔣應鎬繪圖本
[2] 明・胡文煥圖本
[3] 清・四川成或因繪圖本
[4] 清・汪紱圖本
[5] 清《禽蟲典》

卷5-48　狏狼

[1] 明・蔣應鎬繪圖本
[2] 清・四川成或因繪圖本
[3] 清・汪紱圖本
[4] 清《禽蟲典》

卷5-49　蛫

[1] 明・蔣應鎬繪圖本
[2] 清・四川成或因繪圖本
[3] 清・汪紱圖本
[4] 清《禽蟲典》

卷5-50　熊山神

[1] 清・汪紱圖本

卷5-51　馬身龍首神

[1] 明・蔣應鎬繪圖本
[2] 清《神異典》
[3] 清・汪紱圖本，名中山神

卷5-52　跂踵

[1] 明・蔣應鎬繪圖本
[2] 清・吳任臣康熙圖本
[3] 清・吳任臣近文堂圖本
[4] 清・汪紱圖本
[5] 清《禽蟲典》

卷5-53　鸜鵒

[1] 明・蔣應鎬繪圖本
[2] 清・四川成或因繪圖本
[3] 清・汪紱圖本
[4] 清《禽蟲典》

卷5-54　龍身人面神

[1] 清・四川成或因繪圖本
[2] 清・汪紱圖本，名中山神

卷5-55　狙和

[1] 清・汪紱圖本
[2] 清《禽蟲典》

卷5-56　耕父

[1] 明・蔣應鎬繪圖本
[2] 清《神異典》
[3] 清・汪紱圖本

卷5-57　鴆

[1] 明・蔣應鎬繪圖本
[2] 清・四川成或因繪圖本
[3] 清・汪紱圖本

卷5-58　嬰勺

[1] 明・蔣應鎬繪圖本
[2] 清・四川成或因繪圖本
[3] 清・汪紱圖本
[4] 清《禽蟲典》

卷5-59　青耕
[1] 明·胡文煥圖本
[2] 清·汪紱圖本

卷5-60　獜
[1] 明·蔣應鎬繪圖本
[2] 清·四川成或因繪圖本
[3] 清·汪紱圖本
[4] 清《禽蟲典》

卷5-61　三足鼈
[1] 清·汪紱圖本

卷5-62　猍
[1] 清《禽蟲典》

卷5-63　頡
[1] 清·汪紱圖本

卷5-64　狙如
[1] 明·蔣應鎬繪圖本
[2] 清·汪紱圖本
[3] 清《禽蟲典》

卷5-65　㺄即
[1] 明·蔣應鎬繪圖本
[2] 清·汪紱圖本
[3] 清《禽蟲典》

卷5-66　梁渠
[1] 明·蔣應鎬繪圖本
[2] 明·胡文煥圖本
[3] 清·四川成或因繪圖本
[4] 清·汪紱圖本
[5] 清《禽蟲典》

卷5-67　駅騟
[1] 明·胡文煥圖本
[2] 清·汪紱圖本
[3] 清《禽蟲典》

卷5-68　聞獜
[1] 明·胡文煥圖本，名獟
[2] 清·汪紱圖本
[3] 清《禽蟲典》
[4] 日本圖本，名獟

卷5-69　彘身人首神
[1] 清·汪紱圖本

卷5-70　于兒
[1] 明·胡文煥圖本，名俞兒
[2] 明·蔣應鎬繪圖本
[3] 清《神異典》
[4] 清·四川成或因繪圖本
[5] 清·汪紱圖本

卷5-71　帝二女
[1] 明·蔣應鎬繪圖本
[2] 清·四川成或因繪圖本
[3] 清·汪紱圖本

卷5-72　洞庭怪神
[1] 清·汪紱圖本
[2] 清《神異典》，名九江神

卷5-73　蛫
[1] 明·蔣應鎬繪圖本
[2] 清·四川成或因繪圖本
[3] 清·汪紱圖本
[4] 清《禽蟲典》

卷5-74　飛蛇
[1] 清・汪紱圖本
[2] 清《禽蟲典》

卷5-75　鳥身龍首神
[1] 清・汪紱圖本，名中山神

第六卷　海外南經（58圖）

卷6-1　結匈國
[1] 明・蔣應鎬繪圖本
[2] 清・四川成或因繪圖本
[3] 清《邊裔典》

卷6-2　羽民國
[1] 明・蔣應鎬繪圖本
[2] 清・吳任臣近文堂圖本
[3] 清・四川成或因繪圖本
[4] 清・汪紱圖本
[5] 清《邊裔典》
[6] 上海錦章圖本

卷6-3　讙頭國
[1] 明・蔣應鎬繪圖本
[2] 明・蔣應鎬繪圖本《大荒南經》國
[3] 清・吳任臣康熙圖本
[4] 清・吳任臣近文堂圖本
[5] 清・四川成或因繪圖本
[6] 清・汪紱圖本
[7] 清《邊裔典》
[8] 上海錦章圖本

卷6-4　厭火國
[1] 明・蔣應鎬繪圖本
[2] 清・四川成或因繪圖本
[3] 日本圖本
[4] 清・汪紱圖本
[5] 明・胡文煥圖本
[6] 清《邊裔典》

卷6-5　臷國
[1] 明・蔣應鎬繪圖本
[2] 清・四川成或因繪圖本
[3] 清《邊裔典》

卷6-6　貫匈國
[1] 明・蔣應鎬繪圖本
[2] 清・四川成或因繪圖本
[3] 清・吳任臣近文堂圖本
[4] 清・四川成或因繪圖本
[5] 清・汪紱圖本

卷6-7　交脛國
[1] 明・蔣應鎬繪圖本
[2] 清・四川成或因繪圖本
[3] 清・畢沅圖本
[4] 清・汪紱圖本
[5] 清《邊裔典》

卷6-8　不死民
[1] 明・蔣應鎬繪圖本
[2] 清・四川成或因繪圖本
[3] 清《邊裔典》

卷6-9　岐舌國
[1] 明・蔣應鎬繪圖本
[2] 清《邊裔典》

卷6-10　三首國
[1] 明・蔣應鎬繪圖本

[2] 清・吳任臣近文堂圖本
[3] 清・四川成或因繪圖本
[4] 清・汪紱圖本
[5] 清《邊裔典》

卷6-11 周饒國
[1] 明・蔣應鎬繪圖本
[2] 清・四川成或因繪圖本

卷6-12 長臂國
[1] 明・蔣應鎬繪圖本
[2] 清・四川成或因繪圖本
[3] 清・畢沅圖本
[4] 清・汪紱圖本
[5] 清《邊裔典》
[6] 上海錦章圖本

卷6-13 祝融
[1] 司夏之神祝融　楚帛書十二月神圖
[2] 明・蔣應鎬繪圖本
[3] 清・四川成或因繪圖本
[4] 清・汪紱圖本

第七卷　海外西經（67圖）

卷7-1 夏后啓
[1] 明・蔣應鎬繪圖本
[2] 清・四川成或因繪圖本

卷7-2 三身國
[1] 明・蔣應鎬繪圖本《大荒南經》圖
[2] 明・蔣應鎬繪圖本
[3] 清・四川成或因繪圖本（二圖）
[4] 清・吳任臣近文堂圖本
[5] 清・汪紱圖本
[6] 清《邊裔典》

卷7-3 一臂國
[1] 明・蔣應鎬繪圖本
[2] 清・吳任臣康熙圖本
[3] 清・四川成或因繪圖本
[4] 清・汪紱圖本

卷7-4 奇肱國
[1] 明・蔣應鎬繪圖本
[2] 清・四川成或因繪圖本
[3] 清・吳任臣近文堂圖本
[4] 清・汪紱圖本

卷7-5 形天
[1] 明・蔣應鎬繪圖本
[2] 清《神異典》
[3] 清・吳任臣康熙圖本
[4] 清・吳任臣近文堂圖本
[5] 清・四川成或因繪圖本
[6] 清・汪紱圖本

卷7-6 鶬鴦鳥
[1] 清《禽蟲典》

卷7-7 丈夫國
[1] 明・蔣應鎬繪圖本
[2] 清・四川成或因繪圖本
[3] 清《邊裔典》

卷7-8 女丑尸
[1] 明・蔣應鎬繪圖本《大荒西經》圖
[2] 清・汪紱圖本

卷7-9　巫咸國
[1] 清《邊裔典》

卷7-10　并封
[1] 明・蔣應鎬繪圖本
[2] 清・四川成或因繪圖本
[3] 清・畢沅圖本
[4] 清・汪紱圖本
[5] 清《禽蟲典》
[6] 上海錦章圖本

卷7-11　女子國
[1] 女國圖，清《邊裔典》
[2] 女人國，清《邊裔典》
[3] 明・蔣應鎬繪圖本
[4] 清・四川成或因繪圖本

卷7-12　軒轅國
[1] 尾交首上的人面鯢魚紋彩陶瓶
仰韶文化甘肅出土
[2] 明・蔣應鎬繪圖本
[3] 清・四川成或因繪圖本
[4] 清・汪紱圖本

卷7-13　龍魚
[1] 清《禽蟲典》
[2] 清・汪紱圖本

卷7-14　乘黃
[1] 明・蔣應鎬繪圖本
[2] 清・四川成或因繪圖本
[3] 清・汪紱圖本
[4] 明・胡文煥圖本
[5] 日本圖本
[6] 清・吳任臣近文堂圖本
[7] 清・畢沅圖本
[8] 清《禽蟲典》
[9] 上海錦章圖本

卷7-15　肅愼國
[1] 明・蔣應鎬繪圖本

卷7-16　長股國
[1] 明・蔣應鎬繪圖本
[2] 明・蔣應鎬繪圖本《大荒西經》圖
[3] 清・四川成或因繪圖本
[4] 清・吳任臣近文堂圖本
[5] 清・汪紱圖本

卷7-17　蓐收
[1] 清・蕭雲從《天問圖》
[2] 司秋之神蓐收　楚帛書十二月神圖
[3] 明・蔣應鎬繪圖本
[4] 清・四川成或因繪圖本
[5] 明・胡文煥圖本
[6] 清・吳任臣近文堂圖本
[7] 清・汪紱圖本

第八卷　海外北經（59圖）

卷8-1　無脅國
[1] 清・吳任臣近文堂圖本
[2] 清・汪紱圖本
[3] 清《邊裔典》
[4] 上海錦章圖本

卷8-2　燭陰
[1] 清・蕭雲從《天問圖》
[2] 明・胡文煥圖本
[3] 日本圖本

[4] 清・四川成或因繪圖本
[5] 清・吳任臣康熙圖本
[6] 清・汪紱圖本

卷8-3 一目國
[1] 明・蔣應鎬繪圖本
[2] 清・四川成或因繪圖本
[3] 清・吳任臣康熙圖本
[4] 清・汪紱圖本
[5] 清《邊裔典》

卷8-4 柔利國
[1] 明・蔣應鎬繪圖本
[2] 清・吳任臣康熙圖本
[3] 清・四川成或因繪圖本
[4] 清・汪紱圖本
[5] 清《邊裔典》

卷8-5 相柳
[1] 雄虺九首 清・蕭雲從《天問圖》
[1] 明・蔣應鎬繪圖本
[2] 明・胡文煥圖本
[3] 日本圖本
[4] 清・四川成或因繪圖本
[5] 清・畢沅圖本
[6] 清・汪紱圖本

卷8-6 深目國
[1] 明・蔣應鎬繪圖本
[2] 清・四川成或因繪圖本
[3] 清《邊裔典》

卷8-7 無腸國
[1] 清《邊裔典》
[2] 無腹國 清《邊裔典》

卷8-8 聶耳國
[1] 明・蔣應鎬繪圖本
[2] 清・吳任臣近文堂圖本
[3] 清・汪紱圖本
[4] 清《邊裔典》

卷8-9 夸父逐日
[1] 明・蔣應鎬繪圖本
[2] 清・四川成或因繪圖本

卷8-10 夸父國
[1] 明・蔣應鎬繪圖本
[2] 清・四川成或因繪圖本
[3] 清《邊裔典》，名博父國

卷8-11 拘纓國
[1] 清《邊裔典》

卷8-12 跂踵國
[1] 明・蔣應鎬繪圖本
[2] 清・四川成或因繪圖本
[3] 清・汪紱圖本

卷8-13 歐絲國
[1] 清・四川成或因繪圖本
[2] 清《邊裔典》

卷8-14 騊駼
[1] 明・蔣應鎬繪圖本
[2] 清・四川成或因繪圖本

卷8-15 羅羅
[1] 明・蔣應鎬繪圖本
[2] 清・四川成或因繪圖本
[3] 清《禽蟲典》

卷8-16　禺彊

[1] 司冬之神玄冥　楚帛書十二月神圖

[2] 鳥魚合體兼具巫師職能之海神禺彊　湖北曾侯乙戰國墓墓主內棺東側壁板花紋

[3] 海神玄冥與風神伯強　清・蕭雲從《離騷圖・遠遊》與《天問圖》

[4] 明・蔣應鎬繪圖本

[5] 清《神異典》

[6] 清・四川成或因繪圖本

[7] 清・汪紱圖本

第九卷　海外東經（38圖）

卷9-1　大人國

[1] 明・蔣應鎬繪圖本《大荒東經》圖

[2] 清・汪紱圖本

[3] 清《邊裔典》

卷9-2　奢比尸

[1] 明初《永樂大典》卷九一〇

[2] 明・蔣應鎬繪圖本

[3] 明・蔣應鎬繪圖本《大荒東經》圖

[4] 明・胡文煥圖本，名奢尸

[5] 日本圖本，名奢尸

[6] 清・吳任臣近文堂圖本

[7] 清・汪紱圖本

卷9-3　君子國

[1] 清・四川成或因繪圖本

[2] 清・汪紱圖本

[3] 清《邊裔典》

卷9-4　天吳

[1] 人面八首虎身神　山東武氏祠漢畫像石

[2] 明・蔣應鎬繪圖本

[3] 明・胡文煥圖本

[4] 清・吳任臣近文堂圖本

[5] 清・四川成或因繪圖本

[6] 清・汪紱圖本

卷9-5　黑齒國

[1] 清・汪紱圖本

卷9-6　雨師妾

[1] 明・胡文煥圖本，名黑人

[2] 清・吳任臣近文堂圖本

[3] 清・汪紱圖本

[4] 清《禽蟲典》，名屏翳

卷9-7　玄股國（元股國）

[1] 清・汪紱圖本

[2] 清《邊裔典》

卷9-8　毛民國

[1] 明・蔣應鎬繪圖本《大荒北經》圖

[2] 清・吳任臣近文堂圖本

[3] 清・四川成或因繪圖本

[4] 清・汪紱圖本

[5] 上海錦章圖本

[6] 清《邊裔典》

卷9-9　勞民國

[1] 明・蔣應鎬繪圖本

[2] 清《邊裔典》

卷9-10　句芒

[1] 司春之神句芒　楚帛書十二月神圖

[2] 明・蔣應鎬繪圖本

[3] 清・四川成或因繪圖本
[4] 清・汪紱圖本，名東方句芒

第十卷　海內南經（22圖）

卷10-1　梟陽國
[1] 明・蔣應鎬繪圖本
[2] 明・胡文煥圖本，名如人
[3] 日本圖本，名狒狒
[4] 清・吳任臣近文堂圖本
[5] 清・四川成或因繪圖本
[6] 清・汪紱圖本
[7] 清《邊裔典》

卷10-2　窫窳
[1] 明・蔣應鎬繪圖本
[2] 清・四川成或因繪圖本

卷10-3　氐人國
[1] 明・蔣應鎬繪圖本
[2] 清・吳任臣近文堂圖本
[3] 清・四川成或因繪圖本
[4] 清・汪紱圖本
[5] 清《邊裔典》

卷10-4　巴蛇
[1] 巴蛇吞象　清・蕭雲從《離騷圖・天問》
[2] 明・蔣應鎬繪圖本
[3] 明・胡文煥圖本
[4] 清・汪紱圖本
[5] 清《禽蟲典》

卷10-5　旄馬
[1] 明・胡文煥圖本

[2] 清・吳任臣康熙圖本
[3] 清・汪紱圖本

第十一卷　海內西經（20圖）

卷11-1　貳負臣危
[1] 明・蔣應鎬繪圖本
[2] 清《神異典》
[3] 清・四川成或因繪圖本
[4] 清・郝懿行圖本
[5] 清・汪紱圖本

卷11-2　開明獸
[1] 人面九頭獸　①山東濟寧縣城南張漢畫像石　②山東嘉祥縣花林漢畫像石
[2] 明・蔣應鎬繪圖本
[3] 清・四川成或因繪圖本
[4] 清・汪紱圖本
[5] 清《禽蟲典》

卷11-3　鳳皇
[1] 明・蔣應鎬繪圖本
[2] 清・四川成或因繪圖本

卷11-4　窫窳
[1] 明・蔣應鎬繪圖本
[2] 清《神異典》
[3] 清・汪紱圖本

卷11-5　三頭人
[1] 明・蔣應鎬繪圖本
[2] 清・四川成或因繪圖本

卷11-6　樹鳥
[1] 明・蔣應鎬繪圖本

卷11-7　六首蛟

[1] 清・四川成或因繪圖本

第十二卷　海內北經（55圖）

卷12-1　西王母

[1] 明・蔣應鎬繪圖本
[2] 清・四川成或因繪圖本

卷12-2　三足烏

[1] ①河南南陽唐河漢畫像石
②北京石景山八角村魏晉墓出土
[2] 明・蔣應鎬繪圖本

卷12-3　犬戎國

[1] 明・蔣應鎬繪圖本
[2] 清・四川成或因繪圖本
[3] 清・汪紱圖本
[4] 清《邊裔典》，名狗國

卷12-4　吉量

[1] 明・蔣應鎬繪圖本
[2] 清・四川成或因繪圖本

卷12-5　鬼國

[1] 明・蔣應鎬繪圖本
[2] 清・四川成或因繪圖本
[3] 清《邊裔典》

卷12-6　貳負神

[1] 明・蔣應鎬繪圖本
[2] 清《神異典》
[3] 清・四川成或因繪圖本

卷12-7　蜪犬

[1] 明・蔣應鎬繪圖本
[2] 清・四川成或因繪圖本

卷12-8　窮奇

[1] 有翼虎窮奇　河南南陽漢畫像
[2] 明・蔣應鎬繪圖本
[3] 清・四川成或因繪圖本

卷12-9　大蠭（大蜂）

[1] 明・蔣應鎬繪圖本

卷12-10　闒非

[1] 明・蔣應鎬繪圖本
[2] 清・四川成或因繪圖本

卷12-11　據比尸

[1] 據北之尸
明初《永樂大典》卷九一〇
[2] 明・蔣應鎬繪圖本
[3] 清・四川成或因繪圖本

卷12-12　環狗

[1] 明・蔣應鎬繪圖本
[2] 清・四川成或因繪圖本
[3] 清・汪紱圖本

卷12-13　袜

[1] 明・蔣應鎬繪圖本
[2] 清・四川成或因繪圖本
[3] 清・汪紱圖本

卷12-14　戎

[1] 明・蔣應鎬繪圖本
[2] 清・四川成或因繪圖本
[3] 清・汪紱圖本

卷12-15　騶吾
[1] 楚帛書十二月神圖
[2] 明・蔣應鎬繪圖本
[3] 清・四川成或因繪圖本
[4] 明・胡文煥圖本
[5] 日本圖本
[6] 清・吳任臣近文堂圖本
[7] 清・汪紱圖本
[8] 清《禽蟲典》

卷12-16　冰夷（河伯）
[1] 明・蔣應鎬繪圖本
[2] 清《神異典》

卷12-17　列姑射山
[1] 明・蔣應鎬繪圖本

卷12-18　大蟹
[1] 明・蔣應鎬繪圖本
[2] 清・汪紱圖本

卷12-19　陵魚
[1] 明・蔣應鎬繪圖本
[2] 清・吳任臣康熙圖本
[3] 清・汪紱圖本
[4] 清《禽蟲典》

卷12-20　蓬萊山
[1] 明・蔣應鎬繪圖本

第十三卷　海內東經（6圖）

卷13-1　雷神
[1] 明・蔣應鎬繪圖本
[2] 清・吳任臣近文堂圖本
[3] 清・四川成或因繪圖本
[4] 清・汪紱圖本

卷13-2　四蛇
[1] 明・蔣應鎬繪圖本
[2] 清・四川成或因繪圖本

第十四卷　大荒東經（27圖）

卷14-1　小人國
[1] 明・蔣應鎬繪圖本
[2] 清・吳任臣近文堂圖本
[3] 清・四川成或因繪圖本
[4] 清・汪紱圖本
[5] 清《邊裔典》
[6] 上海錦章圖本

卷14-2　犁魗之尸
[1] 明・蔣應鎬繪圖本
[2] 清《神異典》
[3] 清・四川成或因繪圖本
[4] 清・汪紱圖本

卷14-3　折丹
[1] 清・汪紱圖本

卷14-4　禺猇
[1] 清・汪紱圖本

卷14-5　王亥
[1] 因民國　清《邊裔典》
[2] 明・蔣應鎬繪圖本
[3] 清・汪紱圖本

卷14-6　五采鳥

[1] 明・蔣應鎬繪圖本
[2] 清・四川成或因繪圖本
[3] 清・汪紱圖本

卷14-7 䖪

[1] 清・汪紱圖本

卷14-8 應龍

[1] 明・蔣應鎬繪圖本
[2] 明・胡文煥圖本
[3] 清・汪紱圖本
[4] 清《神異典》

卷14-9 夔

[1] 明・蔣應鎬繪圖本
[2] 明・胡文煥圖本
[3] 清・吳任臣康熙圖本
[4] 清・四川成或因繪圖本
[5] 清・汪紱圖本

第十五卷　大荒南經（34圖）

卷15-1 跊踢

[1] 明・蔣應鎬繪圖本
[2] 清・吳任臣近文堂圖本
[3] 清・四川成或因繪圖本
[4] 清・汪紱圖本
[5] 清《禽蟲典》

卷15-2 雙雙

[1] 明・蔣應鎬繪圖本
[2] 清・四川成或因繪圖本
[3] 清・吳任臣康熙圖本
[4] 清《禽蟲典》
[5] 上海錦章圖本

卷15-3 玄蛇

[1] 明・蔣應鎬繪圖本

卷15-4 麈

[1] 明・蔣應鎬繪圖本
[2] 清・四川成或因繪圖本

卷15-5 黃鳥

[1] 清・汪紱圖本

卷15-6 卵民國

[1] 清《邊裔典》

卷15-7 盈民國

[1] 清・汪紱圖本

卷15-8 不廷胡余

[1] 明・蔣應鎬繪圖本
[2] 清《神異典》
[3] 清・四川成或因繪圖本
[4] 清・汪紱圖本

卷15-9 因因乎

[1] 清・汪紱圖本

卷15-10 季釐國

[1] 清・汪紱圖本

卷15-11 蜮民國

[1] 清・四川成或因繪圖本
[2] 清《邊裔典》
[3] 清・汪紱圖本

卷15-12 育蛇

[1] 清·汪紱圖本

卷15-13 祖狀之尸
[1] 明·蔣應鎬繪圖本
[2] 清·四川成或因繪圖本
[3] 清·汪紱圖本

卷15-14 焦僥國
[1] 明·蔣應鎬繪圖本

卷15-15 張弘國
[1] 清·四川成或因繪圖本
[2] 清《邊裔典》

卷15-16 羲和浴日
[1] 羲和國 清《邊裔典》
[2] 清·汪紱圖本

卷15-17 菌人
[1] 清·汪紱圖本

第十六卷 大荒西經（51圖）

卷16-1 女媧
[1] 明·蔣應鎬繪圖本
[2] 清·四川成或因繪圖本
[3] 清《神異典》
[4] 清·汪紱圖本，名女媧之腸十人

卷16-2 石夷
[1] 清·汪紱圖本

卷16-3 狂鳥
[1] 明·蔣應鎬繪圖本
[2] 清·四川成或因繪圖本
[3] 清·汪紱圖本

卷16-4 北狄之國
[1] 清·汪紱圖本

卷16-5 太子長琴
[1] 清·汪紱圖本

卷16-6 十巫
[1] 清·汪紱圖本

卷16-7 鳴鳥
[1] 清·汪紱圖本

卷16-8 弇茲
[1] 明·蔣應鎬繪圖本
[2] 清·四川成或因繪圖本
[3] 清·汪紱圖本

卷16-9 嘘
[1] 明·蔣應鎬繪圖本
[2] 清《神異典》
[3] 清·四川成或因繪圖本
[4] 噓噎 清·汪紱圖本

卷16-10 天虞
[1] 清·汪紱圖本

卷16-11 常羲浴月
[1] 清·汪紱圖本

卷16-12 五色鳥
[1] 明·蔣應鎬繪圖本
[2] 清·四川成或因繪圖本
[3] 清·汪紱圖本

卷16-13　屏蓬
[1] 明・蔣應鎬繪圖本
[2] 清・四川成或因繪圖本
[3] 清・汪紱圖本

卷16-14　白鳥
[1] 清・汪紱圖本

卷16-15　天犬
[1] 明・蔣應鎬繪圖本
[2] 明・胡文煥圖本
[3] 清・四川成或因繪圖本
[4] 清・汪紱圖本

卷16-16　人面虎身神
[1] 清・四川成或因繪圖本
[2] 清・汪紱圖本

卷16-17　壽麻
[1] 清・汪紱圖本

卷16-18　夏耕尸
[1] 明・蔣應鎬繪圖本
[2] 清・四川成或因繪圖本
[3] 清・汪紱圖本

卷16-19　三面人
[1] 明・蔣應鎬繪圖本
[2] 清・吳任臣近文堂圖本
[3] 清・汪紱圖本
[4] 上海錦章圖本

卷16-20　夏后開
[1] 明・蔣應鎬繪圖本
[2] 清・四川成或因繪圖本

卷16-21　互人
[1] 清・汪紱圖本

卷16-22　魚婦
[1] 清・汪紱圖本

卷16-23　鸀鳥
[1] 明・蔣應鎬繪圖本
[2] 清・吳任臣康熙圖本
[3] 清・四川成或因繪圖本
[4] 清・汪紱圖本
[5] 清《禽蟲典》

第十七卷　大荒北經（33圖）

卷17-1　蜚蛭
[1] 清・汪紱圖本

卷17-2　琴蟲
[1] 清・四川成或因繪圖本
[2] 清・汪紱圖本

卷17-3　猎猎
[1] 清・汪紱圖本
[2] 清《禽蟲典》

卷17-4　儋耳國
[1] 明・蔣應鎬繪圖本

卷17-5　禺彊
[1] 明・蔣應鎬繪圖本

卷17-6　九鳳
[1] 明・蔣應鎬繪圖本
[2] 清・四川成或因繪圖本

[3] 清・汪紱圖本
[4] 清・吳任臣近文堂圖本
[5] 上海錦章圖本

卷17-7　彊良
[1] 明・蔣應鎬繪圖本
[2] 清・四川成或因繪圖本
[3] 清・汪紱圖本
[4] 明・胡文煥圖本
[5] 日本圖本
[6] 清・吳任臣康熙圖本
[7] 上海錦章圖本

卷17-8　黃帝女魃
[1] 清・汪紱圖本

卷17-9　蚩尤
[1] 清・汪紱圖本

卷17-10　赤水女子獻
[1] 明・蔣應鎬繪圖本
[2] 清・四川成或因繪圖本
[3] 清・汪紱圖本

卷17-11　犬戎
[1] 明・蔣應鎬繪圖本
[2] 清・四川成或因繪圖本

卷17-12　戎宣王尸
[1] 清・汪紱圖本
[2] 清《禽蟲典》

卷17-13　威姓少昊之子
[1] 明・蔣應鎬繪圖本

卷17-14　苗民
[1] 明・蔣應鎬繪圖本
[2] 清・四川成或因繪圖本
[4] 清《邊裔典》

卷17-15　燭龍
[1] 明・蔣應鎬繪圖本
[2] 清・四川成或因繪圖本

第十八卷　海内經（45圖）

卷18-1　韓流
[1] 明・蔣應鎬繪圖本
[2] 清・四川成或因繪圖本
[3] 清・汪紱圖本

卷18-2　柏高
[1] 清・四川成或因繪圖本
[2] 清・汪紱圖本

卷18-3　蝡蛇
[1] 清・汪紱圖本

卷18-4　鳥氏
[1] 明・蔣應鎬繪圖本
[2] 清・四川成或因繪圖本
[3] 清・汪紱圖本
[4] 清《邊裔典》，名鹽長國

卷18-5　黑蛇
[1] 清・汪紱圖本

卷18-6　黑人
[1] 明・蔣應鎬繪圖本
[2] 清・四川成或因繪圖本

[3] 清・汪紱圖本
[4] 明・胡文煥圖本

卷18-7 羸民
[1] 明・蔣應鎬繪圖本
[2] 清・汪紱圖本
[3] 清《邊裔典》

卷18-8 封豕
[1] 清・汪紱圖本

卷18-9 延維
[1] 明・蔣應鎬繪圖本
[2] 清《神異典》
[3] 清・四川成或因繪圖本
[4] 清・汪紱圖本

卷18-10 菌狗
[1] 清・汪紱圖本
[2] 清《禽蟲典》

卷18-11 孔鳥
[1] 清・汪紱圖本
[2] 清《禽蟲典》

卷18-12 翳鳥
[1] 明・蔣應鎬繪圖本
[2] 清・四川成或因繪圖本
[3] 清・汪紱圖本

卷18-13 相顧尸
[1] 清・汪紱圖本

卷18-14 氐羌
[1] 清・汪紱圖本

卷18-15 玄豹
[1] 明・胡文煥圖本
[2] 清・汪紱圖本

卷18-16 玄虎
[1] 清・汪紱圖本

卷18-17 玄狐
[1] 明・胡文煥圖本，名黑狐
[2] 清・汪紱圖本，名元狐

卷18-18 玄丘民
[1] 清・汪紱圖本，名元丘民
[2] 清《邊裔典》

卷18-19 赤脛民
[1] 清・汪紱圖本

卷18-20 釘靈國
[1] 明・蔣應鎬繪圖本
[2] 清・吳任臣近文堂圖本
[3] 清・四川成或因繪圖本
[4] 清・汪紱圖本
[5] 清《邊裔典》

參考書要目

〔晉〕郭璞注《山海經》，宋淳熙七年（1180）池陽郡齋尤袤刻本《山海經傳》，中華書局影印，1984年

〔晉〕郭璞《山海經圖讚》，《漢魏六朝百三名家集》（六）《郭弘農集》；見《足本山海經圖讚》，張宗祥校錄，上海古典文學出版社，1958年；《百子全書》據掃葉山房1919年石印本影印，浙江人民出版社，1984年

〔明〕楊慎《山海經補注》，清光緒元年（1875）湖北崇文書局刻《百子全書》本；浙江人民出版社據掃葉山房本影印，1984年；中華書局，1991年

〔明〕胡文煥《山海經圖》，格致叢書本，明萬曆二十一年（1593）刊行。上下卷，收圖133幅。上卷有胡文煥、莊汝敬〈山海經圖序〉；下卷末有季光盛〈跋山海經圖〉。收入《中國古代版畫叢刊二編》第一輯，上海古籍出版社，1994年；又見馬昌儀《全像山海經圖比較》，學苑出版社，2003年

〔明〕《山海經（圖繪全像）》，蔣應鎬武臨父繪圖，李文孝鐫，聚錦堂刊本，明萬曆二十五年（1597）刊行，收圖74幅；收入馬昌儀《全像山海經圖比較》，學苑出版社，2003年

〔明〕王崇慶《山海經釋義》十八卷，嘉靖十六年（1537）刻本；又有蔣一葵堯山堂刻本，董漢儒校，始刻於明萬曆二十五年（1597），刊行於萬曆四十七年（1619）；一函四冊，第一冊《圖像山海經》，共75圖

〔明〕《山海經》十八卷日本刊本，一函四冊，卷前有明楊慎〈山海經圖序〉（即〈山海經後序〉）與晉郭璞〈山海經序〉。全書附有供日文讀者閱讀的漢文訓讀。收圖74幅，是明代蔣應鎬繪圖本的摹刻本

〔日〕《怪奇鳥獸圖卷》，日本江戶時代（相當於中國明、清時代）日本畫家根據中國的《山海經》與山海經圖繪製的山海經圖本；日本文唱堂株式會社2001年版，有圖76幅

〔清〕吳任臣注《山海經廣注》，康熙六年（1667）刊行，圖五卷，共144幅

〔清〕吳任臣注《增補繪像山海經廣注》十八卷，圖五卷，共144幅；清乾隆五十一年（1786）金閶書業堂刻本；收有：柴紹炳〈山海經廣注序〉、吳任臣〈山海經廣注序〉、〈讀山海經語〉、〈山海經雜述〉、〈山海經圖跋〉；收入馬昌儀

《全像山海經圖比較》，學苑出版社，2003年
〔清〕吳任臣注《增補繪像山海經廣注》，吳士珩校本，佛山舍人後街近文堂刻本；卷首有柴紹炳〈山海經廣注序〉、吳任臣〈山海經雜述〉；一函四冊，圖五卷，共144幅
〔清〕吳任臣注《山海經繪圖廣注》，四川蜀北梁城成或因繪圖，四川順慶海清樓板，咸豐五年（1855）刻本；共四冊，收圖74幅
〔清〕畢沅《山海經》，清光緒十六年（1890）學庫山房仿畢氏圖注原本校刊；收有〈山海經新校正〉、〈山海經古今本篇目考〉；一函四冊，第一冊《山海經圖》，收圖144幅
〔清〕郝懿行《山海經箋疏》，十八卷，圖讚一卷，訂偽一卷，圖五卷，收圖144幅；清光緒壬辰十八年（1892）五彩公司石印本
〔清〕汪紱釋《山海經存》，圖九卷，光緒二十一年（1895）立雪齋印本；杭州古籍書店影印，1984年；收入馬昌儀《全像山海經圖比較》，學苑出版社，2003年
〔清〕陳夢雷、蔣廷錫等撰《古今圖書集成》，雍正四年（1726）內府銅活字本。其中《博物匯編．禽蟲典》、《博物匯編．神異典》、《方輿匯編．邊裔典》比較集中地收有以《山海經》為題材的版畫插圖
《山海經圖說》，上海錦章圖書局民國八年（1919）印行，全書共四冊，收圖144幅，是畢沅圖本的摹本
〔清〕陳逢衡《山海經匯說》，道光乙巳版（1845）

〔漢〕宋衷注〔清〕茆泮林輯《世本》，收入王雲五主編《叢書集成初編》，商務印書館，1937年
〔漢〕王充《論衡》，上海人民出版社，1974年
〔漢〕劉安《淮南子》，見劉文典撰《淮南鴻烈集解》，中華書局，1989年
〔晉〕陶淵明《陶淵明集》，中華書局，1979年
〔唐〕段成式《酉陽雜俎》，中華書局，1981年
〔唐〕張彥遠《歷代名畫記》〔附《圖畫見聞志》等〕，京華出版社，2000年
〔唐〕徐堅《初學記》，京華出版社，2000年
〔宋〕朱熹《楚辭集注》，上海古籍出版社，1979年
〔宋〕李昉等《太平御覽》，中華書局影印本，1960年
〔宋〕歐陽修《歐陽修全集》，中國書店，1986年
〔宋〕陳騤、趙士煒輯考《中興館閣書目輯考五卷》，收入許逸民、常振國編《中國歷代書目叢刊》，現代出版社，1987年
〔宋〕姚寬《西溪叢語》，中華書局，1993年
〔宋〕薛季宣《浪語集》卷三十《敘山海經》，文淵閣本《四庫全書》1159冊

〔宋〕王應麟《玉海》
〔明〕王圻等《三才圖會》，上海古籍出版社影印本，1988年
〔明〕胡應麟《少室山房筆談》，中華書局，1958年
〔明〕張居正《帝鑒圖說》，陳生璽、賈乃謙整理，中州古籍出版社，1996年
〔清〕蕭雲從《離騷圖》，清順治二年（1645）刊行；收入鄭振鐸編《中國古代版畫叢刊》四，上海古籍出版社，1988年
〔清〕俞樾《春在堂全書》，同治十年德清俞氏增刻本
〔清〕吳友如等畫《點石齋畫報》，上海文藝出版社，1998年
〔清〕吳友如《吳友如畫寶》，中國青年出版社，1988年
〔清〕張之洞《書目答問》，三聯書店，1998年
〔清〕顧炎武《日知錄》，黃汝成集釋，嶽麓書社，1994年
〔清〕《尚書圖解》〔原名《欽定書經圖說》題孫家鼎等編，成書於光緒三十一年〕，上海書店出版社，2001年
〔清〕《爾雅音圖》〔據清嘉慶曾燠影印本〕，學苑出版社，2000年
〔清〕《清殿版畫匯刊》，學苑出版社，2000年
《古本小說版畫圖錄》，學苑出版社，2000年

顧頡剛編著《古史辨》（一），樸社1926年；上海古籍出版社重印，1982年
胡欽甫〈從山海經的神話中所得到的古史觀〉，《中國文學季刊》（中國公學大學部）創刊號，1929年
吳晗〈山海經中的古代故事及其系統〉，《史學年報》第3期，1931年
〔日〕小川琢治〈山海經考〉，載於《先秦經籍考》下冊，江俠庵編譯，商務印書館，1931年
王以中〈山海經圖與職貢圖〉，《禹貢》，1934年，第1卷第3期
賀次君〈山海經圖與職貢圖的討論〉，《禹貢》，1934年，第1卷第8期
江紹原《中國古代旅行之研究》，北平中法文化出版委員會1935年編輯，商務印書館，1937年，上海文藝出版社影印，1989年
梁啟超《中國近三百年學術史》，中華書局1936年原版；東方出版社1996年編校再版
羅振玉編集《三代吉金文存》，1937年影印本
〔法〕馬伯樂《書經中的神話》，馮沅君譯，國立北平研究院史學研究會出版，商務印書館發行，1937年
容庚〈商周彝器通考〉，《燕京學報》專號之17，民國30年（1941）
呂思勉、童書業編著《古史辨》（七），開明書店，1941年；上海古籍出版社重印，1982年
楊寬〈中國上古史導論〉，收入呂思勉、童書業編著《古史辨》（七），開明書店

1941年；上海古籍出版社重印，1982年
徐旭生《中國古史的傳說時代》，中國文化服務社，1943年；文物出版社，1985年；廣西師範大學出版社，2003年；附錄三：〈讀山海經札記〉
曾昭燏等《沂南古畫像石墓發掘報告》，文化部文物管理處，1956年
郭寶鈞《山彪鎮與琉璃閣》，科學出版社，1959年
丁山《中國古代宗教與神話考》，龍門聯合書局1961年出版，科學出版社發行
凌純聲等《山海經新論》，國立北京大學中國民俗學會民俗叢書第142種，臺灣東文文化供應社影印，1970年
湖南博物館等《長沙馬王堆一號漢墓》，文物出版社，1973年
杜而未《山海經的神話系統》，臺北：學生書局1977年再版
〔美〕約翰·希夫勒（謝復強）《山海經之神怪》〔有圖〕，編纂者婁子匡，出版者臺北東方文化書局，印刷者群益公司，1977年
凌純聲《中國邊疆民族與環太平洋文化》，臺北：聯經書局，1979年
余嘉錫《四庫提要辨證》，中華書局，1980年
聞一多《天問疏證》，三聯書店，1980年
周士琦〈論元代曹善手抄本山海經〉，《中國歷史文獻研究集刊》第1輯，湖南人民出版社，1980年
袁珂《山海經校注》，上海古籍出版社，1980年；巴蜀書社，1996年
鄭德坤《中國歷史地理論文集》，香港中文大學出版社，1980年
魯迅《魯迅全集》，人民文學出版社，1981年
《山東漢畫像石選集》，齊魯書社，1981年
蒙文通〈略論山海經的寫作時代及其產生地域〉，收入《巴蜀古史論述》，四川人民出版社，1981年
李豐楙《神話的故鄉──山海經》，臺北：時報出版公司，1981年
顧頡剛〈山海經中的昆侖區〉，《中國社會科學》，1982年第1期
呂思勉〈讀山海經偶記〉，見《呂思勉讀史札記》，上海古籍出版社，1982年
朱芳圃《中國古代神話與史實》，中州書畫社，1982年
《中國歷史要籍序論文選注》，嶽麓書社，1982年
〔日〕白川靜《中國神話》，王孝廉譯，臺北：長安出版社，1983年
王重民《中國善本書提要》，上海古籍出版社，1983年
張光直《中國青銅時代》，三聯書店，1983年
王伯敏編釋《古肖形印臆釋》，上海書畫出版社，1983年
鄭振鐸〈光芒萬丈的萬曆時代──中國古木刻畫史略選刊〉（五，上），《版畫世界》第7期，1984年
呂子方〈讀山海經雜記〉，收入《中國科學技術史論文集》下冊，四川人民出版社，1984年

《商周青銅器紋飾》，上海博物館、文物出版社，1984年
常任俠《常任俠藝術考古論文選集》，文物出版社，1984年
高步瀛《文選李注義疏》，中華書局，1985年
侯忠義《中國文言小說參考資料》，北京大學出版社，1985年
袁珂、周明編《中國神話資料萃編》，四川省社會科學出版社，1985年
《二十五史》，上海古籍出版社、上海書店，1986年
張光直《考古學專題六講》，文物出版社，1986年
河南文物研究所《信陽楚墓》，文物出版社，1986年
中國山海經學術討論會編《山海經新探》，四川社會科學院出版社，1986年
謝選駿《神話與民族精神》，山東文藝出版社，1986年
蕭兵《楚辭與神話》，江蘇古籍出版社，1986年
陳履生《神畫神主研究》，紫禁城出版社，1987年
淮陰市博物館〈淮陰高莊戰國墓〉，《考古學報》，1988年第2期
袁珂《中國神話史》，上海文藝出版社，1988年
王伯敏主編《中國美術通史》，山東教育出版社，1988年
湖北博物館《曾侯乙墓》，文物出版社，1989年
《南陽漢畫像石》，河南美術出版社，1989年
〔日〕伊藤清司《山海經中的鬼神世界》，劉曄原譯，中國民間文藝出版社，1989年
潛明茲《神話學的歷程》，北方文化出版社，1989年
顧頡剛《顧頡剛讀書筆記》第1卷－第10卷，臺北：聯經出版事業公司，1990年
張光直《中國青銅時代》二集，三聯書店，1990年；又見臺北聯經出版事業公司，1990年
文崇一《中國古文化》，臺北：東大圖書公司，1990年
孫機《三足烏》，《文物天地》，1990年第1期
徐顯之《山海經探原》，武漢出版社，1991年
王孝廉《中國的神話世界》，臺北：時報文化出版公司，1992年
葉舒憲《中國神話哲學》，中國社會科學出版社，1992年
楊寬《歷史激流中的動盪和曲折——楊寬自傳》，臺北：時報文化出版公司，1993年
張光直《美術、神話與祭祀》，臺北稻鄉出版社，1993年
饒宗頤《畫頵——國畫史論集》，臺北時報文化出版公司，1993年
〔日〕小南一郎《中國的神話傳說與古小說》，孫昌武澤，中華書局，1993年
〔美〕亨莉埃特·默茨《幾近褪色的記錄：關於中國人到達美洲探險的兩份古代文獻》，崔岩峙等譯，海洋出版社，1993年
李零《中國方術考》，人民中國出版社，1993年
李少雍〈經學家對『怪』的態度——詩經神話脞議〉，《文學評論》，1993年第3期
劉敦願《美術考古與古代文明》，臺北允晨文化出版，1994年

王國維《古史新證》，清華大學出版社影印本，1994年
《緯書集成》，上海古籍出版社，1994年
馬昌儀編《中國神話學文論選萃》，中國廣播電視出版社，1994年
劉信芳〈中國最早的物候曆月名——楚帛書月名及神祇研究〉，《中華文史論叢》第53輯，上海古籍出版社，1994年
劉曉路《中國帛畫》，中國書店，1994年
李零〈考古發現與神話傳說〉，載於《學人》第5輯，1995年；收入《李零自選集》，廣西師大出版社，1998年
芮傳明、余太山《中西紋飾比較》，上海古籍出版社，1995年
宮玉海《山海經與世界文化之謎》，吉林大學出版社，1995年
袁珂《袁珂神話論集》，四川大學出版社，1996年
饒宗頤《澄心論萃》，胡曉明編，上海文藝出版社，1996年
丁錫根編著《中國歷代小說序跋集》，人民文學出版社，1996年
謝巍《中國畫學著作考錄》，上海書畫出版社，1996年
王紅旗、孫曉琴《繪圖神異全圖山海經》，昆侖出版社，1996年
〔日〕伊藤清司《中國古代文化與日本——伊藤清司學術論文自選集》，張正軍譯，雲南大學出版社，1997年
楊泓《美術考古半世紀——中國美術考古發現史》，文物出版社，1997年
楊利慧《女媧的神話與信仰》，中國社會科學出版社，1997年
胡遠鵬《論現階段山海經研究》，《淮陰師院學報》，1997年第2期
吳郁芳〈元曹善山海經手抄本簡介〉，《古籍整理研究學刊》，1997年第1 期
袁珂《中國神話大辭典》，四川辭書出版社，1998年
楊寬《戰國史》（增訂本），上海人民出版社，1998年
王昆吾《中國早期藝術與宗教》，東方出版中心，1998年
朱玲玲〈從郭璞山海經圖讚說山海經圖的性質〉，《中國史研究》，1998年第3期
扶永發《神州的發現——山海經地理考》（修訂本），雲南人民出版社，1998年
楊寬《西周史》，上海人民出版社，1999年
張岩《山海經與古代社會》，文化藝術出版社，1999年
葉舒憲〈山海經的神話地理〉，《民族藝術》，1999年第3期
常金倉〈由鯀禹故事演變引出的啟示〉，《齊魯學刊》，1999年第6期
賀學君、櫻井龍彥《中日學者中國神話研究論著目錄總匯》，日本名古屋大學大學院國際開發研究科，1999年
〔馬來西亞〕丁振宗《古中國的X檔案——以現代科技知識解山海經之謎》，臺北昭明出版社，1999年；中州古籍出版社，2001年
中國畫像石全集編委會編《中國畫像石全集》（共八卷），山東美術出版社、河南美

術出版社，2000年
張光直《青銅揮麈》，劉士林編，上海文藝出版社，2000年
李松主編《中國美術史．夏商周卷》，齊魯書社、明天出版社，2000年
李淞《論漢代藝術中的西王母圖像》，湖南教育出版社，2000年
李淞《遠古至先秦繪畫史》，人民美術出版社，2000年
葉舒憲〈「大荒」意象的文化分析〉，《北大學報》，2000年第4期
馬昌儀〈山海經圖：尋找山海經的另一半〉，《文學遺產》，2000年第6期
常金倉〈中國神話學的基本問題：神話的歷史化還是歷史的神話化？〉，《陝西師大學報》，2000年第3期
常金倉〈山海經與戰國時期的造神運動〉，《中國社會科學》，2000年第6期
金榮權〈山海經研究兩千年述評〉，《信陽師範學院學報》，2000年第4期
胡萬川〈撈泥造陸——鯀禹神話新探〉，原載《新古典新義》，臺北：學生書局，2001年，收入《真實與想像——神話傳說探微》，臺灣清華大學出版社，2004年
羅志田〈山海經與中國近代史學〉，《中國社會科學》，2001年第1期
呂微《神話何為——神聖敘事的傳承與闡釋》，社會科學文獻出版社，2001年
馮時《中國天文考古學》，社會科學文獻出版社，2001年
馬昌儀《古本山海經圖說》，山東畫報出版社，2001年
高有鵬、孟芳《神話之源——山海經與中國文化》，河南大學出版社，2001年
何平立《崇山理念與中國文化》，齊魯書社，2001年
張祝平〈宋人所論山海經圖辯證〉，《中國歷史地理論叢》，2001年第4 期
王孝廉《嶺雲關雪——民族神話學論集》，學苑出版社，2002年
鹿憶鹿《洪水神話——以中國南方民族與臺灣原住民為中心》，臺北：里仁書局，2002年
連鎮標《郭璞研究》，上海三聯書店，2002年
〔日〕伊藤清司著、王汝瀾譯〈日本的山海經圖——關於怪奇鳥獸圖卷的解說〉，《中國曆史文物》，2002年第2 期
馬昌儀〈明代中日山海經圖比較——對日本怪奇鳥獸圖卷的初步考察〉，《中國歷史文物》，2002年第2期
王伯敏《中國版畫通史》，河北美術出版社，2002年
胡太玉《破譯山海經》，中國言實出版社，2002年
常金倉〈伏羲女媧神話的歷史考察〉，《陝西師大學報》，2002年第6期
楊寬《楊寬古史論文選集》，上海人民出版社，2003年
孫作雲《楚辭研究》上、下，河南大學出版社，2003年
孫作雲《中國古代神話傳說研究》上、下，河南大學出版社，2003年
孫作雲《美術考古與民俗研究》，河南大學出版社，2003年

馬昌儀《全像山海經圖比較》，學苑出版社，2003年
張步天《山海經概論》，天馬圖書有限公司，2003年
尹榮方《神話求原》，上海古籍出版社，2003年
王紅旗《經典圖讀山海經》，上海辭書出版社，2003年
葉舒憲、蕭兵、〔韓〕鄭在書《山海經的文化尋蹤》，湖北人民出版社，2004年
胡萬川《真實與想像——神話傳說探微》，臺灣清華大學出版社，2004年
郭郛《山海經注證》，中國社會科學出版社，2004年
張步天《山海經解》十八卷，附《山海經地理圖解》二卷、《山海經校勘》一卷，天馬圖書公司，2004年
徐南洲《古巴蜀與山海經》，四川人民出版社，2004年
丁山《古代神話與民族》，商務印書館，2005年
巫鴻《禮儀中的美術：巫鴻中國古代美術史文編》，三聯書店，2005年
〔法〕葛蘭言《古代中國的節慶與歌謠》，趙丙祥、張宏明譯，廣西師範大學出版社，2005年

索引

五劃

六劃

七劃

八劃

九劃

十劃

十一劃

十五劃

十六劃

二十二劃

二十三劃

二十四劃

二十五劃

二十六劃

二十七劃

二十八劃以上

國家圖書館出版品預行編目資料

古本山海經圖說／ 馬昌儀著. ——初版.——台北市：蓋亞文化，2009. 05
冊； 公分. --
參考書目：面
含索引
ISBN 978-986-6815-97-3 (全套；平裝).--
ISBN 978-986-6815-98-0 (上卷；平裝).--
ISBN 978-986-6815-99-7 (下卷；平裝).--

1.山海經 2. 研究考訂

857.21 97024508

古本山海經圖說 下卷

作者／馬昌儀
封面設計／蔡南昇
出版／蓋亞文化有限公司
地址◎台北市103承德路二段75巷35號1樓
電話◎（02）25585438 傳眞◎（02）25585439
網址◎www.gaeabooks.com.tw
電子信箱◎gaea@gaeabooks.com.tw
投稿信箱◎editor@gaeabooks.com.tw
郵撥帳號◎19769541 戶名：蓋亞文化有限公司
法律顧問／宇達經貿法律事務所
總經銷／聯合發行股份有限公司
地址◎新北市新店區寶橋路二三五巷六弄六號二樓
電話◎（02）29178022
傳眞◎（02）29156275
港澳地區／一代匯集
電話◎（852）2783-8102 傳眞◎（852）2396-0050
地址◎九龍旺角塘尾道64號龍駒企業大廈10樓B&D室
初版七刷／2020年12月
定價／新台幣 550 元
Printed in Taiwan

ISBN／978-986-6815-99-7

Gaea